KB059062

로제타
Rosetta

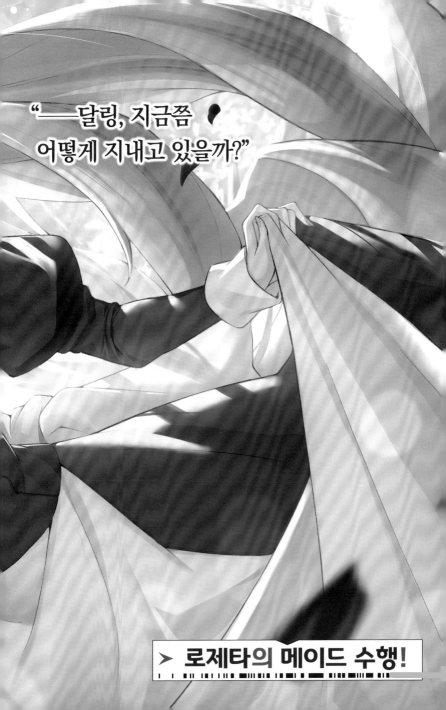

"아앙♥ 안 돼♥
⋯⋯막 이러고!"

하지만 동물적인 욕망은
그런 말로 진정될 리가 없었고──

유리시아
Eureshya

"안 돼요, 백작님.
다른 사람이 와버려요♡"

리암은 짐승 같은 시선으로 내 온몸을 핥듯이 보고,
몸에 이끌리듯이 거리를 좁혀왔다.

> 리암 농락 작전!

마리
Marry

"누가 누굴 죽여?
내뱉은 말은 주워 담을 수 없다고!"

격노한 마리에게 호응하여

테우멧사의 모습에 변화가 나타났다.

BFC-X102 [M]
∧ **테우멧사**
Teumesso

CONTENTS

나는 성간 국가의 악덕 영주!

I am the Villainous Lord of the Interstellar Nation

➤ 미시마 요무 ◄

illustration
➤ 타카미네 나다레 ◄

커버 그림, 본문 일러스트 | **타카미네 나다레**

세상에는 무의미한 습관이나 풍습이 존재한다.

예전에는 필요했던 것들이라도 시간의 흐름에 따라 필요성을 잃기도 하건만, 인간은 어리석다.

필요 없다는 걸 알면서도, 오랫동안 반복해왔다는 이유만으로 무의미한 관례를 버리지 못한다.

악덕 영주인 나 '리암 세라 번필드'조차 그런 세상의 큰 흐름에 거스르는 것은 어려웠다.

"수행에 반세기 이상이나 소비하는 건 낭비의 극치구나."

유년학교를 졸업한 나는 눈앞에 투영된 입체영상을 보면서 중얼거렸다.

영상에는 사관학교 제복을 입은 자신의 예상 홀로그램이 비치고 있었다.

본래 사관후보생의 제복 장식은 가능한 적은 게 바람직하지만, 제국은 취미가 귀족적이라서 만듦새에 낭비가 많았다.

이 입체영상은 제국군 사관학교의 규칙을 준수했을 때의 모습이다.

머리카락은 평소보다 약간 짧지만, 겉모습에 큰 변화는 없다.

유년학교에 입학했을 때보다 키는 더 컸나?

벌써 60대 중반을 넘은 연령인데, 전생으로 치면 중고등학생으로밖에 안 보였다.

일단은 이 세계에서도 성인이 되었지만, 세간의 기준으로는 아직 아이 취급을 받는 나이다.

전생의 가치관으로 보면, 50년 이상이나 어른이 되기 위한 수행을 하는 것이다.

바보 같다는 생각이 들지만, 이 세계에서는 이게 보통이었다.

수행이 끝나도 인생이 몇백 년이나 이어지니까.

내가 가장 신뢰하는 메이드 로봇 '아마기'가 내 불평을 듣고 허리를 쭉 편 아름다운 자세로 나를 타일렀다.

"귀족이신 주인님은 반드시 '군인'과 '관리', 두 가지 자격을 얻으셔야 합니다. 그것이 어엿한 귀족의 대접을 받는 최소 조건입니다."

윤기가 흐르는 흑발을 포니테일로 묶은 아마기는 어깨를 노출하는 자극적인 메이드복 차림을 하고 있었다.

다른 부분은 세련된 디자인인데 어깨만 노출하니 굉장히 언밸런스했다.

하지만 아마기의 양 어깨에는 인간이 아니라는 것을 나타내는 각인이 있다.

그것을 가리지 않는 게 규칙이기에, 이것만은 불만스러워도 어쩔 수 없다.

"그냥 불평이야."

"역시 사관학교에 가시는 게 불만이신 모양이군요."

"이건 돈의 힘으로도 도망칠 수 없으니까."

다년간의 수행 중에서 가장 괴로운 부분이 바로 군 복무 기간이다.

사관학교를 졸업하면 군에 강제로 임관하여 6년 정도를 보내야 하는데, 이따금 싸움에 휘말려 목숨을 잃는 사람이 나온다.

수행 시절 중에서 가장 괴로운 추억을 뽑으라 하면 대부분이 이 시기를 고를 만큼 힘든 생활이 기다리고 있다.

상황이 그러니 종종 빠져나가려고 하는 녀석이 나오는데, 제국은 군인을 경험하지 않은 자를 제대로 된 사람으로 인정하지 않는다.

애초에 싸울 필요가 없는 사람들을 군대에 처넣는 건 쓸데없는 짓이다.

직업 군인들도 억지로 들어오는 귀족의 자제를 달갑게 받아들이지 않는다고 한다.

하지만 이런 곳에도 틈은 있는 법.

이 세상은 부자가 살기 좋게 만들어져 있다.

"그럼, 군 생활을 위해 기부금을 주도록 하지. 아마기, 번필드가의 이름으로 제국군에 연락해서 올해의 기부금을 기대하라고 전해. 그리고 녀석들이 불하(拂下)하는 물건이 있으면 사들여."

군대는 오래된 병기를 새것으로 바꾸거나 신형으로 교체하며 전투력을 보존한다.

이때 군에서는 아직 쓸 수 있는 구식 병기는 귀족들에게 불하한다.

군대는 유지나 발전에 막대한 돈이 든다.

하지만 군대란 투자해도 즉각적인 효과를 체감하기는 쉽지 않기에, 도리어 예산을 깎일 때가 있다.

그래서 제국군은 돈이 나올 구석을 찾는데 항상 필사적이었다.

그렇기에 이따금 나 같은 부자가 기부나 불하를 받겠다는 이야기를 꺼내면 좋다고 달려들고는 했다.

그리고 이걸 미끼로 사관학교에서의 대우 개선을 요구하면 가능한 범위 안에서 들어주었다.

원래 귀족은 다른 자의 모범이 되는 존재이며 이러한 행위는 피해야 하지만, 난 악당이다.

써먹을 수 있는 수단이 있으면 망설이지 않고 기꺼이 사용한다.

아마기가 한순간 뭔가 말하고 싶은 듯한 기색을 보였지만, 살짝 포기한 표정을 보이고 내 명령을 실행에 옮겼다.

"주인님의 분부대로 하겠습니다."

"이 세상은 돈이 전부. 돈만 있으면 이치도 비틀어지지. 이참에 군 생활을 즐겨볼까."

악당답게 크게 웃어줄까 생각하고 있으니 누군가가 방에 찾아왔다.

아마기가 허가를 내줬는데, 어차피 여긴 내 행성이다. 내 저택이다. 누가 오든 거리낌 없이 웃으려고 했는데, 하필 방에 찾아온 사람이 로제타였다.

"달링, 사관학교의 제복이 왔어? 나도 입어볼래!"

활짝 웃으며 등장한 약혼자를 보고 나는 웃지 못하고 콜록거리고 말았다.

"로, 로제타?!"

그녀의 이름은 '로제타 세레 클라우디아'.

반짝이는 듯한 긴 금발을 묶은 큼직한 롤 헤어가 눈에 띄었다.

전형적인 금발벽안의 아가씨 분위기에 유독 글래머러스한 몸매가 더해져 이상적인 외관을 가졌다.

유년학교에서 만났고, 전생한 내가 처음으로 원한 인간 이성이다.

처음 만났을 때는 강철 같은 마음을 지닌 아가씨라서 나에게도 몹시 차갑게 대했었다.

그 모습에 나는 이 여자를 굴복시키고 싶다는 생각을 품은 건데, 막상 약혼까지 이야기가 진행되자 어이없게 나한테 반했다.

내 입으로 말하는 것도 이상하지만, 로제타는 나에게 푹 빠져 있다.

나도 뭐가 뭔지 이해가 안 된다.

전생에 회사 후배인 닛타 군이 '바로 타락하는 2컷 만화'라는 걸 가르쳐줬는데, 지금의 로제타가 딱 그 상태였다.

꼬리가 있었으면 너무 좋아서 붕붕 휘두르고 있을 것 같은 모습.

확실히 난 로제타를 굴복시키고 싶었다.

하지만 단숨에 굴복하는 건 내 계획에 없었다.

난 로제타의 강철 같은 마음을 꺾는 걸 즐기고 싶었는데, 갑자기 나한테 반하니 무서워서 참을 수가 없다.

아무튼, 그런 이유로 난 지금의 로제타가 거북했다.

로제타는 눈을 반짝이며 나에게 다가와 제복을 보려고 했다.

내가 뒷걸음질 쳐도 로제타가 그만큼 거리를 좁혀왔다.

굉장히 난감해진 나는 도움을 청하려고 아마기에게 시선을 보냈다.

한심하기 짝이 없지만 지금은 아마기에게 기대는 수밖에 없다.

"정말 말씀드리기 어렵습니다만, 로제타 님의 사관학교 제복은 없습니다."

딱 잘라 말하는 아마기. 늠름한 모습에 오늘도 다시 한번 반했다.

아마기의 말에 로제타는 영문을 모르겠다는 표정을 짓더니, 뒤늦게 의미를 깨닫고 허둥댔다.

"자, 잠깐. 나도 달링이랑 사관학교에 입학하는 거지? 그렇지?"

로제타가 나와 아마기의 얼굴을 번갈아 바라봤다.

그러나 사관학교에 입학하는 건 나와 황자였던 '윌레스 노아 알바레이트', 이렇게 두 사람뿐이다. 로제타의 자리는 없다.

아마기는 로제타가 사관학교에 갈 필요가 없다는 걸 설명했다.

"군인의 책무를 수행할 필요가 있는 건 주인님뿐입니다. 부부가 함께한 예도 있지만, 일반적이진 않습니다."

"하, 하지만 달링만 사관학교에 보내는 건 미안한데……."

기특한 말을 하는 로제타를 보며 나는 속으로 소리쳤다.

네 대사는 그게 아니잖아! 하다못해 '겁쟁이 대신 내가 사관학교에 입학해도 괜찮은데?'라고 하라고!

고압적이고 오만하게! 지금의 넌 뭔가 잘못됐어!

하고 싶은 말은 많지만, 이대로 이야기를 계속해도 무의미하니 내가 결정된 사항만을 전했다.

"네 의견은 받아들이지 않겠어. 이건 이미 결정된 사항이야."

"──주제넘은 말을 했습니다."

로제타는 흠칫하더니 바로 머리를 숙이고 사죄했다.

뭐, 이런 얼굴도 나쁘지는 않다만, 내가 정말 보고 싶은 건 괴로워하는 얼굴이다.

난 아직 고상한 로제타를 괴롭히는 것을 포기하지 않았다.

지금부터가 진짜 시작이다!

"네게 줄 사관학교 제복은 없다만, 대신 너만을 위한 특별한 제복을 준비했다."

손가락을 튕기자 입체영상이 메이드복을 착용한 로제타의 모습으로 바뀌었다.

나는 로제타가 어쩔 줄 몰라 하는 모습을 즐기면서 입을 열었다.

"넌 당분간 저택에서 교육을 받도록. 세리나!"

그러자 밖에서 대기하던 '세리나'가 방에 들어왔다.

그녀는 번필드가의 시녀장이자 집사인 '브라이언'에 필적하는 저택의 권력자다.

비록 노파지만 허리는 꼿꼿하고, 몸가짐에 기품이 넘쳤다.

세리나는 바른 자세로 로제타 앞에 서더니 앞으로의 예정을 전했다.

"이전 로제타 님의 상황을 고려하였을 때, 아직 귀족의 몸가짐이 부족하시리라 판단하였습니다. 하여, 리암 님이 사관학교에 계시는 동안 교육 캡슐을 이용하여 예의범절을 익힐 수 있도록 준비하였습니다. 그 이후에는 기회가 있다면 타 가문에서 수행도 하시게 될 겁니다."

로제타는 몹시 가난한 생활을 해왔기에, 귀족의 필수 교육조차 온전히 받지 못했다. 더구나 내가 했던 것처럼 다른 가문에서 하는 수행도 아직이니, 로제타는 아직 귀족사회에서 반쪽짜리 귀족이나 마찬가지였다.

어차피 나도 영지를 비우니 마침 좋은 기회이리라.

애초에 제국의 여성은 군역이 면제된다. 여성 인력을 개발하기보다 다음 세대의 아이들을 가르치는 게 더 중요하다고 여기던 시절의 잔재가 지금까지 남아있는 것이다.

이를 이용하고자 성전환을 해서 군 생활을 회피하는 녀석도 있다.

사관학교를 졸업했더니 친구가 여자가 되어 있었다는 이야기가 제법 흔하다나.

물론 난 그렇게까지 할 생각은 없다.

난 세리나에게 엄한 말투로 명령했다.

"세리나, 로제타의 교육을 느슨하게 하지 마라. 오히려 엄하게 해."

세리나는 내 말이 약간 의외였는지 눈썹을 들썩였지만, 곧 아무렇지 않게 나에게 확인을 구했다.

"정말로 괜찮으시겠습니까?"

시녀장의 수완은 나도 인정하는 수준이다.

한때는 제국의 궁전에서 고귀한 아가씨들을 엄하게 지도했던 경험도 있다.

그녀라면 로제타의 신분을 두려워하지 않고 교육할 수 있을 것이다.

"상관없어. 철저하게 교육해. 내 옆에 선다는 게 어떤 의미인지 가르쳐줘."

되도록 험악한 표정을 지으며 말하자 로제타도 긴장했는지 움직임이 딱딱해졌다.

그래, 두려워해라!

여기가 너에게 있어서 적지라는 걸 떠올려라!

세리나의 괴롭힘을 버티지 못하고 네가 우는 것이 나의 즐거움이다.

가능하면 내 손으로 직접 강철의 마음을 꺾고 싶었지만, 지금의 난 그녀를 상대할 때마다 상태가 이상해진다.

"로제타, 내가 돌아오기 전에 전부 익혀둬. 이건 명령이다."

강한 어조로 명령하니 로제타는 양손을 꼭 쥐고 씩씩한 모습을 보였다.

"——네!"

◇ ◆ ◇ ◆ ◇

"싫어, 싫어. 사관학교에는 입학하고 싶지 않아아~!"

사관학교로 출발하는 당일.

전 황자 월레스는 번필드가의 우주항에서 기둥에 달라붙어 투정을 부리고 있었다.

푸른 머리카락이 찰랑찰랑한 게 정말이지 얼굴이 경박해 보였다.

물론 이 녀석은 외면만큼이나 내면도 경박하다.

내가 후원자로서 용돈을 주면, 조금을 남기는 법이 없었다. 월말만 되면 돈이 없어 곤란해진 청년 같은 얼굴이 되는 것이다.

덕분에 처음에는 그래도 황궁 출신이라고 존경을 받던 녀석이 이제는 '식충이'라는 험담을 듣고 있었다.

뭐, 애초에 월레스에게 뭔가를 기대한 적도 없다. 그저 황족을 부하로 데리고 다니면 재밌을 것 같아서 후원자를 자처했을 뿐이다.

그것도 지금은 살짝 후회가 들고 있지만.

하지만 도중에 내버릴 수도 없는 노릇. 난 월레스의 목덜미를 잡고 승선했다.

"됐으니까 빨리 와!"

월레스는 고등학생의 얼굴로 떼쓰는 아이처럼 저항했다.

"군대가 어떤 곳인 줄 알고 그래?! 나처럼 마음씨 착하고 예쁘장한 사람은 선배들한테 괜한 원한을 사서 얻어맞는다고!"

나는 자기평가가 심하게 좋은 월레스를 질질 끌며 걸었다.

"안심해. 이미 손을 써뒀으니까. 지금 사관학교에는 티아를 비롯한 우리 기사들이 가 있어. 누가 우리를 건드리면 파벌의 힘을 보여주면 그만이라고."

입학한 뒤에 대책을 짜면 늦는다.

진짜 부자는 입학 전에 준비를 끝내두는 법이다.

그래도 월레스는 저항했다.

"무서운 교관들한테 찍히면 어떡할 거야!"

"그것도 걱정할 것 없어. 이때를 위해 몇 년 전부터 잘 부탁한답시고 기부를 잔뜩 했으니까. 날 건드리는 멍청이는 최전방으로 보내버릴 거야."

유년학교에서는 데릭이라는 불량배와 얽히는 불상사가 있었지만, 이번에는 만반의 준비를 해뒀다.

설령 교관이 날 건드린다고 해도, 군의 상층부가 대처할 것이다.

내가 준비한 완벽한 체제를 듣고서야 월레스가 몸의 힘을 뺐다.

"사관학교에 입학하는데 그렇게까지 하는 건 리암뿐일 거야. 조금 기겁했다고."

"부자는 부자답게 살아야지. 난 나를 위해 권력과 돈을 쓰는 걸 아끼지 않아."

아까 전까지 큰소리로 울부짖던 월레스가 갑자기 진지한 표정을 짓더니 현재 번필드가가 안고 있는 문제를 지적했다.

"사관학교라면 리암의 돈과 권력으로 어떻게든 된다고 쳐도, 버클리 패밀리는 어떻게 할 방법이 없잖아? 진짜 이대로 괜찮은 거야?"

버클리 패밀리.

유년학교에서 나에게 싸움을 건 데릭의 친인척 집단이다.

고작 남작 나부랭이들이 나에게 싸움을 건 것이다.

"그게 어쨌다고? 덤비면 쳐부수면 그만이야."

"여전히 믿음직스럽기 그지없어."

작게 한숨을 쉬며 놀라는 월레스를 내던졌다.

"알았으면 빨리 타."

쓰러진 월레스를 걷어차자 전함으로 이어진 무빙워크에 실려 갔다.

무빙워크는 총 기함인 '바르'에 연결되어 있었다.

바르는 수천 미터에 이르는 초거대 전함인데, 너무 거대한 탓에 무슨 건축물처럼 보였다.

이런 게 움직이다니, 이 세상은 참 터무니없다.

무빙워크 앞에는 나를 배웅하기 위해 많은 사람이 정렬해 있었다.

아마기와 집사인 브라이언의 모습도 보였다.

다만 로제타는 집을 보고 있다.

사람들 앞에서 달링이라 불리면 악덕 영주인 내 체면에 문제가 생기니 말이다.

아마기는 평소대로지만, 옆에 선 브라이언은 손수건으로 눈물을 닦고 있었다.

이 녀석은 항상 울고 있네. 짜증 나게.

"드디어 리암 님도 사관학교에 가시는군요. 이 브라이언, 기쁘기도 하지만 걱정되어서 어쩔 도리가 없습니다."

귀족이라 해도 군대에 있는 이상 전쟁에 휘말릴 수도 있다.

안타깝지만 이 세계에서도 적의 공격은 귀족이라고 해서 비켜 가지 않는다.

아무리 고귀한 태생이더라도 죽을 때는 죽는다.

브라이언은 그게 걱정되어 참을 수가 없는지 내 증조부의 사진을 들고 손수건을 깨물고 있었다.

백발의 할아버지가 울고 있는 모습은 봐도 전혀 기쁘지 않다.

"그만 울고, 내가 없는 동안에는 로제타를 잘 감시해."

"물론 지켜볼 생각입니다만, 감시하라는 건 무슨 의미입니까?"

난 요점을 파악하지 못한 브라이언에게 거듭 당부했다.

"로제타는 세리나에게 엄격한 교육을 받을 예정이야. 그러니까 브라이언, 너도 걜 감시해. 무슨 뜻인지 알지?"

배웅하는 사람이 많아 이 자리에서 '로제타가 괴롭힘 당하는 모습을 체크해라'라고는 말할 수 없다.

하지만 브라이언은 내가 전생했을 때부터 알고 지낸 사이다.

이것만으로도 내 뜻을 알 수 있으리라.

그러자 브라이언은 내 뜻을 헤아려줬는지, 자세를 바르게 하고 고개를 끄덕였다.

"알겠습니다."

그는 조금 얼빠진 구석이 있지만, 유능한 집사다.

이따금 의외의 장면에서 활약할 때도 있고. 역시 믿음직한 부하가 있으니 좋구나.

마지막으로 아마기에게 시선을 보냈다.

"한동안 따로 떨어지겠네. 쓸쓸할 거야."

아마기의 손을 잡으니, 아주 약간 질렸다는 듯이 웃었다.

솔직히 내 영지를 떠나는 것보다 한동안 아마기를 만나지 못하는 게 더 싫다.

"그런 말은 약혼자에게 하셔야죠. 하지만 저도 주인님이 무사히 돌아오시길 바랍니다. 부디 무사히 다녀오십시오."

"걱정 마. 가끔 성가신 일도 일어나지만, 난 항상 행운의 신의 가호를 받고 있으니까."

지금도 날 지켜보고 있을 존재에게 오늘도 잊지 말고 감사해야 겠구나.

아마기와 이야기하고 있으니 시간이 늦어지고 있는지 마리가 다가왔다.

나와 월레스와 함께 사관학교에 입학하기로 정해진 '마리 마리안'은 무릎을 꿇고 머리를 숙였다.

특징적인 보라색 머리칼을 지닌 여기사로, 번필드가에서도 두 각을 나타내고 있는 실력자다. 성격에 약간 문제가 있는 티아와 어깨를 나란히 하는 수준이다.

하지만 무엇보다 내가 마음에 들어 하는 부분은 그녀의 외모다.

가끔 보이는 한심한 모습이 조금 흠이지만, 종합적으로 아름다운 여기사이다.

악덕 영주라면 이런 미녀 한둘쯤은 거느려야 하지 않겠는가.

"리암 님, 시간이 됐습니다."

아쉽지만 아마기에게서 손을 뗐다.

"알았어. 아마기, 무슨 일 있으면 바로 나한테 연락해."

많은 사람의 배웅을 받으면서 나는 바르에 올라탔다.

제국군 사관학교.

제국이 거대한 만큼 사관학교도 수없이 있지만, 그중에서도 수도성과 가까운 사관학교는 엘리트들이 모이는 곳이다.

이곳은 우수한 성적으로 시험을 통과한 자들이나 장래의 제국을 짊어질 귀족의 자제만이 들어올 수 있다.

하지만 이들이 모두 완벽한 건 아니다. 사관후보생 중에는 사정 얽힌 문제아도 많았다.

귀족과 달리 과거가 수상한 사관후보생들은 첫날부터 야외 훈련시설로 불려 나갔다.

그중에는 마리의 모습도 있었다.

검은 탱크톱에 카고팬츠를 입고 부츠를 신은 모습으로 열중쉬어 자세를 하고 정렬해 있었다.

굳센 교관들은 어중간한 기사는 상대할 수 없는 강자뿐이었다.

"뭔가 숨기고 있는 너희는 다른 사관후보생과 같은 대우를 받을 수 없다. 훈련은 가혹할 테니 각오해라! 제국군의 일원이 되는 영예를 얻고 싶다면 죽을 각오로 노력해라."

확성기도 쓰지 않고 큰 소리로 말하던 교관의 시선이 마리에게 머물렀다.

"바로 말괄량이가 나타난 것 같군. 거기 너! 입대 전에 두발 규정을 읽지 않았나? 사관학교에서는 긴 머리를 금지하고 있다."

허리를 꼿꼿이 편 마리는 교관의 말을 듣고 코웃음 쳤다.

"짖지 마. 여기에 온 건 제국 군인의 자격을 얻기 위해서야. 너희한테 배울 건 아무것도 없어."

마리가 딱 잘라 말하자 교관들이 윗옷을 벗었다.

매년 나타나는 문제아들에겐 실력을 보여 따르게 하는 것이 관례였다.

"네놈 같은 말괄량이는 특히 엄격하게 교육해주지."

교관들이 주위의 사관후보생들에게 지시를 내렸다. 사관후보생들이 마리를 둘러싸듯이 줄지어 서자, 교관들이 몸을 풀면서 그곳에 들어왔다.

마리는 홀로 교관들에게 둘러싸이고 말았다.

"겁 없는 계집애가. 상처 한둘쯤은 각오해라."

교관 한 명이 순식간에 거리를 좁혀 마리의 얼굴을 향해 주먹을 휘둘렀다.

교관들은 마리가 그럭저럭 실력이 있다고 평가했기에 봐주지 않았다.

하지만 그건 정확한 평가가 아니었다.

몸을 젖힌 마리는 교관의 주먹을 쉽게 피했다.

"큰소리칠 정도로 대단하지도 않네. 제국 군인의 실력도 바닥에 떨어졌군. ──이 몸이 교육해주지!"

마리는 몸을 젖힌 채로 발차기를 날려 강인한 교관의 턱을 때렸다.

천천히 일어서는 마리와 교대하듯 교관 한 명이 뒤로 쓰러졌다.

마리는 손가락을 까닥이며 덤비라고 교관들을 도발했다.

"그냥 한꺼번에 덤벼. 진짜 싸움을 가르쳐줄 테니."

쓰러진 교관을 보고 다른 교관들의 눈빛이 변했다.

"까불지 마라!"

교관들이 일제히 마리에게 덤볐다.

마리는 입꼬리를 올리며 웃더니 정중한 말투를 버리고 본성을 드러냈다.

"누가 위인지 철저하게 가르쳐주마!"

◇ ◆ ◇ ◆ ◇

싸움은 한 시간도 안 돼서 승부가 났다.

쓰러진 교관들을 쌓아놓고 위에 앉은 마리는 크게 웃었다.

"미적지근해. 미적지근하다고. 교관이란 자들이 이런 수준인데, 엄격한 훈련이 가능할까? 차라리 내가 가르치는 게 더 낫겠는데? 원한다면 너희가 울부짖을만한 엄격한 훈련을 준비해줄게."

마리는 엉덩이 아래에 깔려 신음하는 교관들을 비웃으며 내려다봤다.

(뭐가 제국군의 영예야. 나의 영예는 번필드가의. 아니, 리암 님의 기사로서 존재하는 것. 제국에 대한 충성심 따위는 없어. 너희에게 줄 건 증오뿐이야.)

마리는 일찍이 자신을 배신한 제국을 증오했다.

그녀가 제국의 사관학교에 입학한 건 오로지 리암을 지키기 위해. ──제국기사 가신을 가지고 싶다는 리암의 바람에 부응하기 위해서다.

사실 마리는 이미 약 2,000년 전에 제국 기사 자격을 얻었지만, 지금은 의미가 없다. 마리의 존재가 역사에서 지워졌기에 새로 얻는 수밖에 없다.

결국 마리는 제국 기사의 자격을 따기 위해 여기 왔을 뿐이며, 사관학교의 훈련 따위는 놀이에 불과했다.

그녀는 교관들을 깔보며 차갑게 말했다.

"내 머리를 자르고 싶으면 더 강해져서 와. 교관이 이런 꼴이면, 너희가 떠드는 명예로운 제국군의 수준도 뻔하겠네."

교관들은 어떤 반박도 하지 못했다.

원래라면 사관학교에서 퇴학당할만한 사건이지만, 마리는 번필드가의 관계자다. 군에 막대한 기부를 하는 번필드가의 노여움을 사는 건 상층부도 주저할 수밖에 없었다.

교관들은 실력뿐만 아니라 권위에서도 패배했다.

엄청난 문제아가 왔다며 절망하는 교관들.

그때 마리와 마찬가지로 번필드가의 기사인 사관후보생이 황급히 달려왔다.

마리의 파벌에 소속된 기사인데, 안색이 안 좋았다. 안 좋은 소식을 들고 온 것이다.

"마리 님, 리암 님의 연락입니다."

"어?"

기사가 단말기를 조작하자 마리의 눈앞에 리암의 영상이 나타났다.

불쾌하기 짝이 없다는 표정을 한 리암을 보고 마리는 교관들 위에서 자세를 고쳐 똑바로 앉았다.

"리암 님! 무, 무슨 문제라도?!"

마리는 리암의 신변에 무슨 일이 일어난 건 아닐까 했지만, 리암은 전혀 다른 요인을 지목했다.

『그 문제를 일으킨 게 바로 너다. 교관들이 널 어떻게 좀 해달라고 애원을 하고 있다고! 첫날에 문제를 일으키다니, 넌 내 기사라는 자각이 있는 거냐?』

"아, 아뇨, 그러니까 그건── 이 자들이 제 머리카락을 자르라고 해서! 머리카락은 여자의 목숨이나 마찬가지잖아요. 자르라고 해서 자를 수 있는 게 아니라고요."

그러나 리암의 대답은 냉담했다.

『잘라.』

"네?"

『여기에 오기 전에 규정을 봤을 거 아니야. 어떻게 월레스랑 똑같은 짓을 하고 있어? 그놈이 지금 어떤 줄 알아? 두발 규정에 걸려서 빡빡머리가 됐다고.』

마리에게 월레스의 상황 따위는 전혀 알 바 아니지만, 그와 똑같은 취급을 받는 건 아무래도 체면을 구기는 일이었다.

월레스는 저택에서 식충이, 한량, 헌팅하는 놈이라며 무시당했다. 실제로 생활 태도도 나빴고, 세리나에게 몇 번이나 질책당했다.

(아, 아무리 그래도 그거랑 같은 취급은 아니지!)

"저, 저기⋯⋯."

『됐으니까 시키는 대로 해. 더 이상 이런 걸로 날 귀찮게 하지 마라. 아니면 뭐냐? 입학 전에 규칙대로 머리를 자른 날 바보 취급하는 건가? ──대답해라, 마리.』

리암이 째려보자 마리는 바로 머리를 숙였다.

"리암 님을 우롱하다니, 있을 수 없는 일입니다."

부들부들 떠는 마리를 보고 속이 후련해졌는지 리암은 코웃음 쳤다.

『알았으면 빨리 머리를 잘라라.』

통신이 끊기자 마리는 고개를 숙였다.

그리고 자신의 아름다운 머리카락을 손끝으로 만지작거리면서 눈물을 글썽이며 결단했다.

"머, 머리를 자르고 올게."

마리 아래에 깔린 교관들한테서 분한 마음이 가득한 신음이 들려왔다. 그들이 억울해하는 신음하는 소리가.

리암 일행이 사관학교에서 첫날을 보내고 있을 무렵.

번필드가의 저택에서는 멋진 감색 메이드복을 입은 로제타가 세리나에게 직접 지도를 받고 있었다.

로제타는 머리 위에 자세 교정용 공을 얹고 흰 선 위를 바른 자세로 걷고 있었다.

자세가 흐트러지면 공이 떨어지기에 로제타는 어느 때보다 신중하게 움직이고 있었다.

평소에도 굳은 듯 보이는 표정이 긴장한 탓에 더 딱딱해 보였다.

세리나가 손뼉을 쳐서 로제타를 재촉했다.

"언제까지 느릿느릿 걸으실 겁니까? 좀 더 빨리 걸으세요. 허리가 뒤로 빠졌어요!"

세리나의 말투는 엄격했다.

리암의 명령대로 엄하게 지도하는 것이다.

로제타가 서두르려고 하자 공이 바닥에 떨어졌다.

바닥을 튀는 공을 보고 로제타가 눈물을 흘렸다.

"이젠 싫어!"

세리나는 기가 막힌다는 듯이 말했다.

"몇 번을 말해야 아실 겁니까? 리암 님과 어울리는 여성이 되려면 수행이 필요해요. 애초에——."

그러나 로제타는 세리나의 수행이 엄격해서 이러는 게 아니었다. 어려웠던 과거와 비교하면 이런 건 대단하지도 않았다.

지금 그녀에게 가장 큰 사안은 곁에 리암이 없다는 사실이었다.

"나도 달링이랑 사관학교에 입학하고 싶었는데!"

그뿐만이 아니었다. 로제타는 리암을 배웅할 수도 없었다.

"겨우 교육 캡슐에서 나왔더니 달링이 이미 사관학교에 입학했다니, 너무해! 배웅조차 못 했는데!"

세리나는 오열하는 로제타를 보고 작게 한숨을 쉬며 냉정하게 대답했다.

"공작부인이 되실 분이 굳이 군역을 수행할 필요는 없습니다. 지금 로제타 님에게 중요한 건 가사를 관리하는 능력이에요. 리암 님께서는 바깥일을 우선하시니, 로제타 님은 이 저택과 본거지의 관리를 맡으셔야 합니다. 무기를 쥐는 법을 배울 때가 아니에요."

부부 중 한 명만 군역을 수행하면 충분하다. 물론 그게 꼭 남자일 필요는 없다.

여성이 군역을 수행하는 경우도 있으며, 제국군의 여성 비율은 3할 정도다.

물론 여성이 성전환하여 군인이 되는 경우도, 반대도 남자가 여성이 되어 신부 수업을 받는 경우도 있지만…….

어쨌든 로제타는 군인이 될 필요가 없다.

하지만 로제타는 리암과 고락을 함께하고 싶었다.

"달링에게 도움이 되고 싶었는데……."

세리나는 어이없으면서도 한편으로는 감탄했다.

(그래도 노력하는 자세는 좋군.)

유년학교를 졸업할 때, 로제타의 성적은 최종적으로 중하위권 수준까지 상승해 있었다.

교육 캡슐로 벼락치기를 했더라도 하위권 중상위 정도가 고작일 텐데, 본인이 더 노력한 것이다.

이런 점이 있어 세리나는 로제타를 높이 평가했지만, 귀족답지 않은 성격이 신경 쓰였다.

(귀족 여자 중에는 보기 드문 타입이긴 하지…….)

남편에게 헌신하는 여성이야 드물지 않지만, 로제타처럼 사관학교까지 따라가겠다고 하는 타입은 많지 않다.

참고로 리암은 로제타가 사관학교에 따라가고 싶어 한다는 이 야기를 듣고 '로제타가 교육 캡슐에 들어가 있는 동안에 월레스를 데리고 입학하겠다'고 하더니, 정말 도망치듯이 가버렸다.

세리나가 심호흡을 하여 마음을 다잡고 다시 로제타의 교육에 집중했다.

"로제타 님, 울고 있어도 그곳에 갈 수는 없어요. 리암 님에게 어울리는 여성이 되고 싶다면 당장 일어서야 합니다."

그 말을 듣고 로제타는 울음을 그치더니 눈물을 닦고 일어섰다.

"알았어. 달링이 돌아오면 공작부인으로서 어울리는 모습을 보여줄 거야. 6년은 순식간이야."

"마음가짐은 정말 좋지만, 리암 님은 적어도 12년은 돌아오실 수 없어요."

"어……? 사관학교의 교육 기간은 6년이 아니야……?"

세리나는 친절하게 잘 설명했다.

"졸업 후에도 2년의 연수를 받고, 최소 4년은 군에서 복무해야 합니다. 그럼 최소 12년 동안은 돌아올 수 없지요."

"……?! 하지만, 그사이에 한 번쯤은 돌아올 수 있겠지? 아니, 있겠죠?"

"리암 님은 수행을 가능한 빠르게 끝내기 위해 한동안 돌아오지 않는다고 하셨습니다."

"말도 안 돼애애애!"

다시 눈물을 글썽이는 로제타였다.

"그 사이에 로제타 님은 다른 가문에서 수행도 하셔야 합니다."

"달링이랑 12년이나 못 만나다니!"

세리나가 미간을 찌푸렸다.

"제 이야기를 듣고 있나요?"

"아, 네!"

보통은 성인이 되자마자 다른 가문에서 수행을 하지만, 클라우디아가 사람을 맡는 가문이 있을 리 없기에 로제타는 기회가 없었다.

귀족사회에서 살아가려면 이는 중요한 요소다.

다만, 지금 상황에서는 이것도 그리 쉬운 문제가 아니었다.

현재 번필드가는 해적 귀족 버클리 패밀리와 적대하고 있기 때문이다.

(버클리 패밀리와 싸우는 상황이니, 로제타 님을 맡길 가문도 더욱 신중하게 골라야 한다.)

이 과정에서 실수라도 있다간 엄청난 일이 벌어질 것이다.

버클리가와 관계가 있는 가문에 로제타를 맡기면 그냥 인질이 되는 꼴이니까.

(리암 님이 저택에 로제타 님을 남긴 이유는 아마 싸움에 말려드는 걸 막고자 하신 거겠지. 하지만 12년이나 저택에서 가만히 있는 건 그저 시간 낭비나 마찬가지. 어떻게 할까……)

세리나는 로제타의 교육 문제로 골머리를 앓았다.

◇◆◇◆◇

버클리 남작가의 저택은 굉장히 훌륭하고 호사스러웠다.

저택 자체가 도시와 한 몸이라 규모 또한 매우 컸다.

남작가 수준에 걸맞지 않은 커다란 집무실에서 버클리 패밀리의 보스인 '카시미로'가 시가를 물고 있었다.

그는 하얀 연기를 뿜으며 바닥에 앉아 떠는 남자를 내려다보았다.

그 남자는 버클리가와 적대한 귀족이었다.

카시미로는 남자에게 약간 슬픈 듯한 말투로 말을 걸었다.

"남을 욕한 것도 모자라, 버클리가를 방해하다니, 못된 사람이구만."

카시미로가 그렇게 말하자, 주위에 있던 아들들도 히죽거렸다.

바닥에 앉은 남자를 둘러싼 아들들 모두가 행성을 하나씩 지배하는 남작이다.

버클리 패밀리는 카시미로와 아들들이 모인 조직이다.

물론 거대한 지역을 카시미로가 아이들에게 할양해서 독립시킨 것으로 되어 있을 뿐이지, 실제로 모든 것을 관리하는 것은 카시미로였다. 그래서 실제 영지 규모는 공작가와 비교해도 손색이 없었다.

그는 수많은 행성을 지배하에 두고 있으며, 군대는 10만을 넘는 함정을 보유하고 있었다.

그뿐만 아니라, 카시미로는 제국에 있는 해적들을 꽉 쥐고 있었다.

밖에서 흘러들어오는 해적들이나 규모가 작은 해적들은 별개지만, 제국에서 활동하는 해적들은 버클리 패밀리가 관리했다.

그가 해적 귀족이라 불리는 이유가 바로 이것이다.

그렇다 보니 카시미로와 손을 잡는 귀족도 많았고, 눈앞에 있는 남자처럼 거역하는 자도 많았다.

눈앞에 있는 남자가 굴욕에 얼굴을 일그러뜨리며 카시미로에게 외쳤다.

"우, 웃기지 마라! 우리 영지에 해적들을 보낸 건 너희 아니냐!"

카시미로는 남자의 호소를 들으면서 시가를 피웠다.

"순순히 영지와 작위를 넘겨주면 됐을 일 아닌가. 아들을 독립시키고 싶은 부모의 마음이 이해가 안 되나?"

그는 아들을 위해 다른 가문으로부터 영지와 작위를 빼앗곤 했다. 물론 강압적인 방식으로.

"고작 그런 이유로 우리 가문을 멸망시켰다는 거냐?! 내 가족도 죽여 놓고── 이 해적놈아아아아!"

남자가 일어서서 카시미로에게 덤비자 아들들이 총을 뽑아 방아쇠를 당겼다.

남자가 쓰러지자 바닥에 피가 퍼졌다.

그는 숨이 끊어지는 중에 버클리 패밀리와 적대하는 귀족의 이름을 중얼거렸다.

"──이 악독한 놈들. 너희는 반드시 번필드가의 손에 멸망할 것이다."

카미시로는 숨이 끊어진 남자를 향해 시가를 던지더니 짓밟아 불을 껐다.

"멍청하긴. 버클리가를 따랐으면 목숨은 건졌을 것을."

아들 한 명이 기쁜 듯이 카시미로에게 말을 걸었다.

"아버지, 이제 나도 남작인가?"

"응? 그래, 마음대로 해라. 물론 영지 관리는 내가 하겠지만."

아들은 그 말을 듣고 크게 기뻐했다.

"이제 나도 패밀리의 간부다!"

아들은 기뻐했지만, 카시미로는 그의 이름도, 그가 몇 번째 아이인지도 몰랐다.

그저 혈연이 있으면 비교적 배신할 걱정이 적기에 아들을 남작으로 삼았을 뿐이다.

처음부터 가족의 애정 따위는 없었다.

카시미로는 아들이 독립하자 바로 다음 문제에 착수했다.

"──자, 슬슬 엘릭서 재고가 부족해. 이쯤에서 행성 하나를 말려 보충해두고 싶은데, 어디가 좋을지 의견 있나?"

그렇게 말하자 다른 아들이 후보를 제안했다.

"그렇다면 좋은 행성이 있어. 실은 전부터 노리고 있는 애가 있는데, 해적 귀족에게는 줄 수 없다는 말을 지껄이더라고. 보복하고 싶어."

엘릭서는 어떤 상처나 병도 치료하는 만병통치약.

이 세계에서도 아주 귀중한 물건이고 좀처럼 손에 넣을 수 없는 굉장히 비싼 약이다.

버클리 패밀리는 그런 엘릭서를 양산하는 기술을 가지고 있었다.

행성 개발 장치. 원래는 황폐한 행성을 되살리는 고대의 오파츠지만, 잘못 사용하면 생명이 넘치는 풍족한 행성을 죽음의 별로 만들어버린다.

그 대가로 얻는 것이 많은 생명을 희생하여 정제한 엘릭서다.

머리카락을 만지작거리면서 말하는 날씬한 아들의 부탁으로 카시미로는 엘릭서를 얻기 위해 사람도 동물도, 그리고 별마저도 죽일 것을 쉽게 결정했다.

"어중간한 연줄만 없으면 아무래도 상관없다. 당장 멸망시키고 와라."

"그렇게 할게. 하지만 딸만은 봐줬으면 좋겠어. 내 애인으로 삼고 싶으니까."

"마음대로 해라."

행성 개발 장치를 여러 개 소유하고 있는 것이 버클리가의 강점이었다.

사람을, 그리고 별을 죽이며 출세한 카시미로.

그는 눈앞에서 죽은 남자가 마지막에 중얼거린 이름을 떠올리고 표정을 일그러뜨렸다.

"그보다 번필드가는 어떻게 됐지?"

제국에서 나는 새도 떨어뜨리는 위세를 가진 버클리 패밀리에게 정면으로 싸움을 건 녀석이 있다.

——리암 세라 번필드다.

카시미로의 아들들이 서로의 얼굴을 마주 보며 보고하는 것을 망설였다.

"보고해라."

카시미로가 재촉하자 그제야 수염을 기른 아들이 보고했다.

"——내가 데리고 있는 암살자, 그리고 실력자를 고용해서 보냈어. 하지만 전부 실패했어."

"생각보다 잘 버티는군. 뭐, 이대로 계속 보내면 놈도 압박감을 느끼겠지."

느긋한 대답이었지만 카시미로가 머리끝까지 화가 난 것을 알아차린 한 아들이 당장 암살을 그만두자고 말했다.

"아버지, 리암 그 애송이는 사관학교에 입학했어. 암살자를 보내면 군이 달가워하지 않을 거야."

카시미로도 그 정도는 알고 있지만, 체면을 구기고 가만히 있을 수는 없어서 억지스럽더라도 강행하려고 했다.

"그래서? 이대로 가만히 보고 있으라는 거냐? 잘 들어라, 귀족이라는 건 예나 지금이나 체면으로 먹고산다. 우습게 보인 채로 있을 수 있겠냐!"

카시미로의 말을 듣고 아들들은 암살 이외의 방법을 제안했다.

"——아버지, 번필드가에는 빚이 있어. 상당한 금액이야."

번필드가는 리암이 탄생하기 전까지 가세가 기울어 당장이라도 무너질 것 같은 변경의 가난한 귀족이었다. 아무리 리암이 회복시켰다고 해도 막대한 빚은 남아있었다.

"선대가 남긴 빚이었나? 그게 어쨌다고?"

"우리와 연관이 있는 회사에서도 빌렸어. 그러니 다소 강제적인 방법을 써서라도 억지로 빚을 징수할 생각이야."

그 말을 듣고 카시미로는 잠깐 고민했다.

그 이유는 리암이 성실하게 변제하고 있기 때문이다.

(성실하게 변제하고 있는 애송이한테서 억지로 빚을 징수하면 우리 기업의 신용이 팍 떨어질 텐데.)

그들은 장사는 물론 다른 가문의 약점을 잡기 위해 금융업에도 손을 대고 있었다.

거기서 나오는 수익도 무시할 수 있는 금액이 아니라 신용을 잃으면 큰 손실을 입을 것이다.

하지만 리암에게 암살자를 계속 보냈는데 실패를 반복하면 버클리 패밀리를 깔보는 가문이 나올 것이다.

(다소의 손실을 감수하더라도 그 꼬맹이를 없애는 편이 좋은가.)

버클리가와는 대조적으로 리암은 해적들을 차례차례 없애 명성을 쌓아왔다.

해적 사냥꾼으로 출세해온 리암은 카시미로에게 언젠가 적대해야 할 귀족이다.

리암이 귀족사회에 대두하면 그를 받드는 가문이 늘어나서 귀찮아진다.

(더 늦으면 골치 아파지겠군.)

버클리가에 원한을 가진 가문은 많다. 놈들이 언젠가 어엿한 귀족이 된 리암과 손을 잡으면 일이 귀찮아진다.

리암이 수행을 끝내기 전에 승부를 내고 싶다는 것이 카시미로의 속내였다.

"좋다. 번필드가가 변제하지 못해 망한다는 소문을 퍼뜨려라. 다른 빚쟁이들도 허둥지둥 빚을 징수하겠지."

리암 개인에서 번필드가로 표적을 변경했다.

대귀족끼리 벌이는 명운을 건 싸움이 본격화되어가고 있었다.

　내가 들어간 알그란드 제국 사관학교는 행성 하나를 군의 교육 시설로 삼은 곳이다.

　시가지, 밀림, 사막, 설원—— 이 행성의 모든 것이 훈련시설이다.

　우주에서도 항구나 군함, 그리고 훈련용 스페이스 콜로니까지, 모든 것이 제국을 지탱하는 군인들의 육성을 위한 것이다.

　그중에서도 내가 다니는 전략과는 장래에 참모, 사령관 등을 목표로 하는 엘리트들이 모여 있다.

　장성을 목표로 하는 자에게는 필수 코스이며 경쟁률도 굉장히 높은 곳이다.

　다만 여기에도 샛길이 있다. 바로 귀족의 자제다.

　일반 사관후보생은 좋은 성적을 내야만 들어올 수 있으나, 귀족은 조건 없이 전략과에 들어올 수 있다.

　제국에서 귀족 신분이 얼마나 우월한 조건인지를 보여주는 예시이다.

　장래에 공작이 될 예정인 나도 귀족이라는 이유만으로 이곳에 있다.

　이게 무슨 말이냐 하면, 여기 있는 엘리트들 속에 귀족이라는 이유만으로 들어 온 무가치하고 무능한 녀석들이 섞여 있다는 것이다.

참 어이없는 상황이지만, 제국은 그런 곳이다.

"이 세상은 태생이 전부는 아니야. 하지만 태생이 크게 영향을 끼친다고 생각하지 않나?"

나는 사관학교 식당에서 월레스를 상대로 화제를 던졌다.

빡빡머리 월레스가 영양을 중시한 맛없는 식사를 앞에 두고 딱딱한 빵을 베어 먹으면서 나를 이상하다는 듯이 봤다.

"느닷없이 무슨 소리야? 그보다 사관학교는 진짜 끔찍해. 머리가 좀 길다고 1년 내내 빡빡머리라니, 믿기지 않아."

입학 첫날, 월레스는 규칙보다 머리카락이 길어서 그 벌로 1년 동안 빡빡머리로 지내게 되었다.

움직이는데 머리가 길면 문제가 많아 여자도 모두 단발이다.

함께 식사 중인 '에일라 세라 베르만'도 등에 닿았던 머리카락이 짧아져 있었다.

에일라는 혐오가 담긴 날카로운 시선을 월레스에게 보냈다.

"월레스, 리암 군의 말을 잘라먹지 말래? 리암 군, 그래서 태생이 어떻고 하는 건 무슨 얘기야?"

월레스도 에일라의 태도에 익숙해지기 시작했는지 전혀 신경 쓰지 않았다.

"여전히 나한테는 너무하네."

"닥치라고 했지?"

에일라가 월레스에게 매정한 건 평소대로지만…….

——이 녀석은 왜 사관학교에 있는 거야?

나는 당연히 크루트와 함께 대학에 진학할 줄 알았다.

둘 다 사이가 좋았으니 그대로 이어지는 것까지 예상했던지라 에일라의 생각이 이해가 안 됐다.

뭐, 그녀도 사정도 있을 테니, 이런 곳에서 물어볼 수는 없다. 뭔가 복잡한 사정이 있으면 사람이 없는 곳에서 물어봐야 할 것이다.

그래서 나는 내가 꺼낸 처음 이야기로 되돌아갔다.

"귀족으로 태어난 것만으로 엘리트 코스를 밟을 수 있잖아. 일반 후보생들이 분개할 일이 아닌가 해서."

주위에 들리는 목소리로 그렇게 말하자, 소란스러웠던 식당 안이 서서히 조용해졌다.

이곳에는 전략과에 소속된 사관후보생들이 많다.

즉, 일반 후보생들도 우리의 이야기를 듣고 있다.

승리자들의 그룹에서 태어난 나는 그렇지 않은 자들을 깔보며 기쁨에 젖어있었다.

주위를 경계하는 윌레스가 내 부주의한 발언을 지적했다.

"리암, 그런 말은 너무 크게 말하지 말라고. 주위를 봐."

주위를 보니 나를 째려보는 패배자들이 있었다.

분한 건지 인상을 쓰고 분노를 드러낸 표정을 짓고 있었다.

그중에는 찬성하는 듯한 시선을 보내는 사관후보생들도 있는데, 잘은 모르겠지만 아마도 귀족 출신일 것이다. 내 의견에 동의하는 것이다.

"왜, 사실이잖아? 불만이 있으면 나한테 직접 말하면 돼. 말할수 있다면 말이야."

주위를 한 번 봤지만 그런 기개가 있는 사관후보생들은 없었다.

내가 시선을 보내자 째려보던 녀석들이 일제히 얼굴을 돌렸다.

──현 백작이자 장래의 공작인 나를 거스르는 게 무서운 모양이다.

사관학교의 규모가 너무 커서 나라도 후보생들의 얼굴이나 이름을 일일이 기억할 수 없다.

하지만 나를 째려본 사람은 틀림없이 일반 후보생일 것이다.

귀족에게 불만이 있어도 아무 말도 못 하는 것이 일반 후보생이라는 녀석들이다.

엘리트라고 해도 귀족에겐 거스를 수 없는 제국의 사정을 말해줬다.

이거다. 바로 이거다.

이게 바로 내가 바라는 악덕 영주의 모습이다.

내 말에 화가 났는지 최상급생이 굳이 다가와서 위압하듯이 말을 걸었다.

"태도가 제법 뻣뻣하구나."

우리가 앉은 테이블에 손을 올리고 얼굴을 가까이 대는 최상급생을 비웃었다.

대조적으로 윌레스는 그 최상급생을 보고 놀라고 있었다.

"돌프 선배?!"

그의 이름이라면 나도 알고 있었다. 최고 학년의 수석이다.

하지만 돌프는 귀족 출신일 터.

귀족이면서 일반 사관후보생들을 깔보는 나에게 분노를 느낄 정도로 정의감이 있는 건가?

——그렇다면 내가 싫어하는 타입이다.

돌프는 나를 내려다보더니 건방진 태도로 비아냥을 섞어 비난했다.

"성적이 우수하던데, 그만큼 태도도 건방지구나. 막 입학한 참이라 아무것도 모르는 것 같으니 말해주마. 너 정도 되는 사람은 여기에 잔뜩 있다. 조금은 태도를 고치는 편이 좋을 거다."

무스로 젖은 머리를 고정한 것처럼 머리카락을 올백으로 넘긴 '돌프 세라 로렌스'는 귀족인데 평민의 편을 들어주는 특이한 남자인 듯했다.

약간 날씬하게 단련된 몸을 지니고 있었다.

외모도 나쁘지 않고 주위에 추종자도 많다.

인망이 제법 있는 모양인데, 엘리트라고 뽐내는 듯한 얼굴이 마음에 안 들었다.

그리고 감히 나에게 설교하다니.

로렌스 가문은 자작가. 나보다 격이 낮다.

"학년 수석이 몸소 나에게 설교하시는 건가? 뻔뻔하기 짝이 없군."

"그건 상급생을 대하는 태도가 아니지."

"자작가 주제에 누굴 보고 하는 소리인가? 먼저 들어왔다고 거들먹거리지 말라고."

"너야말로. 여긴 군대다. 작위를 들먹이다니, 진짜 세상 물정을 모르는 것 같군."

"재밌네. 그럼 군대에서 작위가 통하지 않는지 시험해볼까?"

상급생이지만 상대는 격이 낮은 귀족이다.

내가 겸손하게 나올 이유는 없었다.

군대의 규율? 내가 대체 얼마나 사관학교와 군에 기부하고 있는지 아나? 그런 건 당연히 묵인될 것이다.

에일라는 나를 걱정했고 월레스는 나를 말리려고 했다.

"리암 군, 안 돼."

"싸움을 걸 상대 정도는 좀 가려! 상대는 돌프 선배라고."

엮이지 말라고 말하고 싶은 모양이지만, 난 이런 정의감을 가진 녀석이 싫다.

전생의 자신이 떠오르니까.

아무런 득도 안 되는 정의감을 가지고 착하게 사는 것이 올바르다고 생각했다.

이 녀석은 평민을 바보 취급하는 나에게 화가 난 모양이지만, 난 그런 착해빠진 모습이 구역질이 난다.

"그래서 어쩔래? 붙어볼 거냐?"

내가 성질을 긁자 돌프는 험상궂은 얼굴로 대응했다.

아무래도 싸움이 아니라 승부를 할 모양이다.

"시뮬레이터 룸으로 와라. 너에게 상급생을 대하는 태도를 가르쳐주마."

"그건 부디 꼭 배워보고 싶군."

도발적인 웃음을 지어주자 식당이 단번에 소란스러워지기 시작했다.

"야, 리암과 돌프 선배가 시뮬레이터로 싸운대."

"저 두 사람이?"

"이거 볼만하겠군."

분위기가 고조되는 식당에서 윌레스만은 머리를 싸매고 있었다.

"리암, 도대체 너란 놈은……."

에일라는 이미 포기한 얼굴로 한숨을 쉬고 있었다.

"정말 한결같이 여전하네."

날 아는 에일라는 내가 물러나지 않을 걸 예상한 모양이었다.

"당연하지. 지위도 낮은 주제에 나한테 싸움 거는 게 잘못이야."

지위가 낮다고 하자 돌프가 눈에 띄게 얼굴을 붉혔다.

"듣자 듣자 하니까."

분명 군대에서 작위를 들먹이며 나이가 많은 사람에게도 거만하게 구는 내가 용서가 안 되는 것이리라.

사관학교의 시뮬레이터 룸.

원래는 수업이나 자습할 때 사용하는 시설로, 넓어서 동시에 많은 학생이 이용할 수 있다.

그 시뮬레이터 룸 한 곳에 오늘은 사관후보생들이 몰려들어 있었다.

1학년 중에서 성적이 상위인 리암과 6학년 수석인 돌프의 대결을 보기 위해서였다.

두 사람은 지금부터 함대를 이끄는 사령관이 되어 시뮬레이터로 대결한다.

사관후보생들이 몰려든 것은 두 사람의 대결에 흥미가 있기 때문이다.

양극단에 있는 두 사람의 대결에 관객은 제각각 성원을 보냈다.

울타리에 기댄 월레스는 작게 한숨을 쉬고는 리암을 응원하는 사관후보생들을 바라봤다.

"리암은 평민에게 인기가 많네."

리암을 응원하는 사람은 일반 사관후보생들이 많았다. 귀족도 있긴 했지만, 대부분은 일반 사관후보생이었다.

반대로 리암을 싫어하는 귀족들은 돌프를 응원했다.

에일라는 리암 측의 관객을 보고 당연하다는 듯이 말했다.

"리암 군과 달리 돌프 선배는 전형적인 귀족주의자니까. 귀족 태생인 게 중요하고 평민은 도구라고 생각하는 사람이야. 리암 군하고는 상극이지."

돌프는 로렌스가의 차남이다. 그래서 귀족이 우대받는 게 당연하다고 생각하며, 평민은 목숨을 걸고 귀족을 떠받들어야 한다고 여겼다.

그런데 리암이 '귀족으로 태어난 덕에 실력 없이도 엘리트 코스를 밟는다'고 도발에 가까운 말을 했으니, 시비가 붙을 만도 했다.

월레스는 돌프를 힐끔 바라보았다.

(돌프 선배는 성적이 우수하면서도 더러운 수단을 쓴다는 소문이 있었는데……. 별일 없으면 좋으련만.)

1학년은 이제 막 입학한 참이고, 돌프는 이곳에서 5년을 보낸 상급생.

아무리 리암이 우수해도 사관학교에서 5년이나 수석을 유지한 돌프를 상대하는 건 어려워 보였다.

(애초에 5년간 수석 자리를 한 번도 뺏기지 않은 것부터가 수상해.)

사관학교에는 돌프가 경쟁자들을 누명 씌워 퇴학시켰다거나, 악당들과 손을 잡고 인질을 잡아 경쟁자를 내쫓았다거나, 약점을 잡아서 협박했다는 등의 소문이 돌고 있었다.

"물불 안 가리는 상대한테 싸움을 걸다니, 리암의 정의감은 정말 놀라워."

월레스가 어이없다는 듯 내뱉자 에일라가 바로 그를 쏘아붙였다.

"알고 있으면 너도 리암 군을 좀 본받지? 네가 전략과에 들어온 것도 리암 군이 기부한 덕이잖아."

에일라가 바라본 리암은 이따금 입으로는 나쁜 말을 하지만 정의감이 강하고, 실력이 뛰어난 인물이었다.

"윽! 마, 말 안 해도 알고 있어! 그런 너는 어떤데? 실력으로 입학한 거 맞아?"

"내가 너 같은 줄 알아? 교관이 아슬하게 합격이라고 했다고!"

"자칫하면 떨어졌다는 거잖아!"

"그래도 너보단 낫거든?!"

월레스는 교관에게 '원래라면 불합격인 성적이니 조금은 리암 후보생을 본받아라'라는 말을 들었다.

리암이 실력으로 합격했다는 사실은 사관학교에서 유명한 이야기였다.

그런 리암이 실력 없는 귀족들을 지적하는 듯한 발언을 하니, 일반 사관후보생들에게는 리암은 신분만으로 합격한 귀족들에게 불만을 가진 것처럼 보였다.

사관학교에서 리암은 일반 사관후보생들의 희망이었고, 귀족들에게는 눈에 거슬리는 존재였다.

——시뮬레이터가 작동하자 주위가 어두워졌다.

공중에 작은 함정이 마주 보며 나타났다.

시뮬레이션이 시작되자마자 리암의 함대가 바로 공격을 가했다.

돌프는 코웃음을 쳤다.

"시작부터 공격한다고? 기본도 모르는 것 같군! 해적이 상대라면 통하는 전술이겠지만, 나한테는 안 통한다고."

"뭐라고?"

돌프의 도발에 리암이 분개했다.

더 세게 공세를 펼쳤지만, 안타깝게도 돌프의 말대로였다.

리암의 함대는 서서히 불리해져 갔다.

"멧돼지처럼 돌격밖에 할 줄 모르는 넌 내 적수가 못 돼. 애초부터 편제가 안 좋아. 함대 운용도 글렀어! 이런 실력으로 훈장을 받다니, 지금까지 상대해온 해적 놈들이 형편없었던 모양이구나."

시뮬레이터는 자신의 함정을 편제할 수 있다.

상대 진영을 예측해서 전략을 세우는 것까지 포함한 훈련이다.

리암은 특기인 돌격을 전제한 함대를 편제했지만, 돌프의 함대는 방어에 특화되어 있었다.

리암에게 불리한 상황이었다.

돌프가 마치 리암의 편제를 처음부터 간파한 것 같았다. 너무나도 완벽한 카운터였다.

월레스는 위화감을 느꼈다.

"돌프 선배가 뭔가 한 모양인데."

에일라는 모니터에 비친 돌프를 바라보았다.

"웃는 얼굴도 불쾌하네. 어떻게 이럴 수가 있지? 처음부터 리암의 전략을 모조리 알고 있었던 것 같은 대응이잖아."

리암이 열세에 몰리자 귀족 출신 사관후보생들이 큰 소리로 성원을 보내기 시작했다.

리암을 향한 야유도 들려왔다.

"뭐냐, 겨우 그 정도냐, 해적 사냥꾼!"

"네가 상대하던 해적들과는 차원이 다르다고. 주제를 알아라!"

"시골뜨기는 주제를 알아야지."

리암의 패배를 확신했는지 모두가 건방진 태도를 보였다.

일반 사관후보생들은 분한 표정이었다. 부정을 저지른 걸 알아도 증거가 없으면 리암이 망신을 당할 뿐이다.

"이대로 가면 지겠는데."

어느새 리암의 함대가 상당히 줄어있었다.

에일라도 패배를 확신했다.

"역전은 어려운가."

월레스와 에일라도 승패를 판단할 수 있을 정도로 리암의 상황은 불리했다.

일반 사관후보생들이 포기하는 가운데, 천장에 거꾸로 달라붙어 내려다보는 존재가 있었다.

천장에 거꾸로 서 있는 사람이 있었다.

줄무늬 실크햇에 연미복을 입은 남자는 모자를 깊이 눌러써서 눈가가 보이지 않았다.

보이는 입가는 웃음을 띠고 있었다.

"제가 수도성에서 힘을 비축하는 사이에 재밌는 일이 벌어졌군요."

리암과 돌프의 대결을 지켜보고 있던 것은 '안내인'이었다.

이전에 리암에게 지독하게 시달린 안내인은 힘을 되찾기 위해 제국의 수도성에서 사람들의 불행을 흡수하며 몸을 치료하고 있었다.

지금은 약간 힘을 되찾아 리암의 상태를 보러 와있었다.

물론 지금도 리암의 감사하는 마음이 고통을 불러오고 있었다. 아마 계속 근처에 있으면 분명 고통에 몸부림치게 될 것이다.

지금의 리암은 자기 영토에 있는 백성들에게 많은 존경을 받고 있다. 이것이 리암의 감사에 힘을 실어주고 있었다. 안내인이 직접적으로 리암을 불행하게 만드는 건 이제 불가능에 가까웠다. 간접적인 수단으로 리암을 괴롭힐 방법을 찾아야 했다.

돌프를 본 안내인은 한 가지 생각을 떠올렸다.

천장에서 천천히 내려와 그대로 돌프에게 다가갔다.

누구도 안내인을 알아차리지는 못했다.

그는 사관후보생들의 앞을 지나 승리를 확신하고 추한 웃음을 지은 돌프 옆에 섰다.

"사람을 여럿 불행하게 만들어온 남자인 것 같군. 제 취향이네요."

돌프는 수석이 되기 위해 많은 라이벌을 제거하면서 사관학교뿐만 아니라 여러 곳에서 원한을 샀다. 그 원념이 돌프에게 휘감겨 있기에 안내인은 그에게 호감을 품었다.

그리고 리암과는 달리 본질적으로 나쁜 귀족인 것도 매력적이었다.

리암에게 이기기 위해 시뮬레이터에 잔꾀를 부린 것도 마음에 들었다.

"좋은 생각이 났어요!"

그렇게 말하고 안내인이 시뮬레이터를 만졌다.

손에서 흘러나온 검은 연기가 시뮬레이터의 틈으로 들어가자 이변이 일어났다.

지금까지 우세하게 나아가던 돌프의 함대가 서서히 밀리기 시작했다.

리암 함대와의 수적 차이가 줄어갔다.

이걸 보고 돌프가 크게 당황했다.

"뭐, 뭐라고?!"

반대로 리암은 웃음을 띠었다.

"왜 그러나, 수석! 이 정도로 선배 행세를 하는 거냐!"

우쭐거리는 리암을 보고 안내인은 입꼬리를 올리고 하얀 이를 보이며 웃었다.

자력으로 승리하고 있다고 착각하고 있는 리암의 모습이 정말 우스꽝스럽게 보였기 때문이다.

"좋아. 우쭐거려라. 리암, 그게 네 명을 재촉할 거야."

리암이 미운 안내인은 이 자리에서 리암이 이길 수 있도록 행동하고 있었다.

그 이유는──.

"젠장! 젠장! 이럴 리가 없는데!"

돌프가 당황해서 함대를 움직였지만, 그 때문에 틈이 생겼고 리암에게 공격당해 형세가 더더욱 불리해져 갔다.

공격에 특화된 리암의 함대가 돌프의 함대를 물어뜯으니 수적 차이가 뒤집혔다. 전황 보고는 돌프는 열세에 처했고, 역전도 어려워졌다.

"어, 어째서냐?! 설마 너도──!"

이길 수 있다고 생각했던 돌프는 얼굴을 파랗게 물들이고 당황했다.

돌프는 바로 리암의 부정을 의심했지만, 자신도 수작을 부렸기 때문에 항의할 수 없었다. 시뮬레이터를 조사하면 돌프의 부정도 밝혀지기 때문이다.

자신의 행동 때문에 돌프는 난처한 입장에 몰렸다.

──안내인의 손에 의해서.

안내인은 그런 돌프의 어깨에 손을 올리고 부드럽게 말을 걸었다.

"너한테 기대하고 있어. 이 패배는 분명 너에게 큰 양분이 될 거야. 그리고 널 패배시킨 리암을── 넌 절대로 용서할 수 없게 되겠지?"

돌프는 안내인의 말 같은 건 안 들렸지만, 지금은 이마에 핏대를 세우고 리암을 노려보고 있었다.

수석으로 있기 위해, 누구에게도 지지 않기 위해 부정까지 저지르는 돌프다.

리암에게── 그것도 상당히 하급생인 후배에게 지는 건 굴욕이었다.

"용서 안 해. 절대로 용서 안 한다── 리암."

시뮬레이터가 리암의 승리로 판정하자 방에서는 많은 일반 후보생들이 환성을 지르며 들썩였다.

그에 비해 귀족들은 패배한 돌프를 업신여기는 눈으로 봤다.

"학년 수석도 이 정도인가."

"저 녀석은 비겁한 놈이니까 이 정도인 거야."

"부정을 저질러도 리암에게 지는 수준, 이라."

비웃는 자도 있다.

전부 굴욕적이었지만, 가장 분한 것은── 대전 상대인 리암이다.

승리한 리암은 아주 당연하다는 듯이 거만하게 말을 걸었다.

"시뮬레이터밖에 모르니까 이렇게 되는 거야. 진짜 전쟁을 경험해야지. 앞으로 내가 인생의 선배로서 이것저것 가르쳐줄게 ──돌프 군."

승리해서 우쭐거리는 리암을 보고 안내인은 만족스럽게 고개를 끄덕였다.

그에 비해 돌프는 엄청 험악한 표정으로 리암을 째려봤다.

"이 자시이이익."

낮은 목소리를 내는 돌프를 보고 안내인은 남몰래 만족스럽게 웃었다.

"그래. 리암을 더 미워하는 거다. 그런 네가 언젠가 리암을 쓰러뜨리게 될 거다. 그 전장도 준비해주지."

여유가 생기기 시작한 안내인은 리암을 직접 쓰러뜨리지 않고 시간을 들여 천천히 공을 들여 준비하기로 했다.

안내인은 지금까지 일을 단순하게 생각한 걸 반성하면서, 책략을 가다듬었다.

리암을 기분 좋게 만들어두면 분명 빈틈을 보일 것이다.

그리고── 기회가 왔을 때 단숨에 추락시킨다.

"리암, 지금 실컷 즐겨라. 네가 모든 것을 잃었을 때 어떤 얼굴을 할지 기대되는구나."

안내인은 그렇게 말하고 바닥에 가라앉듯이 사라져갔다.

뒤에 남은 것은 어금니를 꽉 깨물고 리암을 노려보는 돌프 뿐이었다.

"──두고 보자. 난 오늘을 절대로 잊지 않을 테니까."

리암을 진심으로 증오하는 존재가 탄생한 순간이었다.

리암이 돌프를 시뮬레이터로 격파한 다음날.

전략과의 계단식 교실에서는 리암이 귀족 자제에게 둘러싸여 있었다.

지금까지 리암을 싫어했던 그들은 태도를 바꾸어 바짝 다가왔다.

"리암, 대단하잖아!"

"상대는 최상급생인데다가 학년 수석인 돌프잖아."

"역시 실전을 겪으면 다르네~."

침이 마르도록 칭찬을 받는 리암은 싫지만도 않은 듯한 표정을 짓고 있었다.

"그렇지도 않아. 그 녀석이 약했을 뿐이야."

주위 사람은 리암이 무슨 말을 하든 금방 칭찬했다.

노골적인 아부다.

떨어진 곳에서 그 모습을 보고 있는 월레스는 어제와는 달리 노골적으로 다가가는 귀족들을 보고 진절머리가 났다.

"더 강한 녀석에게 붙는 건가. 굉장히 솔직한 놈들이네."

마찬가지로 상황을 보고 있던 에일라도 기막혀했지만, 어쩐지 리암과 신체 거리가 가까운 이들을 유독 째려보고 있었다.

그중 한 명이 리암의 어깨에 손을 올리자 에일라의 인상이 더욱 험악해졌다.

"리암 군에게 달라붙는 샛서방 놈들이."

월레스는 분노를 드러내는 에일라한테서 시선을 돌려 일반 사관후보생들의 모습을 확인했다.

모두가 귀족 자제들을 보고 매우 불쾌한 표정을 짓고 있었다.

귀족들의 태도 변화를 보고 질렸을 것이다.

(어제까지는 촌뜨기라고 바보 취급해놓고, 이렇게 태도를 확 바꾸니 말이지.)

돌프에게 승리한 것으로 인해 지금까지 리암을 무시하던 귀족 자제들이 리암의 추종자처럼 되었다.

"하아—— 유년학교가 그립네."

문득 그렇게 생각해서 월레스가 중얼거리자 옆에 있던 에일라 가 양손을 쥐고 당시의 멋진 추억을 말했다.

"유년학교를 다닐 때는 좋았지. 리암 군은 크루트 군이랑 어딜 가든 함께 가서, 보고 있으면 행복했어. 둘 다 정말 사이가 좋았 는데, 크루트 군이 장래에 군인이 되겠다고 대학을 먼저 가는 바 람에……. 둘이 따로 떨어지다니, 이건 불행한 일이야."

월레스는 에일라의 설명을 듣고 자신이 빠졌다는 것을 지적 했다.

"잠깐만. 나도 그 둘이랑 같이 있었는데? 어딜 가든 끌려다녀 서 고생했는데?"

"미안, 기억이 없어. 월레스, 정말 유년학교 졸업했어?"

"했어! 같이 지냈고 졸업식도 같이 참가했잖아!"

크루트는 현재 대학에 진학했다.

에크스나 남작가의 후계자인 크루트는 군인 가계이기 때문이다.

그런 사람들은 수행할 때 사관학교를 마지막에 고른다.

유년학교를 졸업한 후에 대학에 가서 그대로 관리 자격을 따는 것을 우선한다. 왜냐하면 마지막에 사관학교를 졸업하는 편이 효율적이기 때문이다.

먼저 관리가 되면 사관학교를 졸업한 후에 쭉 군에 남을 수 있다.

크루트는 어쩔 수 없이 리암과 다른 길로 나아갔다.

(그러고 보니, 그 녀석은 리암과 헤어진다는 걸 알았을 때 상당히 낙담했었지.)

리암이 사관학교를 먼저 가기로 정했기 때문에 크루트는 상당히 침울해했다.

에일라가 한숨을 쉬었다.

"크루트 군도 같이 있었으면 재밌었을 텐데. ──월레스는 필요 없지만."

"나도 가능하면 군대에 오고 싶지 않았어. 하지만 리암이 여길 먼저 끝낸다고 하니까 어쩔 수 없이 같이 왔다고."

둘은 무의미한 대화를 끝내고 주위 사람에게 칭찬받는 리암을 봤다.

꽤 즐거워하는 모습을 보니 두 사람은 왠지 쓸쓸했다.

"실전경험도 없는 문외한이 나한테 이기려고 하다니, 10년은 이르지. 돌프는 싸움을 걸 사람을 잘못 골랐어."

리암이 주위에 그렇게 말하자 귀족 자제들이 당황했다.

"응? 10년?"

"겨우 10년?"

"꽤, 꽤 빠르네."

기나긴 인생이다. 리암이 10년이면 돌프가 자신을 따라잡는다고 말해서 추종자들은 어떻게 받아들이면 좋을지 불안해했다.

에일라가 작게 웃음을 터뜨렸다.

"거만한데 현실적이고 적을 얕보지 않는 건 리암 군답네."

월레스도 어깨를 으쓱였지만 여전한 리암을 보고 안심하여 웃음 지었다.

"리암은 역시 리암이네."

그런 교실에 나타난 사람은 긴 머리칼을 싹둑 잘라 단발이 된 마리였다.

갑자기 미인이 나타나 교실 안의 남자들이 떠들기 시작했다.

본인은 그런 남자들을 개의치 않고 리암 주위에 있던 추종자들을 당연하다는 듯이 밀어젖혔다.

"리암 님, 이야기 들었어요!"

눈동자를 반짝이며 양손을 쥔 마리는 리암 앞에 서더니 한껏 귀여운 목소리를 들려줬다.

"——마리인가."

리암이 노골적으로 싫다는 표정을 지은 것을 알아차리지 못한 마리는 시뮬레이터의 결과를 열정적으로 이야기하기 시작했다.

"최상급생을 시뮬레이터로 받아치다니! 역시 리암 님이에요. 이 마리, 어제는 리암 님의 용맹한 모습을 보지 못해 분해서 교관을 상대로 기분 전환을 해버렸어요. 불러주셨으면 금방 달려갔을 텐데!"

월레스와 에일라는 마리의 모습을 보고 깊은 한숨을 쉬었다.

"리암의 기사는 개성이 강하단 말이지. 게다가 교관으로 기분 전환을 하다니, 너무하잖아."

"우수한 만큼 더 안쓰럽게 보이지."

다른 반인 마리가 갑자기 나타나 칭찬하자 리암은 기분이 가라앉았는지 눈빛이 차가워졌다.

"그런가. 안타깝게 됐네. 빨리 교실로 돌아가."

"아뇨, 좀 더 리암 님을 칭송하게 해주세요! 리암 님이 얼마나 훌륭한지 주위에 전하지 않으면 이 마리는 마음이 가라앉지 않습니다!"

마리의 눈에 핏발이 서 있었다.

리암의 추종자가 되려는 패거리가 기겁할 정도로 마리는 리암을 칭송하기 시작했다.

"애초에 리암 님이 훌륭한 것은 당연하며, 이는 필연이고——!!"

갑자기 연설을 시작한 마리를 보고 월레스는 중얼거렸다.

"유년학교 시절이 그립구나."

난 예스맨이 좋다.

무슨 짓을 해도 칭찬하는 충견 같은 놈들이 아주 좋다.

하지만 눈앞에서 흥분하며 나를 칭송하는 마리를 보며 생각했다.

이건 아니구나──라고.

마리는 흥분해서 눈에 핏발을 세우고 '리암 님은 이미 완성된 존재!'라는 말을 하고 있다.

──난 알랑거리는 녀석들은 정말 좋아하지만, 이렇게까지 하면 깬다.

필두기사인 티아도 마찬가지다.

분명 내가 꼴사납게 넘어져도 '역시 대단해요, 리암 님!'이라며 칭찬할 것이 틀림없다.

그건 그냥 바보 취급당하는 게 아닌가.

──아무리 칭찬을 받아도 내 마음은 공허해진다.

"리암 님은 훌륭하신 분이에요!"

"──그러냐, 잘됐네. 마리, 넌 네 교실로 돌아가."

"어째서인가요, 리암 님?!"

"곧 수업이 시작되잖아."

"아, 고작 수업 따위는──."

"됐으니까 돌아가!"

"네!"

나를 칭송하다가 수업에 지각하다니, 마리는 내 기사라는 자각이 있는 걸까?

티아와 동등한 수준이라 차석기사에 앉힌 게 잘못이라는 생각이 들기 시작했다.

확실히 유능하긴 하지만, 이 녀석들은 좀 얼빠진 부분이 많다.

마리가 어깨를 축 늘어뜨리고 교실에서 나가는 걸 지켜본 뒤에는 나에게 다가온 녀석들도 떠나 있었다.

마리의 감격에 찬 아부에 기겁했을 것이다.

모처럼 추종자가 생길 것 같은 순간에 마리 녀석이 방해했다.

마리 녀석은 정말 글렀네.

적당히 칭찬한다는 걸 모르니까 내가 바보처럼 보이잖아.

아~, 정말 아까 전까지 좋았던 기분을 다 잡쳤다.

교실에서 몰래 빠져나온 사람은 리암을 둘러싸고 있던 사관후보생 중 한 명이었다.

긴장한 모습으로 교실에서 빠져나와 도망치듯이 이동을 시작하니 모퉁이에 숨어있던 마리가 말을 걸었다.

"슬슬 수업이 시작되는데 어딜 갈 생각이지?"

후보생이 눈을 크게 뜨고 놀랐지만, 바로 품에서 나이프를 꺼내 마리를 찌르려고 했다.

마리는 그 팔을 잡아 상대를 재빠르게 바닥에 넘어뜨려 꽉 눌렀다.

"나이프를 들고 오다니, 무슨 생각인 걸까? 들려주지 않을래?

누구에게, 뭘 하라고 명령을 받았어? 응? 말해, 말해, 말해!! 빨리 불어!"

"놔, 놔라!"

마리는 날뛰는 사관후보생의 손가락 하나를 잡아 꺾었다.

"으윽!"

비명을 억누른 사관후보생을 보고 마리는 재미없다는 듯이 혀를 찼다.

"풋내기보다 조금 나은 정도인가. ──말해. 리암 님에게 왜 접근했지?"

손가락을 하나 더 꺾었지만, 사관후보생은 대답하지 않았다.

그가 어떻게든 도망치려고 몸부림치기 시작하자, 바닥에서 가면을 쓰고 온통 까만 옷을 입은 거한이 천천히 솟아났다.

마리는 그 모습을 봐도 놀라지 않았지만, 사관후보생은 확실히 동요했다.

모습을 드러낸 자는 번필드가의 암부를 책임지는 집단의 두령 '쿠쿠리'였다.

검은 망토로 몸을 가리고 머리에는 가면을 쓰고 있었다.

보이지 않는 곳에서 리암을 지키는 존재인데, 매우 기분 나쁜 오라가 감돌고 있었다.

목소리도 낮았고 마리와 사관후보생을 보고 큭큭 하고 웃었다.

"마리 공, 멋대로 움직이시면 곤란하죠."

"쿠쿠리, 이 녀석이 누구의 사주를 받았을까? 버클리가의 자객

치고는 수준이 너무 낮아."

쿠쿠리가 키히히 하고 웃으면서 사관후보생이 누구의 사주를 받았는지 폭로했다.

"이 녀석은 로렌스가의 부하입니다. 자객이 아닙니다."

마리는 사관후보생의 손가락 하나를 또 꺾었다.

"아~ 돌프의 부하인가."

로렌스가의 부하가 고통스러운 표정을 지었다. 자기 고용주가 들통나 동요한 눈치였다.

그 모습이 재미있는지 쿠쿠리는 사정을 술술 이야기했다.

"네, 가짜 사관후보생 신분을 준비해서 이곳에 잠입시킨 듯합니다. 돌프를 수석으로 만들기 위해 준비된 자들 중 한 명이죠."

"그렇구나. 이해했어."

돌프를 위해 정보를 모으고 가끔은 소문을 퍼뜨리는 존재다.

방금처럼 험한 일도 맡은 모양이지만, 마리나 쿠쿠리가 보기에는 너무나도 서툴렀다.

쿠쿠리는 멋대로 이 자를 붙잡아버린 마리에게 빈정거리며 말했다.

"그보다, 움직이게 놔두고 관찰 중이었는데, 이러시면 곤란합니다."

"악의를 가지고 리암 님께 접근했어. 그것만으로도 만 번 죽어마땅해. 아냐?"

쿠쿠리가 곤란하다는 몸짓을 보였다. 그녀의 말도 동의하지만,

자기가 담당한 업무의 관점으로 보면 방해받은 꼴이었다.

"제게도 업무적 사정이 있는지라. 일부러 마음대로 하게 둔 거예요. 뭐, 이렇게 됐으니 어쩔 수 없습니다. 이 자의 신원을 밝히고 군에 넘기도록 하죠."

"어머, 얘를 살려두려고?"

"죽여도 좋지만, 죽이면 돌프의 악행이 알려지지 않으니까요. 죽이는 건 언제든 가능하지 않습니까."

마리가 자객을 놓아주자 쿠쿠리가 그를 포박하더니 같이 그림자 속으로 사라졌다.

자객이 소리치려고 했지만 쿠쿠리가 입을 막았다.

그 모습을 본 마리는 자신의 교실로 향했다.

"사관학교에도 리암 님의 적이 많구나."

리암에게 접근하는 자객들은 마리와 쿠쿠리의 손에 전부 제거되었다.

그리고 몇 주 뒤.

리암과는 달리 추종자들이 떨어져 나간 돌프는 거칠어져 있었다.

사관학교에서도 고립되어 있으며 주위 사람은 항상 자신을 비웃었다.

"젠장! 이놈이고 저놈이고 날 깔보고 있어! 애초에 부하들이 무능한 게 잘못이야!"

사관학교에서 돌프가 준비한 후보생들이 모두 잡혔다.

바로 전원 퇴학이 결정되었는데, 당연하게도 돌프에게도 책임을 묻는 목소리가 나왔다.

다만, 귀족인 돌프는 퇴학 처분만은 면했다.

대신 수석 졸업은 불가능.

군에서는 출세 코스에서 벗어나는 게 거의 확정되고 말았다.

"어떡하지. 어떡하면 좋지?!"

로렌스 가문은 군인이 많은 집안이며, 돌프의 행동으로 인해 친척에게도 폐를 끼쳤다.

돌프는 친척들에게 질책당하고 있었으며, 본가도 도와줄 생각이 없는 듯했다.

"이건 전부 리암 놈 때문이야. 놈 때문에 내 출세가, 원수가 되는 길이!"

지금까지 그걸 위해 노력해왔는데 고생이 전부 물거품이 되어 버렸다.

수석으로 있기 위해 무슨 수단이라도 써왔다. 그러기 위해 고생해온 돌프의 입장에서 보면, 노력이 보답받지 못한 것과 마찬가지였다.

돌프는 리암을 더더욱 증오하게 되었다.

"반드시—— 반드시 복수해주마. 리암, 너만큼은 절대로 용서 안 한다."

격노한 돌프는 온갖 수단을 써서 리암에게 복수하기로 맹세
했다.

사관학교에는 통신실이 설치되어 있다.

귀족 중에는 나처럼 영지가 있고, 꼭 지시를 내려야만 하는 사람도 적지 않다.

사관학교도 그런 경우에만 연락을 허가하고 있었다.

매일은 힘들어도 정기적으로 아마기와 이야기할 수 있는 이날이 나에게는 낙이었다.

하지만 그런 내 기분을 망치는 보고가 올라왔다.

"빚쟁이들이 몰려들었다고?"

『네. 본 가문의 재정 상황이 악화되었으니, 서둘러 회수하고 싶다는 설명을 들었습니다.』

"재정 상황이 안 좋아? 내가?"

무슨 뜻인지 이해가 안 됐다.

번필드가의 재정 상황은 악화되지 않았다. 오히려 양호하다 할 수 있을 것이다.

하지만 빚쟁이들이 몰려왔다면, 영지에 무슨 일이 있었던 걸까?

"영지에 문제라도 생겼어?"

『아뇨, 순조롭습니다. 이전만큼의 급격한 성장은 없지만, 개척 행성 입식도 무사히 성공했으니 문제는 없습니다.』

"그럼 왜 빚쟁이들이 몰려왔지?"

이해가 안 되는 건 빚쟁이들이 번필드가의 재정이 악화됐다고 믿고 있다는 점이다.

아마기가 '불확정 정보입니다만'이라며 운을 떼고 이야기하기 시작했다.

『버클리가가 움직이고 있는 것으로 예상됩니다. 저희와 관계가 있는 금융 관련 기업 몇 곳이 버클리 가문의 기업일 가능성이 높습니다.』

"데릭의 집안인가?"

유년학교 시절에 싸움을 걸어온 남자가 있었다.

그 녀석은 기동기사를 쓰는 경기에서 나를 죽이려고 했기에 반격해줬다.

난 그 일을 떨어지는 불똥을 털어낸 정도로 인식하고 있었다.

하지만 데릭의 집안은 가만히 있지 않았다.

『버클리가는 친인척이 많아 굉장히 성가시다고 합니다. 시녀장인 세리나가 상당히 경계하고 있었습니다.』

"성가셔? 작위는?"

『모두 남작가입니다. 다만, 수가 상당합니다.』

"남작가가 모여서 백작인 나한테 대항하려는 건가? 잔챙이는 아무리 모여도 잔챙이지만, 조금 성가시네."

귀족이라는 존재는 서로 어떻게 연결되어 있을지 알 수가 없다. 데릭을 죽여 버클리가와 적대했더니, 친인척들이 튀어나와 나를 적대했다.

성가시기 짝이 없지만, 이 정도는 별것 아니다.

"빚을 전부 변제해. 저장해둔 레어 메탈을 토마스에게 파는 게 어때?"

변제를 원한다면, 해주면 그만이다.

나에겐 그만한 재산이 있으니까.

빚을 갚는 건 당연한 일이니 순순히 따르자.

다만, 나를 얕보는 짓을 한 건 용서하지 않을 것이다.

『그에게 타진했습니다만, 이만한 양을 단번에 처리할 수는 없다고 합니다. 그래서 여전히 현금이 부족한 상황입니다. 현물로 갚는 경우, 레어 메탈의 매입가를 시장가의 절반 이하로 치겠다고 합니다. 어떻게 하시겠습니까?』

"빚쟁이가 내 레어 메탈을 후려친다고?"

난 싫어하는 것이 많다.

그중에서도 빚쟁이라는 존재는 정말 싫어한다.

전생에 난 그 녀석들의 손에 막다른 곳으로 몰렸다.

내가 진 빚도 아닌데 정말 끔찍한 독촉을 겪고 빚쟁이가 싫어졌다.

내가 진 적도 없는 빚 때문에 고통받은 전생을 나는 절대 잊지 않는다.

하지만 이 세계에서는 내 조부모와 부모가 막대한 빚을 진 것은 사실이다.

제대로 갚을 생각이었지만, 억지로 징수하려고 한다면 용서 따윈 하지 않는다.

"그건 마음에 들지 않는군. 어차피 싸게 팔 거면 제국에 팔아."

『괜찮습니까? 제국은 빚쟁이들이 제시한 가격보다 낮은 가격을 제시할 겁니다.』

"빚쟁이들의 배를 불려줄 바에야 그게 나아."

레어 메탈이야 얼마든지 만들 수 있고.

애초에 난 금전적인 문제에서 해방된 상태에 가깝다.

안내인이 준 '연금상자'라 불리는 엄청난 도구가 쓰레기로 레어 메탈을 만들어주니까.

"싸움 상대를 잘못 골랐다는 걸 알게 해줘야지. 버클리가에 압력을 가해."

『경제 전쟁이 되겠군요.』

버클리가가 건 이 전쟁, 받아주지.

"당연히 내가 이기겠지만."

애초에 연금상자를 가지고 있는 나하고는 승부가 안 될 테지만.

상대가 불쌍해지기 시작했다.

『무리하지 않는 범위 안에서 압력을 가하도록 하겠습니다. 그건 그렇고, 사관학교에서의 생활은 어떻습니까? 다치거나 병에 걸리진 않으셨습니까?』

버클리가 이야기가 끝나자 아마기가 내 건강을 걱정했다.

"사관학교는 스승님의 수행에 비하면 너무 미적지근…… 아니, 그 정도는 아닌가. 아무튼 아무 문제없어. 다만 딱히 배울 게 없는 건 좀 곤란하군."

『배울 것이 없다니요?』

난 돌프와의 대결을 떠올렸다.

사관학교 수석이 그런 수준이면 여기서 진지하게 배울 건 없다.

"최상급생이 싸움을 걸었는데 오히려 내가 시뮬레이터로 걸어온 싸움에서 이겨줬어. 아마기한테도 보여주고 싶네."

돌프를 멋지게 쓰러뜨린 사건을 자랑했지만, 아마기는 그다지 기뻐하지 않았다.

늘 똑같은 무표정이 약간 불쾌해 보였다.

"왜 그래?"

불안해져 물어보니 아마기에게 혼나고 말았다.

『──주인님, 자만에 빠지지 않았나요?』

"자만은 악덕 영주의 소양이니까. 어쨌든 정의를 내세우는 바보를 이겼잖아? 그런 게 수석이라니, 웃기는 일이지."

사관학교를 별 볼 일 없다고 말하니 아마기의 눈매가 약간 날카로워졌다.

예상 밖의 반응에 내가 난처해하고 있으니 아마기가 못을 박았다.

『학생끼리 다툰 수준으로 만족하시면 안 됩니다. 주인님은 사관학교에서 성실히 배우셔야 합니다.』

──오늘의 아마기는 정말 엄했다.

티아나 마리처럼 맹목적으로 승리를 칭찬해주지 않는다.

그게 조금 섭섭해서 장난스러운 태도를 보였다.

"나한테 그런 말을 할 수 있는 건 너 정도밖에 없다고. 다른 사람이었으면 목을 날렸을 거야."

『주인님에게 필요한 말을 진언하고 있을 뿐입니다. 목은 언제든지 날리셔도 상관없습니다.』

아마기의 목을 날려? 그건 좀 말이 안 된다고 해야 할까, 농담으로도 해서는 안 될 말이었다.

난 양손을 들고 항복 포즈를 취했다.

"네 말을 따를게. 그러니까 너무 화내지 마."

『화내지 않았습니다.』

"그래서. 그…… 로제타는 어떻게 지내?"

나와 함께 사관학교에 들어가겠다고 말한 난처한 여자는 저택에서 얌전히 지내고 있을까?

아마기 정도는 아니지만, 그 녀석의 상황도 궁금했다.

『로제타 님은 시녀장에게 예의범절을 엄격하게 배우고 있습니다. 때가 되면 수행을 보낼 예정인데, 버클리가와 다투는 중이라 수행처를 쉽게 고를 수가 없다고 합니다.』

"또 버클리인가. 이제 슬슬 짜증이 나는군."

어딜 가도 버클리란 이름이 튀어나온다. 제국에서는 타나카 만큼이나 메이저한 성인 것 같다.

"로제타는 별로 신경 안 쓰지만, 누가 로제타를 건드리면 내 체면에 문제가 생겨. 절대 어중간한 가문에 맡기지 마. 알겠지? 이건 로제타를 위해서가 아니야. 내 체면을 위해서 그렇게 하는 거야."

몇 번이고 확인하니 아마기가 머리를 숙였다.

『알고 있습니다. 그럼, 실례하겠습니다.』

통신이 끊겼고, 난 의자에서 일어나 기지개를 켰다.

"그럼, 아마기의 말대로 조금은 진지하게 수업을 들어볼까."

◇ ◆ ◇ ◆ ◇

다음 날의 수업은 함대전에 관한 기초를 배우는 수업이었다.

교육 캡슐로 배운 내용이지만, 이렇게 실제로 교사의 말을 듣고 있으니 식은땀이 났다.

교관은 교단에 서서 담담하게 현대의 전쟁을 설명하고 있었다.

"함대전은 양측의 수가 많아질수록 대치가 길어지는 경향이 있다. 이는 먼저 돌격하는 쪽이 불리하기 때문이지. 보통은 수비 진영이 유리하다. 그러니 선제 돌격은 가능한 한 피해야 한다."

입체영상이 함대전을 재현해서 후보생들에게 알기 쉽게 가르쳐줬다.

돌격해오는 함대를 기다렸다가 선두 집단을 격파하자 후방이 혼란해져 대참사가 일어났다.

"물론 장비나 병사의 숙련도에 따라 변수가 생길 수도 있지만, 동격의 상대에게 무턱대고 돌격하는 것은 위험하다. 꼭 선제 돌격해야 하는 상황이라면 아주 철저하게 준비해야 한다."

교관이 덧붙였다.

"보통 돌격은 후퇴하는 적의 후방을 노릴 때 쓰는 전술이다. 그러니 영웅이 되고 싶다고 함부로 돌격하는 일은 없도록 바란다. 군에 영웅은 필요 없다. 필요한 것은 유능한 사관이다. 너희가 영웅이 되지 않기를 빌지."

교관의 농담에 후보생들이 웃음을 흘렸다. '설마 그런 바보가 있겠어'라거나 '시켜도 하고 싶지 않은데' 하는 말이 섞여 들렸다.

──난 웃을 수 없었다.

돌격은 번필드가의 특기이자 필승의 전술이다.

그런데 이 전술이 현대전에서 통하지 않는다니, 그럼 지금까지 거둔 승리는 해적들의 수준이 지나치게 형편없어서 가능했다는 의미가 아닌가.

난 곧장 교관에게 질문했다.

"교관님, 만약 선제 돌격한다면 어느 정도의 진력 차가 필요합니까?"

"리암 후보생인가. 자네에게 새삼스럽게 가르칠 필요가 있을 것 같진 않지만…… 최소 4배는 있어야겠지."

4배?!

그렇다면 번필드가가 상대할 수 있는 적은 만 척도 안 된다는 거잖아!

돌격을 중시한 함정과 무기들, 돌격을 중시한 훈련을 받아온 병사들.

번필드가의 함대는 명백하게 편제를 잘못했다.

"4배인가……."

내가 생각에 잠겨있으니 태평한 월레스가 말을 걸어왔다.

"왜 그래?"

"——군비를 증강해야겠어."

"……왜?"

당장 돌격 중시 방침을 변경하고 수를 늘려야 한다.

악덕 영주인데 군비에 불안이 존재하는 건 용납할 수 없다.

약한 악덕 영주는 애초에 내가 지향하는 모습이 아니다.

난 안전한 위치에서 다른 자를 짓밟고 싶다.

항상 강해야만 만족할 수 있고 진정할 수 있다.

"군비라고 하면 거기뿐이군."

병기공장에 연락하자.

그리고 아마기에게도 바로 지시를 내려야 한다.

당장 방침을 변경해도, 부대에 반영되려면 빨라도 몇 년은 걸린다.

부대 전체에 적용한다면, 시간이 더 걸릴 것이다.

젠장! ——안일했다.

지금까지 돌격하면 어떻게든 되었던 탓에 방심했다.

생각해보면 돌프와의 싸움도 초반에 돌격한 탓에 열세였지 않았나.

하지만 난 바로 대응할 수 있는 남자다.

악덕 영주는 유연하게 대응하지 않으면 해낼 수 없다.

고집불통은 악덕 영주가 아니다.

어쨌든 이번에는 빨리 알아차려서 다행이라고 생각하자.

"일단 2배 늘려서 6만 척 정도로 할까. 아니, 9만 척은 필요한가?"

내가 중얼거리는 것을 듣고 월레스가 "어? 그렇게 늘리는 거야?"라며 놀랐다.

당연하다.

군비만큼은 대충할 수 없다.

왜냐하면 군사력이야말로 힘의 원천이기 때문이다.

어떤 상대라도 군사력 앞에서는 입을 다문다.

아니, 입을 다물게 할 수 있다.

폭력—— 그 궁극이 군대다.

그러니 난 요령을 피우지 않는다.

그렇다. 잊고 있었다.

아마기의 말대로 난 이런 곳에서 자만에 빠져 있을 여유는 없다!

현재 난 반드시 안전하다고 자부할만한 군사력을 가지고 있지 않았다.

여기서 자만에 빠지면 악덕 영주 실격이다.

"갑자기 의욕이 나기 시작했어."

월레스는 진지한 표정을 지은 날 보고 이상하다는 표정을 지었다.

"그, 그러냐? 뭐, 그거 잘된 일이네. 여, 열심히 해."

열심히 하라고? 왜 남의 일처럼 말하지? 내 부하인 너도 열심히 하라고!

버클리가.

집무실에 있던 카시미로는 영상으로 날아든 보고에 물고 있던 시가를 무심코 떨어트렸다.

그의 얼굴이 초조함으로 물들었다.

"뭐, 뭐라고? 다시 한번 말해봐라!"

통신으로 비친 아들의 얼굴도 동요로 가득했다.

『번필드가가 레어 메탈을 제국에 대량으로 팔아서 막대한 빚을 한꺼번에 갚아버렸어. 무리하게 변제를 요구한 기업들의 신용은 단숨에 나락으로 떨어졌고. 아마 몇몇은 문을 닫아야 할 거야.』

번필드가의 힘을 깎으려고 했는데, 자기 기업 신용도만 깎는 꼴이 됐다.

"그 정도 일은 신경 쓰지 마라! 아무튼 계속 공격해라! 이대로 꼬맹이를 놔두면 세상 놈들이 버클리가를 우습게 볼 거다!"

『아, 알았어.』

통신이 끊어지자 카시미로는 머리를 싸맸다.

"웃기고 자빠졌어. 단순한 가난뱅이 귀족이 아니었나!"

경제적으로 그렇게까지 여유가 있을 줄은 몰랐다.

(그런 큰돈을 쥐고 있으면서도 빚도 졌다고? 쓸 수 있는 금액을 늘리고 있었나? 시골에서 조촐하게 영지를 발전시키고 있는 줄 알았는데, 이거 상당히 성가시군.)

이렇게 되면 어느 쪽이 먼저 항복하는지 승부를 내는 수밖에 없다.

지금 손을 떼면 버클리가는 그 정도 재력밖에 없냐고 얕보인다.

이왕 하는 거 이기지 않으면 의미가 없다.

시작해버리면 성가신 것이 대귀족의 싸움이다.

지면 확실하게 망한다.

카시미로는 이미 손을 뗄 수 없는 싸움을 하고 있었다.

"우리에겐 엘릭서가 있다. 돈이야 원하면 금방 만들 수 있다고. 레어 메탈을 대량으로 보유하고 있다고 해도 먼저 우릴 이길 수는 없다."

별을 말려버린다는 디메리트는 있지만, 엘릭서를 찾는 사람은 잔뜩 있다.

카시미로는 리암이 언젠가 항복할 것이라 예상했다.

"그건 그렇고 꼬맹이에게 경제적인 싸움을 건 것은 좋지 않았군. 우리도 상당한 피해가 났어."

기업은 버클리가와 연결되어 있다는 것이 드러나면서 신용을 잃었다.

이렇게 될 줄 알았다면 다른 방법으로 싸움을 걸었을 것이다.

"——더 이상 그 꼬맹이에게 지면 안 돼."

싸움은 점점 더 격화되어 갈 듯 보였다.

◇◆◇◆◇

사관학교의 어떤 방.

거기서는 버클리가 출신 귀족이 추종자와 함께 아타셰 케이스에 든 물건을 확인하고 있었다.

이 자리에는 관계자만이 있었고, 바깥에는 망을 보는 자도 세워두고 있었다.

어둑어둑한 실내에서 확인하고 있는 것은 상당히 위험한 물건이었다.

"이게 주성독인가?"

아타셰 케이스에는 보라색 액체가 담긴 캡슐이 엄중하게 보관되어 있었다.

"함부로 만지지 마세요. 이건 독이라기보다 저주에 가까우니까요."

"이런 걸로 정말 놈을 제거할 수 있나?"

추종자가 주성독에 대해 설명했다.

"이걸 쓰면 흔적을 남기지 않고 리암을 죽일 수 있어요. 성능은 확실합니다. 행성이 불타 죽어간 자들의 원념을 모아 만든 거라고요."

행성과 함께 통째로 멸망한 인간과 생물, 그리고 별의 분노가

액체가 된 물건이다.

이걸 섭취하면 저주를 받아 고통에 시달리며 죽어간다.

치료법은 엘릭서 정도밖에 없으며, 그마저도 늦으면 소용없다.

카시미로의 손자인 '자르간'은 주성독을 보고 입꼬리를 올리며 웃었다.

"할아버님과 아버지들은 겁쟁이야. 내가 이걸로 리암을 죽이고 패밀리의 간부가 되겠어."

추종자들은 적극적인 자르간에게 아첨했다.

"그때는 제 공을 잊으시면 안 됩니다."

"알고 있어. 그런데 이런 건 어디서 가져온 거야?"

추종자가 히죽거리면서 의외의 이름을 입에 담았다.

"'행성재생활동단체'라고 아십니까?"

"들은 적 있어. 근데 놈들은 자선단체잖아?"

"그건 위장입니다. 뒤에서는 이런 물건을 팔고 있죠. 자선사업을 가장해서 멸망한 행성을 찾아가 여러 물건을 빼앗는 게 놈들의 일입니다. 행성 재생 따윈 그냥 시늉이에요."

손쉽게 재생할 수 있으면 하지만, 진심으로 노력하지는 않는다.

그리고 뒤로는 위험한 물건을 취급하여 막대한 이익을 얻고 있었다.

"재미있는 녀석들이네. 그래서, 이걸 리암의 밥에 넣으면 되는 거지? 엉뚱한 곳에 저주가 퍼지거나 하진 않나?"

"특수한 처리를 하면 문제없습니다. 그리고 식당의 요리사도 이미 매수했습니다. 행성 하나 분량의 원한을 홀로 떠안은 리암은 분명 괴로움에 몸부림치면서 죽을 겁니다."

"헤헤헤, 그 녀석도 오늘로 이 세상에서 안녕이다."

머리를 짧게 자른 티아── '크리스티아나 레타 로즈블레이어'는 사관학교의 복도를 걷고 있었다.

그녀가 사관학교에 온 이유는 마리와 마찬가지로 제국의 기사 자격을 얻기 위해서였다.

필두와 차석이 굳이 모두 사관학교에 온 건 이유가 있어서다.

평범한 가신기사는 제국 기사보다 낮은 대우를 받는다. 하지만 제국의 기사 자격을 얻는다면 자기 지위가 상승할 뿐만 아니라 주인인 리암의 평가도 높아진다. 우수한 부하를 가졌다는 평가를 받기 때문이다.

그리고 무엇보다, 티아와 마리는 서로 일을 맡겨둘 만큼 믿는 사이가 아니었다.

번필드가의 기사 후보들과 복도를 걷는 티아는 현 상황을 확인하고 있었다.

"스카우트는 순조로운가?"

"난항을 겪고 있습니다. 사관학교에 온 만큼, 많은 후보생이 제국군에 들어가길 바라고 있는 탓에……."

사관학교에 있는 동안 티아는 똑같이 사관학교에 온 사관후보생들을 봐주고 있었다.

리암의 신변에 만일의 사태가 벌어지면 안 되기 때문에 리암이 재학하는 동안 모든 학년에 번필드가의 관계자를 배치했다.

그들의 관리를 병행하면서 인재를 스카우트하고 있었다.

"리암 님을 섬기는 기쁨을 모르다니, 불쌍한 녀석들이야."

티아가 진심으로 그런 말을 중얼거리니, 주위 사람들도 동의하듯이 고개를 끄덕이고 있었다.

번필드가의 기사들이 리암을 숭배하고 있다는 걸 잘 이해할 수 있는 광경일 것이다.

그때 티아 일행에게 긴급 연락이 들어왔다.

『티아 님!』

"무슨 일이지?"

『리암 님이 헌병들에게 연행되어 갔습니다!』

"뭐? 무, 무슨 뜻이야?!"

티아는 갑작스러운 보고에 잠깐 아연실색했지만, 금방 정신을 가다듬고 자세한 설명을 요구했다.

『식당에서 사관후보생 한 명이 갑자기 죽었는데 그게 하필 버클리가의 사람이라서, 리암 님이 참고인으로 헌병에게 끌려가고 말았습니다.』

티아의 눈동자에서 빛이 사라지더니, 배알이 뒤틀리는 마음으로 중얼거렸다.

"호위인 척하는 석화녀는 어쩌고?"

『항의하고 있다는 말은 들었지만, 그 이상의 정보는 없습니다.』

티아는 혀를 차더니 아름다운 용모와는 어울리지 않는 더러운 말을 내뱉었다.

"젠장!"

사관학교에서 사관후보생이 알 수 없는 이유로 죽는 사건이 일어났다.

나는 취조실에서 헌병대의 준장과 마주 보고 앉아있었다.

알 수 없는 이유로 죽은 사관후보생과 주변인의 관계를 조사한 결과, 버클리와 충돌 중인 내게 의심의 시선이 쏠린 것이다.

"백작, 당신은 버클리가와 인연이 있죠."

일개 사관후보생에 불과한 나에게 굳이 준장을 붙인 것은 제국군이 그만큼 신경 쓰고 있다는 증거일 것이다.

왜냐하면 난 지위가 높으니까.

하지만 아무리 정중하게 대한다고 해도, 무고한데 범인 취급하는 건 화가 났다.

"트집 잡지 마라. 내가 죽였다는 증거가 어디에 있지?"

"죽은 사관후보생은 버클리 가문 관계자입니다."

물론 난 버클리 가문과 한창 싸우고 있지만, 일부러 잔챙이를 죽일 정도로 초조하지는 않다.

하지만 괘씸하니 눈앞에 있는 준장을 놀리기로 했다.

"그게 어쨌다고? 버클리라는 성이 어디 한둘인가? 어느 버클리인지도 모르는데? 그놈이 나한테 싸움을 건 바보 놈들과 관계가 있는 놈이었나? 처음 알았군."

애초에 난 죽었다는 사관후보생에게 아무런 관심도 없었다.

취조가 계속되는 가운데, 밖에서 고함이 들려왔다.

"이 자식, 리암 님을 이런 곳에 가두다니! 죽고 싶냐! 증거도 없는데 가둬놓다니, 어떻게 책임질 거야? 아앙?"

헌병들이 달라붙어 마리를 말리느라 애쓰는 소리도 들려왔다.

"지, 진정하십시오!"

"사관학교의 허가를 받은 일입니다!"

"그저 알리바이를 확인하고 있을 뿐이에요!"

제법 친절한 설명이었다. 실제로는 저들의 말과 달리 준장은 나를 범인으로 단정하고 있지만.

마리의 난폭한 목소리가 방 안까지 들려왔다.

"전부 쳐 죽여주마!"

왠지 내가 부끄러워지기 시작했다.

난 눈앞에 있는 준장을 쳐다봤다.

"헌병들은 저리 말하는데, 넌 날 범인이라 생각하고 있군. 이건 네 독단인가?"

고작 사관후보생이 준장을 대하는 말투가 이래서는 안 될 것이다.

하지만 난 백작이다. 준장 계급 따위를 두려워할 필요가 없다.

귀족은 우대받는 것이 당연하다. 이게 제국군의 실태다.

"아, 아뇨. 하지만 이 상황은 어떻게 생각해도……."

준장이 횡설수설했다.

나에겐 살해 동기가 있으니 의심이 가는 건 이해가 된다만, 난 누명이 아주 싫다.

전생에 이혼했을 때, 일방적으로 나쁜 놈으로 몰린 과거를 떠올렸다.

방 바깥에는 새로운 인물이 나타나 소란에 가담했다.

아무래도 티아까지 나타난 모양이다.

"화석녀! 네가 옆에 있는데 리암 님이 이런 수모를 겪게 하다니, 쓸모없는 늙은이 같으니라고."

"다진 고기가! 한 번 더 지껄여봐. 그 입을 갈기갈기 찢어줄 테니까!"

날 구하러 온 줄 알았더니, 마리에게 싸움을 걸었다.

아예 맞붙어서 싸우는 모양인지, 방이 흔들리고 문이 일그러지고 천장에서 먼지가 떨어졌다.

"누, 누가 둘을 말려라!"

"사람을 불러!"

"사관학교의 교관을 데려와라!"

헌병들이 야단법석을 떨었고, 준장도 오른손으로 얼굴을 덮으며 한숨을 쉬었다.

싸우는 거야 아무래도 좋지만, 날 구할 생각은 없나?

내 안에서 저 녀석들에 대한 평가가 큰 소리를 내며 떨어졌다.

"화석을 산산조각을 내주지!"

"다시 철저히 다져주마!"

싸움이 서서히 격해졌다.

저 녀석들은 진짜 뭘 하러 온 거야?

내 필두기사와 차석기사라는 자각이 없는 게 아닐까?

왠지 화가 나기 시작했다.

"증거가 없으면 이만 간다. 내가 마냥 기다려줄 이유가 없어."

그렇게 말하고 일어서자 준장이 날 제지했다.

"기다려주십시오!"

"싫어. 붙잡고 싶으면 증거를 가지고 다시 와라."

그때 한 헌병이 숨을 헐떡이며 방에 들어왔다.

"각하! 증거가 발견됐습니다!"

준장은 나를 몰아넣은 줄 알았는지 표정이 밝아졌다.

"그래?! 잘했다! 백작, 이제 발뺌할 수 없습니다!"

그러자 한병이 고개를 저었다.

"아, 아닙니다. 증거는 피해자의 방에서 나왔습니다. 그가 주성독을 반입한 정황이 있습니다!"

"주성독이라고?! 다, 당장 본부에 연락해라! 그리고 지금 당장 모두 교사에서 대피시켜라!"

준장이 허둥거리기 시작했다.

주성독이 그리 문제인가? 어디선가 들은 적은 있는데? 저주 덩어리였던가?

먹으면 불행해진다고 했던 것 같다.

그런 걸 먹다니, 버클리가 놈들은 바보인가?

"그럼 난 상관없는 거군. 이만 돌아가도록 하지."

준장과 헌병은 자리에서 일어나 방에서 나가는 나를 복잡한 표정으로 지켜봤다.

헌병대에는 나중에 불평해주자고 생각하며 나오니, 방 바깥에는 상대의 머리칼을 잡고 서로 치고받고 있는 티아와 마리의 모습이 있었다.

굳센 헌병이 기겁할 정도로 지독한 싸움을 하고 있었다.

"이 화석이!"

"저민 고기는 닥치고 있어!"

마리가 약간 우세해 보였다.

한심하게 뭐 하는 짓이란 말인가. 내 존재를 알아차리지 못하고 서로 싸우다니, 이 녀석들은 진짜 심하게 글러먹었다.

"언제까지 싸울 거지? 빨리 가자."

그렇게 말하니 싸움을 멈춘 두 사람은 황급히 옷차림을 단정히 했다.

이젠 너무 늦었다고 생각하며 한숨을 쉬고 빠르게 바깥으로 향했다.

시체안치소.

거기엔 리암을 암살하려 했던 남자가 있었다.

방에 찾아온 안내인은 그 남자를 보고 진심으로 마음에 안 든다는 표정을 지었다.

"발상은 나쁘지 않았는데 말이죠."

리암 암살에 성공했다면, 조금 맥빠지는 결말이라도 기뻤을 것이다.

하지만 결과는 실패.

위험을 감지한 쿠쿠리에 의해 오히려 독살당했다.

"하지만 넌 리암과 인연이 있는 존재다. 네 괴로움도 절망도, 모든 것이 효율적으로 나의 양분이 되지."

안내인이 시체의 얼굴에 손을 대자 표정이 상당히 편안해졌다.

리암과의 인연이 너무 깊어진 안내인은 리암과 무관한 자들의 감정 흡수 효율이 낮아졌다. 하지만 이처럼 관계가 있는 자는 오히려 효율이 높았다.

안내인은 맛난 술을 마시듯 남자의 감정을 즐겼다.

"저주에 담긴 부정적인 감정까지 흡수하다니, 정말 훌륭한 맛이야. 이름도 모르는 아이야, 넌 멍청했지만 내 양식이 되었다."

힘을 되찾은 안내인의 입가가 초승달처럼 벌어졌다.

"제법 힘이 돌아왔어. 하지만 부족해. 리암을 지옥으로 떨어뜨릴 한 수를, 아니, 두 수, 세 수 더 준비해둘까."

자신을 이토록 괴롭힌 건 리암이 처음이다.

그래서 안내인은 절대로 대충 하지 않기로 했다.

리암에겐 이 세상의 온갖 지옥을 보여줄 것이다.

상대가 하찮은 존재라고 방심해서 번번이 발목을 잡혔다.

"리암의 적을 모으는 거다. 아주 신중하게 말이야. 그리고 언젠 가 리암을!"

안내인은 크게 웃으면서 그 자리에서 모습을 감추었다.

◇ ◆ ◇ ◆ ◇

제국의 궁전.

그곳에서 재상은 사관학교에서 온 보고서를 읽고 분개했다.

주위에 있는 부하들도 긴장하고 있었다.

"──허가 없이 주성독을 쓰다니, 이를 어찌 처벌해야 하겠나?"

물론 재상은 어떤 형벌을 내려야 하는지 알고 있다.

하지만 굳이 물어본 건 범인이 버클리 패밀리이기 때문이었다.

평범하게 처벌하면 귀찮은 일이 생겨 타협점을 찾아야 했다.

"멸문이 합당하겠지만, 버클리가는 한 집안을 잘라내 버리고 끝낼 것입니다. 큰 타격은 주지 못할 것입니다."

작은 남작가 집단으로 보이고 있을 뿐이지 실제로는 공작가 규 모다.

표면적으로는 남작가 집단이라 처벌해도 도마뱀처럼 꼬리를 자를 뿐.

버클리가의 머리, 카시미로의 목은 칠 수 없다.

어째서 버클리가가 이렇게까지 번영할 수 있었는가? 그건 엘릭서 공급과는 별개로 선대와 현 황제에게 총애를 받았기 때문이다.

엘릭서를 헌상한 공적으로 황제에게 접근하고, 그 후에도 지원을 아끼지 않아 총애를 받았다. 덕분에 몇 번이나 죄를 무마해 왔다.

버클리가의 덩치는 날로 커졌고, 재상은 이 문제로 골치를 썩이는 처지가 됐다.

(폐하의 장난으로 참 곤란하게 됐군.)

정의를 위해 버클리가를 단칼에 잘랐다가는 제국에 큰 문제가 생길 수도 있다.

지금의 버클리가는 그만한 영향력을 가지고 있었다.

"이걸로는 카시미로를 처리할 수는 없다는 거군."

"예. 차라리 엘릭서를 헌상하라고 압박하는 편이 그나마 제국에 도움이 되지 않을까 싶습니다."

"답답하구나……."

재상이 내심 리암에게 기대하는 건 이런 상황을 타파할 계기가 될 수 있기 때문이다.

제국이 움직이면 이 문제도 정리가 되지만, 너무도 거대한 제국은 움직임이 느리다.

더구나 한번 움직이면 멈추기 어려우니 안이하게 움직일 수 없는 상황이었다.

부하 한 명이 다른 건에 대해 보고했다.

"재상님. 군부에서 레어 메탈 부족이 해결됐다는 이유로 손실된 정규함대를 보충해달라는 요구가 올라왔습니다."

"여전히 무리한 요구를 하는군."

성간 국가는 제국만 있는 것이 아니다. 주변국(이지만 제법 멀다)과 교역도 하거나 싸우기도 한다.

당연히 국경에는 군대가 주둔하고 있으며, 가끔 영지를 두고 무력투쟁이 일어난다.

그리고 영역이 넓은 제국은 국경도 그만큼 넓다. 지금도 어딘가에서는 전쟁을 벌이고 있을 것이다.

그러니 제국의 군대에 함대는 소모품이나 마찬가지였다.

레어 메탈은 그 함선의 중요기관에 들어가는 재료다. 꼭 레어 메탈로 만들 필요는 없지만, 성능 차이가 컸다.

군에서 리암이 레어 메탈을 대량으로 납품했다는 이야기를 들은 모양이었다.

재상은 최근의 국경의 전황 데이터를 열람했다.

"……각지에서 밀리고 있군."

온갖 곳에서 숱하게 싸우고 있기에 모든 전장을 파악할 수는 없다. 결과적으로 국경을 유지하거나 확장하고 있는지만 확인할 뿐이다.

부하가 군의 문제점을 지적했다.

"무턱대고 패트롤 함대를 너무 늘린 것이 문제가 아닐지 싶습니다."

패트롤 함대가 많아진 건 귀족의 자제들 때문이었다.

남의 지휘를 받기 싫은 귀족들이 사관학교를 졸업하고 패트롤 함대에 사령관으로 부임하는 것이다.

덧붙여 군인들이 좌천당해 오는 곳도 패트롤 함대였다. 심지어는 좌천시킬 곳을 만들려고 구식 장비로 패트롤 함대를 만드는 지경이었다.

상황이 이러니 함대에서 탈주하여 해적이 되는 자들도 나오는 형편이었지만, 제국은 여유가 없다고 지금까지 손을 놓고 있었다.

"온통 머리 아픈 문제뿐이군. 재편하자니 돈이 너무 들고……."

그렇다고 모조리 해체하기도 쉽지 않다. 인원을 재배치하거나 장비를 처리, 처분하는 것도 일이니까.

더구나 이들은 제대로 훈련한 적도 없기에 쓸 곳도 마땅치가 않다.

제국이 아무리 대단하더라도 이런 이들까지 모조리 돌볼 만큼 여유로운 건 아니었다.

재상도 이런 문제까지 세세하게 처리할 여유는 없었다.

"이걸 어떻게 한담."

차례차례 등장하는 문제에 재상은 골치를 썩였다.

◇ ◆ ◇ ◆ ◇

사관학교 생활이 3년째에 접어들 무렵.

남들에겐 혹독한지 몰라도, 나에게는 편하게 짝이 없는 나날이 이어지고 있었다.

일섬류 수행에 비하면 사관학교 생활은 고생도 아니었다. 오히려 일섬류를 단련하고 싶을 정도였다. 기량이 녹슬지 않도록 꾸준히 단련하고는 있지만, 시간이 부족했다. 취침 시간과 기상 시간이 정해져 있어서 밤에 혼자 수련할 수도 없었다.

나는 속으로 그런 생각을 하며 취침 시간까지 윌레스의 실없는 이야기를 듣고 있었다.

심심풀이 정도였지만, 의외로 재미있었다.

지금 듣는 건 이복형이 군인인데, 패트롤 함대에 들어갔다는 이야기였다.

"패트롤 함대에 갔다고?"

"어. 나처럼 궁에서 나온 형인데, 군인이 되었거든. 그런데 정규함대가 받아들이길 거부했다나? 그래서 뜻하지 않게 사령관 자리에 앉는 바람에 고민이래."

제국 소속인 제국군이 황족을 거부하는 모습이 이상해 보일 수도 있지만, 계승권도 없는 황족이 수두룩한 제국에서는 이상한 일이 아니다. 아무리 정규군이라도 그 많은 황족의 사정을 모조리 봐줄 수는 없는 노릇이다. 황족을 일반 병사처럼 다룰 수도 없고.

재수 없게 전장에서 죽기라도 하면 책임자만 곤란해지니, 언제 터질지 모르는 폭탄이나 마찬가지다.

상황이 이렇다 보니, 자질에 상관없이 군에서는 황족을 반기지 않았다.

하지만 패트롤 함대에 배속됐다고 고민하는 건 좀 이해하기 어렵군.

정규군에 들어가 출세하고 싶은 건 이해하지만, 제국은 이 순간에도 어디선가 싸우고 있다.

규모가 너무 커서 실감이 없을 뿐, 제국은 항상 전시인 것이다. 즉 정규군은 언제 어디서 죽을지 알 수가 없다.

하지만 패트롤 함대는 이야기가 다르다.

출세하기는 어렵지만, 자기 집처럼 편한 생활을 보낼 수 있으리라.

월레스의 이복형은 이제 마음대로 살면 되는 것이다.

"패트롤 함대의 사령관이면 그리 나쁜 이야기가 아니잖아?"

내가 그렇게 말하자 월레스는 정말 미묘한 표정을 지었다.

"쓰레기만 모아놓은 곳이 아니었다면 그랬겠지. 형 '세드릭'이 간 곳은 30척 규모의 구식 함대래. 그 고철들을 몰고 아무것도 없는 곳을 순찰하는 거지. 침울하기 짝이 없대."

"전선에 내보냈다가 덜커덕 죽는 것보다야 낫잖아? 함선에서 느긋하게 지내라고 해. 일 안 해도 되는 인생인데, 즐겨야지."

내 조언을 듣고 월레스는 한숨을 쉬고 힘없이 고개를 저었다.

"좁아터진 전함 안에서 느긋하게 지낼 수 있을 리가 없잖아. 뭘 위해 일을 하는 건지 고민하고 풀이 죽은 병사밖에 없대."

과연, 군의 좌천지라는 거군. 회사로 치면 한직── 창가족* 같은 느낌인가?

제국에는 이 쓸모없는 함대가 계속 늘고 있으며, 이미 규모가 상당하다는 모양이었다.

물론 따질 것도 없이 낭비이지만, 규모가 거대한 성간 국가는 일일이 신경 쓸 겨를이 없을 것이다.

"나는 낭비도 싫어하지 않지만, 함대를 놀리는 건 이해하기 어렵네. 그냥 없애버리면 되는 거 아냐?"

월레스는 천장을 올려다보면서 그럴 수 없는 이유를 말했다.

"여러 가지 사정이 있는 거지. 군부의 세력 다툼에서 패한 사람을 정신적으로 괴롭힐 곳이 필요하다든가 하는 식으로. 귀족 문제아를 가두기도 좋고."

"귀족 문제아?"

"귀족이랍시고 제멋대로 구는 녀석들 있잖아? 근데 군에서는 그러다가 덜컥 죽는 수가 있으니까. 그럴 바에야 변경에서 패트롤 함대의 사령관이나 해라, 이런 거지. 그런데 시간이 갈수록 그런 게 점점 늘어났고, 이제는 없애자니 처리비용이 만만치 않아서 방치하는 사태가 된 거지."

즉, 월레스의 형도 군인으로 써먹기는 성가신 조건이 있으니

---

*한직으로 밀려나 업무다운 업무가 주어지지 않는 회사원들을 비꼬는 말.

패트롤 함대에 가둬버렸다는 거군.

"하지만 유지하는 것도 비용이 들 텐데?"

"그래도 일단은 보급물자만 주면 유지되잖아? 처분하려면 방법을 고민해야 하니까, 그냥 물자를 주는 게 덜 귀찮지. 그리고 일단 풀어놓으면 순찰은 하니까. 아무것도 없는 곳에 해적이 기지라도 만들면 어떻게 해?"

사람들의 복잡한 사정이 얽혀 낭비의 극치를 유지하고 있다 이 말인가.

이런 낭비는 싫—— 잠깐, 나쁘지 않은데?

"재밌는 이야기네. 흥미가 생기기 시작했어."

"흥미? 리암은 어차피 정규군에 배속될 테니까 그다지 상관없지 않아?"

"난 그쪽엔 관심 없어."

월레스의 말대로 난 여러 함대에서 암암리에 배속 타진을 받고 있었다.

부디 우리 함대에! 하고 여러 곳에서 부름을 받고 있다.

정규함대 중에도 여러 종류가 있는데 국경에 배치되는 함대도 있는가 하면 지방에 배치된 함대도 있다.

그중 수도성 방위는 세 개의 함대가 맡고 있으며, 정규함대 중에서도 엘리트가 모이는 곳이다.

날 부른 곳 중에는 그 근위함대도 있었지만, 솔직히 말해서 난 관심이 없다.

이건 왜 나와 세드릭과 취급이 다른지를 알아야 한다. 그들이 날 원하는 건 단순히 재력 때문이다.

정규함대도 힘 있는 귀족과의 연줄을 원한다. 기부, 물자 제공 등의 메리트를 노리는 것이다.

오죽했으면 한 번은 장교가 교섭하러 온 적도 있었다.

──하지만 난 관심이 없다.

난 명령 받는 게 싫다.

그런데 내 마음대로 할 수 있는 함대가 있다니, 이 얼마나 매력적인가!

"정했어, 월레스. 난 패트롤 함대를 지망할 거야!"

갑자기 의욕을 내는 나를 보고 월레스가 당황해서 말렸다.

"너 바보냐?!"

"왜?"

"내가 하는 이야기 안 들었어? 형이 허구한 날 나한테 푸념한다니까? 근데 그런 곳에 자원하겠다니, 바보 같은 소리잖아. 게다가 패트롤 함대는 장비가 전부 구식이야. 환경이 좋을 수가 없다고. 근데 그런 곳에서 4년이나 썩겠다니?!"

월레스가 내 선택을 반대하는 이유는 내가 이 녀석의 후원자이기 때문이다.

내가 배속되는 곳이 곧 월레스가 배속되는 곳이기도 하다.

즉, 자기가 고생하니까 반대하는 거다.

──황족을 부하로 삼는 게 재미있어서 저지른 일인데, 아무리

생각해도 짐 덩이를 자처한 것 같다.

"다시 생각해, 리암!"

"싫어. 이미 정한 일이야. 그리고——."

월레스는 아직도 날 모르는 모양이다.

내가 패트롤 함대에 그냥 가겠는가?

당연히 내가 배속된 곳에 투자할 것이다.

"——구식 장비야 새 걸로 바꾸면 그만이지. 호화여객선 같은 배를 사면 한가한 일상도 즐겁지 않겠냐."

"군이 그런 예산을 내줄 리가 없잖아!"

"내가 사면 되지."

"어?"

"내가 내 돈으로 최신 장비를 살 거라고."

"어…… 아니, 그건 그것대로 문제 아닐까? 리암만 호화여객선을 타고 있으면 다른 사람들이 질투하지 않겠어? 아군의 원성을 사면 귀찮을 텐데?"

군에서는 아군의 원성을 사면 성가시기 그지없다.

전장에 나가면 총알이 뒤에서도 날아올 테니까.

요컨대 쪼잔한 악당처럼 자기만 사치를 부리는 건 위험하다는 뜻이다.

하지만 난 다르다.

난 진정한 악덕 영주다!

"그게 뭔 대수라고. 전부 새 걸로 교체해주면 되지."

"저, 전부?"

"그래. 모두 공평하게 새 걸 받으면 아무도 불평하지 않을 거 아냐?"

"그, 그러면 불만은 없겠지만. 장비가 한 번에 바뀌면 온 부대가 통째로 숙달 훈련에 들어가야하지 않을까? 배속되자마자 그건 좀 아니잖아?"

"아, 그런 문제가 있었네."

손에 익지 않은 무기는 위험하다.

전투장에서 장비를 다룰 줄 모른다는 변명은 통하지 않는다.

그러니 새 장비는 반드시 숙달 훈련이 필요하다.

나는 편법을 궁리했다.

요는 내가 갔을 때 훈련하지 않으면 되는 거다. 그럼 지금부터 미리 훈련하면 되는 거 아닌가?

"그럼 지금부터 준비하면 되지! 돈도 많겠다, 내가 배속될 곳을 내 손으로 준비하는 거야!"

"어어…… 진짜 하려고?"

"물론이지. 마침 티아가 내년에 사관학교를 졸업하니까, 먼저 가서 준비하라고 시키면 돼."

기부로 희망하는 배속지를 얻는 건 진정한 부자가 아니다.

원하는 배속지를 스스로 만드는 것이 진짜 부자다!

군에 트집을 잡아 자신의 함대를 마련한다—— 이 얼마나 악덕 영주다운 행동인가!

돈의 힘으로 군대마저 복종시킨다는 점이 내 마음에 와닿았다.

"여러 귀족이 있었지만, 역시 리암 같은 놈은 없었을 거야."

"그럼 내가 제국 최초인가? 마음에 드네! 바로 티아에게 명령해야지."

통신실.

티아는 전 직장 상사였던 재상과 통신 중이었다.

『나조차 백작 같은 사람은 처음이로군. 군에 자기 함선과 기동기사를 가져오는 귀족은 봤어도, 설마 배속지를 스스로 마련하겠다니.』

재상은 황당한 눈치였지만, 한편으로는 재미있다고 여기는 모양이었다.

그 모습을 본 티아는 재상에게 허가를 구했다.

"이 방법으로 제국의 문제 중 하나를 해결—— 아니, 개선할 수 있습니다. 재상 각하께도 나쁜 이야기는 아니리라 생각합니다. 어떠십니까?"

모니터 너머에 있는 재상은 고개를 끄덕였다.

『정규군에 백작의 입김이 닿은 함대가 생기는 건 반기기 어렵지만, 무시할 수 없는 이점이군. 다만, 장비 교체와 패트롤 함대 규모 감축을 한 번에 처리하려면 상당한 비용이 들 텐데, 그걸 정말 번필드가가 부담할 수 있겠나?』

"리암 님에게 '나에게 걸맞은 함대를 준비해라'는 명령을 받았습니다. 충분한 예산을 받았으니, 아무 문제 없습니다."

물론, 티아는 리암의 명령을 정확히 기억했다. 그러나 리암과 관점이 같지는 않았다. 그녀가 생각하는 리암에게 걸맞은 함대란, 정규함대와 맞먹거나 그 이상을 의미했다.

리암을 신앙하는 티아는 그 정도가 아니면 리암에게 어울리지 않는다고 진심으로 생각했다.

(리암 님이 단순히 납득, 혹은 만족하는 정도로는 부족해. 리암 님께 내가 그 화석녀보다 더 유능하다는 걸 인정받으려면 리암 님을 놀라게 할 결과를 내야만 해!)

리암을 향한 신앙과 마리를 향한 대항심에 티아는 열정을 불태우고 있었다.

막대한 예산으로 패트롤 함대를 긁어모아 정규함대 규모로 재편할 생각이었다.

다만 제국의 재정에 이점이 생겨도 군 상층부는 허가를 내주지 않을 테니, 협상 상대는 자연스럽게 재상이 되었다.

『조건이 있다. 백작이 함대에서 남긴 실적은 제국의 실적으로 한다. 또한 서류상의 사령관이 함대를 지휘한다.』

"표면상? 리암 님이 지휘권을 잡는 게 불안하신가요?"

『자네도 그렇지만, 함대를 지휘하기에는 다들 너무 젊고 계급이 낮아. 그렇다고 억지로 한꺼번에 진급시킬 수는 없지 않나. 그

래서 준비한 걸세.』

리암이 준비한 함대이지만, 성과는 제국이 가져간다.

약간 불만이 남는 조건이지만, 티아는 리암의 명령을 수행하기 위해 받아들였다.

애초에 말도 안 되는 제안이었기에, 허가가 나온 것만으로도 수확이었다.

(이쪽의 부담이 큰 것에 비해 돌아오는 것이 적지만, 이만하면.)

"알겠습니다. 리암 님께 전하겠습니다."

『실로 훌륭한 제안이었어. 제국의 큰 문제를 두 개나 해결할 수 있어.』

통신이 끝나고, 티아는 기합을 넣었다.

"리암 님께 걸맞은 함대를 준비해야 해. 2년 안에 쓸데없는 패트롤 함대를 모아서 인원 재교육과 훈련을 할 필요가 있겠어. 함정 준비도 진행하고── 리암 님이 정식으로 배속되기 전까지 시간을 맞춰야 해."

덜떨어진 모습을 보여주는 경우도 많은 티아지만, 유능했다.

"리암 님에게 어울리는 함대. 그리고 곁에서 보좌하는 건 바, 로, 나."

티아는 양손을 볼에 대고 황홀해 했지만── 능력만큼은 훌륭했다.

그 무렵, 버클리가에서도 움직임이 있었다.

"젠장!"

카시미로는 잇따라 올라오는 보고에 화가 솟구쳤다.

리암과의 수년에 걸친 경제 전쟁은 모든 부문에서 상황이 좋지 않았다.

돈으로 치고받는 싸움이 끝날 기미가 보이지 않기 때문이었다.

"대체 뭐지? 뭐냐고, 저 꼬맹이는!"

행성 개발 장치―― 엘릭서를 만드는 장치를 가진 카시미로를 끝까지 물고 늘어졌다.

게다가 리암이 군에 투자했다는 소문이 들려왔다.

버클리가와 싸우면서 군에 투자할만한 여유가 있다고 과시하는 꼴이었다.

"대체 엘릭서를 얼마나 뿌린 줄 알아?!"

버클리가의 자금원인 엘릭서는 행성 개발 장치로 만든다.

행성을 죽음의 별로 바꾸는 디메리트가 있지만, 카시미로는 엘릭서를 위해서 기꺼이 행성들을 멸망시켰다.

그리고 엘릭서를 팔아 막대한 재물을 얻었다. 엘릭서를 제국에 헌상해서 지위와 권력도 얻었다.

방해꾼은 힘으로 배제했다. 제국에서도 손에 꼽히는 권력자―― 그것이 카시미로가 쌓아 올린 버클리 패밀리다.

하지만 그도 리암과의 경제 전쟁은 고전할 수밖에 없었다.

"내가 꼬맹이 하나를 없애지 못하다니, 어떻게 된 거냐! 젠장! ──이대로 계속 치고받으면 끝내는 이기겠지만, 잃는 게 너무 크잖아."

카시미로는 경제적으로 번필드가를 몰아넣을 생각이었지만, 리암이 예상 이상으로 잘 버텨 방침을 변경했다.

"잔꾀를 부리는 건 끝이다. 그 녀석이 더 커지기 전에 부순다."

리암은 아직 젊었고, 카시미로가 보기에도 재능이 넘쳤다.

카시미로와는 남아있는 수명이 다르고, 앞으로 경험을 쌓으면 분명 성가신 존재가 될 것이다.

그런데 자기 아들들이 리암을 이길 수 있는가? ──힘들 것이라 예상한 카시미로는 바로 연락했다.

『무슨 일이야, 아버지?』

"당장 군에 연락해라. 리암과 전쟁하기 위해 전문가를 모아야겠다."

『전쟁? 너무 성급해, 아버지.』

"됐으니까 입 다물고 말 들어! 번필드가에 이길 만한 군인을 데리고 와라. 어떤 녀석이든 좋다. 그 꼬맹이를 꺾을 수 있다면── 어떤 녀석이든 좋은 조건으로 받아주겠다."

카시미로는 어느샌가 리암에게 공포를 품게 되었다.

그 모습을 지켜보는 존재가 있었다. 바로 안내인이다.

그는 카시미로 옆에 서서 만족스럽게 고개를 끄덕였다.

버클리가가 리암과 싸우고 있다는 것을 알고 일부러 찾아온 것이다.

"훌륭해, 카시미로. 리암을 위험하다고 판단한 네가 옳아."

안내인이 그를 마음에 들어 하는 점은 카시미로가 자기 취향의 악당이라는 점과, 리암 이상으로 군사력을 소유하고 있다는 점이다.

10만 이상의 함정에 해적들과 사이가 좋은 악덕 귀족들.

전부 합치면 전력은 몇십만 척이나 될 것이다.

그에 비해 리암은 지금부터 늘려도 5만 척이 안 될 것이다.

리암은 이미 3만을 넘는 규모의 함대를 손에 넣어 만족 중일 터.

계속 이겨서 오만해져 있을 것이다.

안내인은 리암이 패배하는 미래를 상상하며 큭큭 하고 웃었다.

"실컷 방심해라, 리암. 넌 확실히 강하지만 불패의 화신은 아니라고."

카시미로는 군사가 많고 같은 편도 많다. 그에 비해 리암의 군사력은 실력이 훌륭하더라도 숫자는 조금 많은 정도. 같은 편이라 부를 자들도 많지 않으며 결속력도 없다.

안내인은 기회가 다가오고 있다는 걸 확신했다.

"카시미로, 너라면 이길 수 있어. 내가 널 전력으로 지원해주지."

안내인에게서 검은 연기가 나오더니 카시미로의 몸을 휘감았다.

그 모습을 보면서 안내인은 양팔을 벌렸다.

"이제부터 너에겐 리암 타도의 기치를 내건 자들이 모여들 것이다. 제국의 악당들이 리암을 죽이기 위해 모이는 것이다! 넌 그들을 한데 묶어 네 힘으로 삼아라!"

그는 리암의 적이 될 존재를 끌어들이도록 조정했다.

이제 카시미로에게 가세하는 자들이 더 늘어나 전력 차이가 지금보다 더 크게 벌어질 것이다.

군대의 질로는 대응할 수 없는 물량을 앞에 두고 리암이 어떤 단말마를 지를지 상상한 안내인은 즐거워서 참을 수가 없었다.

"여기에 한 수 더! 야스시가 때를 맞출 수 있을지는 모르겠지만, 그 여자라면 가능하겠지!"

리암에게 복수심을 품고 있는 여자——'유리시아 모리시르'.

원래 제3병기공장에 소속되어 있던 유리시아는 리암에게 원한을 품고 군의 훈련장으로 돌아갔다. 재교육을 받고, 특수부대가 되는 길을 걷고 있었다.

"언젠가 네가 바라는 대로 리암 옆에서 일하게 해주마. 리암이 그 여자의 칼에 찔리는 미래가 기대되는군."

아무리 발버둥 쳐도 리암의 힘으로는 타개할 수 없는 상황이 완성되어가고 있었다.

안내인은 행복감에 휩싸였다.

"느껴져. 느껴진다고! ——리암이 궁지에 몰리고 있다는 걸 감각으로 알 수 있어!"

리암 앞에 강대한 적이 나타나려 하고 있었다.

수도성의 궁전.

궁전이라 부르고는 있지만, 사실은 황제의 개인 대륙이다. 황제의 집이나 시설이 온 대지를 뒤덮어 기묘한 풍경을 자아내는 것이다.

이렇듯 규모가 크다 보니 이곳에 머물며 일하는 사람만 해도 수억 명에 달했다.

그 수도성의 궁전에 예의범절을 배우러 온 로제타는 복도의 창문으로 하늘을 올려다보았다.

수도성의 하늘은 가짜 영상이지만, 아주 아름답고 화창하게 보였다.

금속 껍데기에 감싸인 수도성은 사람이 살기 좋도록 모든 게 관리되고 있었다.

재해는 없고 기후는 미리 정해져 있다. 그래서 달력에 미래의 날씨가 기록되어 있었다.

모든 것이 완벽한 제국의 수도성.

제국민 누구나 아무런 걱정도 없이 살 수 있는, 언젠가는 이곳에 살고 싶다고 꿈꾸는 곳이다.

그런 수도성에서 로제타는 리암을 생각하고 있었다.

"──달링, 지금쯤 어떻게 지내고 있을까?"

세리나가 로제타의 수행지로 고른 곳은 자신의 전 직장이었다.

궁전에서 수행하면 아무도 귀족 지위를 의심하지 않는다.

귀족의 딸들도 예의범절을 배우러 많이 오며, 메이드도 출신이 고귀한 자들이 많나.

'청소 중이던 메이드를 꼬셨더니 명문 귀족의 딸이었다'는 흔한 이야기다.

로제타는 여기서 최소 3년을 지낼 예정이다. 수행과 신부 수업을 모두 수도성에서 해야 한다. 한동안은 번필드가의 영지에 돌아갈 수 없다.

로제타는 한숨을 쉬었다.

"왠지 이 별은 진정이 안 돼. 어쩐지 답답하게 느껴져."

다시 일하러 돌아가려는 로제타에게 메이드복을 입은 여자들이 다가왔다.

다들 호의적이라 볼 수 없는 웃음을 띠고 있었다.

"어머나, 클라우디아가의 후계자가 이런 곳에서 뭘 하는 걸까?"

리더 격인 아이는 후작가 출신이었고 나머지 아이들은 자작가 출신이었다.

다만 고향에선 공주님이었을 이들도 여기선 메이드다.

"지금은 휴식 중이니까요."

고등학생쯤으로 보이는 로제타에게 이제 막 중학생이 된 여자애들이 시비를 거는 듯한 광경이었다.

후작가의 딸은 모욕적인 언사로 로제타에게 말을 걸었다.

"그 나이에 수행을 오다니, 부끄럽지도 않아? 네 나이라면 이미 끝났어야 할 텐데? 여기에 있으면서 아무 생각도 안 들어?"

놀리고 반응을 즐기는 여자들.

다른 두 사람도 큭큭 웃으며 로제타의 수치심을 부추겼다.

예의범절을 배우기 위해 수행하러 오는 사람은 이제 막 성인이 된 경우가 대부분이다.

로제타의 나이에 수행에 나서는 건 드문 일이다.

"여러 사정이 있었어. 그 점을 헤아려주면 좋겠어."

후작가의 딸은 원만하게 넘기려는 로제타가 마음에 안 들었는지 팔짱을 꼈다.

"그 태도는 뭐야? 당당하게 굴지 말고 옛날처럼 고개 숙이고 있어. 전 쓰레기입니다, 라는 태도를 보이는 게 어때?"

리더 격인 아이는 로제타가 이전에 파티에서 구경거리가 된 모습을 봤을 것이다.

로제타는 옛날처럼 바보 취급을 당했지만, 태도를 바꾸지 않았다.

"——지금은 예의범절을 배우는 메이드지만, 리암 님의 약혼자이기도 해요. 그런 말은 할 수 없어요."

로제타의 대답에 리더 격인 아이는 명백하게 불쾌해했다.

"리암이라. 조금은 유명한 것 같지만, 결국은 시골 출신이지. 너한테 잘 어울리는 상대야. 하지만 난 알고 있어. 네 약혼자, 버클리가랑 싸우고 있지?"

해적 귀족 버클리가—— 아주 위험한 귀족으로 알려져 있다.

로제타도 알고는 있지만 아무렇지 않은 척했다.

"그게 무슨 문제라도?"

"버클리가에 서역하고 실아넘을 수 있을까? 니도 무시하긴 글렀을지도 모르겠네."

귀찮게 시비를 거는 여자에게서 떨어지려고 하자 세 사람이 로제타를 비웃었다.

"도망치는 거야? 역시 클라우디아가는 이름뿐인 공작가네. 나 같았으면 자존심이 허락하지 않아서 반박 정도는 했을 거야. 아, 아니지. 살아있을 가치가 없으니까 차라리 죽고 싶었을 거야. 추잡하게 사는 건 참 궁상맞단 말이지~."

귀족의 긍지가 없다며 비웃음 사 로제타는 아랫입술을 꽉 깨물었다.

(참아야 해. 달링을 위해서도, 내가 발목을 잡을 수는 없어.)

로제타가 일하러 돌아가려 하자 은발의 여자가 걸어왔다.

세리나의 손녀인 '카틀레아'였다.

역시나 메이드이지만, 카틀레아는 고위 직책을 맡은 로제타의 상사였다.

예의범절을 배우러 수행하러 온 로제타의 교육 담당이기도 했다.

카틀레아는 자신의 존재를 알아채지 못한 세 여자를 보고 질렸다는 듯한 시선을 보냈다.

"또 저 아이들인가요."

"카틀레아 님."

로제타가 인사하자 카틀레아는 난처하다는 얼굴을 하고 떨어진 곳에서 시끄럽게 떠들고 있는 아까 전의 여자들을 다시 바라봤다.

"여기선 지위를 내세우지 말라고 가르치고 있는데."

고향에서 공주님 대접을 받던 버릇이 빠지지 않는 것이리라.

그리고 본가의 권력이 큰 것도 착각을 하게 만들었다.

지금은 메이드의 신분이라고 아무리 가르쳐도 태도가 나쁜 사람들이 많았다.

"제가 나서서 주의하면 얌전해지긴 하겠지만, 이번 일은 자기 힘으로 해결해보세요."

"네?"

로제타는 약간 당황했다.

"스스로 생각하고 대처하세요. 이런 일 하나 해결하지 못하면 앞으로도 힘들어요. 필요한 게 있으면 도와줄 테니 하고 싶은 대로 해보세요."

카틀레아가 그렇게 말하고 떠나가는 뒷모습을 보면서 로제타는 시비를 거는 여자들에게 어떻게 대처할지 생각했다.

(이건 시험하는 걸까?)

그녀들을 조용히 만드는 방법이야 얼마든지 있다.

원한다면 리암의 힘을 빌려 복수할 수도 있다.

하지만 그게 공작부인에 어울리는 행동일까?

(달링의 힘을 빌리는 건 안 돼. 그 방법을 쓰면 그 아이들과 다를 게 없는걸. 유년학교도 졸업하지 않은 아이들에게 복수하는 것도 안 되겠지.)

고등학생이 중학생에게 복수—— 이유가 있었다고 하더라도 세간의 눈이 어떻게 평가할지를 생각하면 리암을 위해서라도 선택할 수 없었다.

로제타가 그런 행동을 하면 리암의 평판에 흠이 생기기 때문이다.

(그렇다면 내가 선택하는 방법은 달링에게 어울리는 정정당당! 메이드로서 누구에게나 인정받는 일을 하면 될 거야!)

긍정적인 로제타는 메이드로서 열심히 하자고 결의를 다졌다.

번필드가의 저택.

리암도 로제타도 없는 저택에서 브라이언은 쓸쓸하게 지내고 있었다.

"하아~."

휴식 중에 한숨이 늘었다.

그런 모습을 보고 세리나가 기막혀했다.

"울적한 얼굴 하지 말라구."

"그 활기찬 로제타 님마저 저택을 떠나니 쓸쓸합니다. 리암 님도 사관학교에서 돌아오지 못하시니, 저택이 텅 빈 것 같아요."

"조용해서 좋잖아. 다시 바빠지면 지금이 그리워질걸."

브라이언은 로제타를 걱정했다.

리암도 걱정되지만, 리암은 아마 자력으로 극복할 것 같은 느낌이 들었다.

하지만 로제타는 다르다.

"로제타 님은 잘 지내고 계실까요?"

"카틀레아한테 맡겼어. 괜찮을 거야."

카틀레아는 아주 우수한 아이다.

로제타를 맡겨도 문제없다고 세리나도 보증했다.

"다른 아이들에게 괴롭힘을 당하지는 않을지 걱정입니다. 그, 여자끼리 있으면 충돌할 때가 있으니까요."

오랜 세월 번필드가를 섬겨온 브라이언도 그런 질척질척한 여자들의 싸움을 봐왔다.

그러니 더더욱 걱정되는 것이다.

"이렇게 걱정이 많아서야 원. 로제타 님은 그런 것도 배우셔야 하는 거야. 모두 수행이라 생각하고 체념해."

세리나도 궁전에서 여자끼리 벌이는 싸움을 봐왔기에 그런 일쯤은 예상했다.

하지만 장래에 공작부인이 될 로제타에게는 그것 또한 필요한 경험이었다.

"카틀레아가 도와줄 거니까 안심해."

"그 외에도 신경 쓰이는 것이 있습니다. 버클리가와의 싸움이 갑자기 진정돼서 어째 꺼림칙한 느낌이 들어요."

얼마 전까지 경제적으로 싸우고 있었는데 갑자기 버클리가가 얌전해졌다.

이쪽을 건드리지 않게 된 것이 오히려 더 꺼림칙했다.

"포기한 걸까요?"

브라이언이 그렇게 말하자 세리나는 '그건 아니지'라며 단언했다.

"꽤나 기합을 넣고 전쟁 준비를 하고 있대. 리암 님도 군비 증강에 힘을 쓰고 있으니까. 서로 승부를 빨리 낼 생각을 하는 걸지도 모르지."

"이럴 수가?! 리암 님은 이렇게 될 것을 예측하고 군비 증강을 정하신 겁니까? 이 브라이언, 리암 님이 즉흥적으로 함대를 늘리려는 줄로만 알고 있었습니다."

브라이언의 감상에 세리나는 어이없어했다.

"그럴 리가 없잖아."

(버클리가가 진지하게 준비하기 전에 군비 증강을 단행하는 걸 보면 감이 좋은 걸까? 아니면 이걸 예상했나? 뭐, 여전히 너무 우수해서 무서운 아이야.)

그런 리암 곁에서 뒷받침해주는 존재가 될 로제타는 앞으로 큰 일이라고 생각하는 세리나였다.

◇◆◇◆◇

한편 그 무렵.

사관학교를 수석으로 졸업한 티아는 중위가 되어 있었다.

원래라면 연수 기간 중이지만, 특별히 면제받아 패트롤 함대 재편에 착수하고 있었다.

전용 집무실까지 마련되어 거기서 리암에게 어울리는 함대를 편제하기 위해 바쁘게 일하고 있었다.

"제4989패트롤 함대는 함정 수와 인원수에 차이가 있네."

자료로는 30척 규모였지만, 집단 탈영 사건이 있었는지 실제 수는 10척 정도였다. 물론 인원수도 맞지 않았다.

"함정은 재활용도 힘든 수준인가. 병기는 해체하면 되고. 문제는 병사의 사기와 숙련도네. 너무 낮아."

티아 곁에는 사관학교를 졸업하고 연수를 마친 여기사가 서 있었다.

같은 파벌의 기사이며 괴로운 시기를 함께 지낸 동료이기도 했다.

"장비 관리가 전혀 안 되어 있습니다. 병사들의 실력도 뻔하겠지요."

"그렇겠지."

사전 조사를 한 결과, 군을 그만두고 싶다는 병사가 6할을 넘었다.

그들은 직업훈련을 진행하고 일자리를 알선받게 될 것이다.

하지만 병사에게 직업훈련을 시키는 것도, 일자리를 알선하는 것도 예산이 필요하다.

부관이 미간을 찌푸리고 주위에 뜬 숫자를 바라봤다.

"제국군이 재편에 의욕을 내지 않을만합니다. 이래서는 예산이 아무리 많아도 부족합니다."

재편을 할 바에는 새로 함대를 조직하는 편이 낫다고 생각했을 것이다.

거의 버린 거나 마찬가지였다.

하지만 티아는 리암의 명령을 따를 생각이었다.

"이것들을 쓸만하게 만들어놓는 것이 우리의 임무야. 리암 님께 윤택한 예산을 받았어. 어떻게 해서든 써먹을 수 있게 만들 거야."

사기도 숙련도도 낮은 병사들을 쓸만하게 만들려면, 우선 휴가를 주는 수밖에 없다.

그리고 재단련을 거친 후 새로운 장비를 다루는 훈련을 해야 한다.

리암에게 함대를 여럿 만들 수 있는 큰 예산을 받았지만, 시간적 여유는 많지 않았다.

하지만 티아는 미소 지었다.

"그 화석이 아니라 우리에게 내린 명령이야. 어떻게 해서든 완수한다."

부관이 허리를 꼿꼿이 폈다.

"넵! ──그런데, 리암 님의 생각을 잘 모르겠습니다. 현재 저희는 버클리가와 한창 싸우는 중인데, 휘하에 둘 수 없는 함대에 굳이 투자할 필요가 있는 겁니까?"

티아도 사실 부관과 똑같은 의문을 품고 있었다. 그저 '리암이 하는 일에는 반드시 이유가 있다'고 생각하기에 따를 뿐이었다.

"나도 의문이긴 해."

그냥 임시로 머무르는 함대에 이만한 예산을 주는 것도 리암뿐일 것이다.

결국 티아는 멋대로 억측하여 긍정적인 결론을 냈다.

"이만한 예산을 쓴다면, 번필드가의 함대를 증강하는 편이⋯⋯ 아, 그런가! 그런 거였군요! 역시 대단해요, 리암 님!!"

티아가 벌떡 자리에서 벌떡 일어서며 소리쳤다.

"무슨 일이십니까?"

"알았어! 리암 님의 의도가 무엇인지!"

"네?"

"리암 님이 목적은 버클리가의 장래의 전력을 줄이면서 제국군 내부에 자신의 영향력을 남기는 거야!"

"에이, 설마요."

"아니야, 가능해. 이 데이터를 봐, 패트롤 함대의 상당수가 임무를 포기하고 해적으로 전락했어. 이건 장래에 버클리가에 가담할 전력이나 마찬가지야."

패트롤 함대를 재편하면 해적이 되는 자가 줄어든다. 또한 리암이 군에서 함대를 편제하면 군과 인연이 생긴다.

그 인연을 지금부터 다진다면 언젠가 있을 버클리가와의 전쟁에 도움이 될 것이다.

"번필드가만으로는 증강할 수 있는 수에 한계가 있어. 제국의 인원을 써서 전력을 확보하는 묘수였구나!"

티아의 망상에 부관까지 양손으로 입을 가리고 놀랐다.

"거기까지 생각하셨다니……."

"이 예산이라면 상당한 수를 준비할 수 있어. 훗날에도 리암 님이 군을 상대로 영향력을 유지할 수 있겠지. ——그렇다면 우리도 전력을 다해야지."

티아의 의욕이 더 커졌다.

먼 미래까지 내다본 리암의 안배에 감동한 티아는 더더욱 심취했다.

"해적 귀족 쓰레기들을 배제하고 제국의 부패까지 해결한다. 리암 님은 얼마나 고결하신 걸까!"

부관도 그 의견에 동의했다.

"그야말로 희대의 명군입니다!"

흥분해서 볼이 빨개진 티아와 부관은 그대로 한동안 리암에 대해 생각하며 행복한 시간을 보냈다.

그러다 문득 부관이 리암에 관한 이야기를 하나 내놓았다.

"그, 말이 나와서 말인데…… 보고해야 할지 고민한 건이 하나 있습니다만."

"뭔데?"

"실은…… 리암 님을 소재로 한 만화가 돌고 있습니다."

"어머? 수도성에서도 리암 님의 활약을 만화로 그렸어? 그거 근사하네. 꼭 보고 싶은걸. 근데 왜 나는 몰랐을까? 리암 님에 관한 정보는 항상 체크하고 있었을 텐데……."

"비밀리에 돌고 있는 데이터라서 그렇습니다."

"세상에! 그거 더 기대되네."

티아가 부관에게 어서 꺼내 보라는 듯 기대가 담긴 시선을 보냈다. 눈동자를 반짝이고 가슴을 두근거리는 어린아이와 같은 시선이었다.

"그게…… 그다지 기대하지 않는 편이 좋습니다."

부관이 데이터를 벽에 투영했다.

그 순간 티아의 얼굴에서 웃음이 사라졌다.

리암이 사관학교에서 지내고 있을 무렵.

당주가 부재중인 번필드가에는 큰 문제가 발생했다.

바로 기사들의 파벌싸움이었다. 티아가 이끄는 파벌과 마리가 이끄는 파벌이 반복적으로 충돌하는 것이다.

"신참이 까불지 마라!"

"잔챙이가 허세 부리고 있어."

이유는 어느 파벌의 군함이 먼저 출항하느냐, 어느 항구를 쓰느냐 등 다양했다.

오늘도 자원 행성을 재활용한 군사기지의 항구에서 양 파벌의 기사들이 서로 째려보고 있었다.

그 옆을 어느 파벌에도 소속되지 않은 기사 하나가 살금살금 지나갔다.

그의 이름은 '클라우스 세라 몬트'.

겉모습은 피곤한 30대 직장인의 외모로, 일단은 번필드가의 기사다. 그는 양 파벌과 거리를 두고 있었다.

(혈기왕성한 동료밖에 없어서 피곤해.)

그는 기사들 틈에서 벗어나 혼자 한숨을 쉬었다.

(리암 님이 계셨을 적에는 얌전했는데. 게다가 양 파벌의 우두머리도 없으니 제동이…… 아니, 그 둘이 있었으면 격화됐으려나?)

번필드가는 좋은 의미에서든 나쁜 의미에서든 리암의 존재가 굉장히 중요하다.

리암의 명령은 절대이며 따르는 수밖에 없다.

실제로 리암이 있을 때는 다들 얌전했다. 스쳐 지나갈 때 살기를 날리거나, 째려보거나, 도발하는 게 고작이었다.

(이대로라면 언제 누가 검을 뽑아도 이상하지 않겠어. 리암 님은 당분간 돌아오시지 않을 텐데, 앞으로 어떻게 될지.)

암울한 미래를 상상하고 있으니 다른 곳에서도 말싸움 소리가 들려왔다.

아무래도 수상한 배를 조사하러 가는 임무를 서로 미루고 있는 듯했다.

"이런 잡무는 너희에게 맡기지. 돌덩이였던 놈들에게 딱 어울리는 임무로군."

"해적을 싫어하는 너희야말로 제격 아닌가? 아니면 또 잡히는 게 무서운가?"

팽팽한 분위기에 클라우스는 다시 한숨을 쉬었다.

두 파벌 모두 공을 세워 리암에게 어필할 생각이었다.

그래서 자잘한 임무는 서로 미루려 했다.

클라우스는 마음을 다잡고 말싸움 중인 집단에 다가갔다.

"그 임무는 제가 맡을게요."

날카로운 시선이 클라우스에게 모이더니, 기사들은 약간 침착함을 되찾았다. 클라우스는 그들 사이에서 중립으로 통하고 있었다.

"클라우스 공이? 뭐, 그렇다면야……."

"너희들, 목숨 건졌네. 그럼 뒷일은 맡기겠습니다. '잡무 담당 클라우스 공'."

양 파벌의 기사들이 떠나가는 걸 지켜보고, 클라우스는 긴장이 풀려 다시 한숨을 쉬었다.

요즘은 한숨을 쉬는 횟수가 특히 더 많아졌다.

"잡무 담당이라. 정말 나다운 별명이야."

클라우스는 다른 기사들에게 귀찮은 잡무를 자진해서 처리하는 심부름꾼 취급을 받고 있었다.

덕분에 양 파벌의 견제를 받지 않았지만, 항상 귀찮은 일만 돌아왔다.

이번 조사도 공보다는 귀찮은 일이었다. 이런 임무만 처리하는 탓에 그는 평가가 낮았다.

그러나 클라우스는 그걸 불만스럽게 생각하지 않았다. 이전에 섬기던 가문에서 받은 영향이었다.

"수수한 일도 처리하면 수당도 나오니까. 공을 빼앗기고 급여를 깎이던 시절과 비교하면 여긴 천국이지. 잡무 담당 만만세다."

클라우스는 기지개를 켠 뒤에 임무 수행을 준비했다.

"자 그럼, 가볼까."

이전 가문에서도 클라우스는 귀찮은 일을 처리해왔다.

동료에게 이용당하는 꼴이지만 출세욕이 별로 없는 그는 이 상황에 만족했다.

요즘 군은 바쁘게 돌아가고 있었다.

사관학교가 있는 행성에는 재교육과 재훈련 시설이 있는데, 요 몇 년 동안은 계속 풀가동 중이었다.

이 행성뿐만 아니라 제국에 있는 시설 대부분이 같은 상황이었다.

후보생들 사이에는 뭔가 큰 작전이라도 있는 게 아닌가 하는 소문이 퍼졌다.

나의 사관학교 생활도 어느덧 6년 차에 접어들었다.

먼저 졸업한 티아에게 용돈을 줘서 패트롤 함대 편제를 시켰는데 순조롭게 되고 있을까? 어떤 함대가 되었을지 기대된다.

솔직히 말해서 예산이 얼마였는지 기억이 나질 않는다. 쓸 기회가 적어 모이기만 하던 걸 통째로 맡겨버렸으니.

"또 늘었네."

영지에서 걷는 세금 일부가 나에게 들어오는데, 금액이 너무 많아서 현기증이 날 것 같았다.

쓰는 금액보다 늘어나는 금액이 더 많아서 돈의 감사함이 전혀 느껴지지 않았다.

악덕 영주로서 돈을 어디에 써야 할지 떠오르지 않는 건 글러먹은 게 아닐까.

생각에 잠겨있으니 태평한 월레스가 돈을 더 달라고 졸랐다.

"리암~, 용돈 줘."

"지난주에 줬잖아?"

"밖에 나가서 후배에게 한턱냈더니 끝났어."

난 당당하게 밖에서 놀고 온 것을 자랑하는 월레스를 보고 화가 나기 시작했다.

이 녀석은 통금을 어기고 후배들과 술집을 몰아다니고 있다.

──내 돈으로 말이야!

"내가 왜 네 놀이 비용을 대줘야 하는데?"

"네가 내 후원자니까. 자, 잠깐만. 부탁이니까 주먹을 치켜들지 마! 그, 그마아아아안!"

일어서서 월레스에게 꿀밤을 먹이니 머리를 양손으로 눌렀다.

"화낼 것까진 없잖아."

"너만 즐거운 것 같아서 짜증 나."

"그럼 리암도 놀아."

"놀 수 있으면 놀았을 거라고!"

나도 놀고 싶다! 하지만 페터 사건이 아직도 머리에서 아른거려 즐겁게 놀 수가 없다.

성기를 폭발시키는 성병이 뭐냐고!

판타지 세계의 성병이라 해야 할까, 바이러스도 차원이 다르다.

아무리 악덕 영주라도 병은 무섭다.

아무리 엘릭서로 치료할 수 있다 해도 그건 싫다.

"고간이 폭발하다니, 미쳤어."

내가 속내를 말하자 월레스는 재밌다는 듯이 웃었다.

"리암도 크루트도 그런 말을 하면서 유년학교 시절부터 안 놀았지. 이쪽에선 성병 검사를 하니까 운이 나쁜 게 아니면 괜찮아."

"운이 나쁘면 폭발한다는 거잖아! 가능성이 0이 아니면 난 절대로 안 해!"

참고로 지난 6년 동안 사관후보생 중 2명이 폭발했다.

가능성이 조금이라도 있다면 난 하기 싫다.

하지만 놀고 싶은 마음이 없는 건 아니란 말이지.

"그럼 여자랑 즐겁게 마시기만 해도 되잖아."

"뭐, 그렇긴 한데……."

술집이 재미있다는 생각은 그다지 안 들었지만, 쓸데없이 돈을 쓴다고 생각하면 나쁘지 않은 선택이려나?

백성이 피땀 흘려 벌어들인 돈을 내가 낭비한다.

──실로 훌륭해.

이게 바로 악덕 영주다.

하지만 솔직히 관심은 없다.

내가 고민하고 있으니 월레스가 사관학교 졸업 후에 관해 물었다.

"그런데 리암, 사관학교를 나온 뒤에는 어디서 연수받을 거야?"

"수도성. 나 같은 대귀족은 수도성에서 잡무를 한대."

대귀족으로 태어나면 연수지는 당연하게도 인기 부서다.

황족인 월레스도 마찬가지다.

"그럼 나도 리암이랑 같이 수도성에 가겠네. 크루트와 오랜만에 만날 수 있겠어."

그건 어려울 것 같은데.

대학을 졸업하면 크루트도 관리가 되기 위해 연수를 나갈 것이다.

수도성은 넓다 애초에 궁전부터가 넓다. 대륙 전체가 궁전이라니, 어처구니가 없다. 그러니 우연히 만나는 건 사실상 어렵다.

"그 녀석은 바쁘니까 힘들지 않을까?"

서로 연락은 하는데, 듣자 하니 나름 바쁜 모양이었다.

하지만 월레스가 물고 늘어졌다.

"걔는 리암이 부르면 무조건 올걸? 크루트만 빼놓는 건 미안하잖아. 수도성에서는 유년학교 때처럼 놀자고!"

"폐가 되지 않으려나?"

"리암, 떠올려봐! 유년학교 졸업식에서 네가 사관학교에 간다고 정했을 때를. 크루트는 슬퍼했잖아? 연락하는 것과 만나는 건 다른 거야. 앞으로의 관계를 생각해서라도 반드시 만나야 해."

유년학교 졸업식을 생각해보면, 확실히 크루트는 울고 있었지.

이승에서 이별하는 것도 아닌데 그 녀석은 호들갑스러운 녀석이다.

"그럼 불러둘까."

"그렇게 해. 부르지 않으면 크루트가 진짜 슬퍼할 거니까. 아, 그러고 보니, 로제타도 지금 수도성에 있지 않았나?"

로제타 이야기에 난 갑자기 마음이 무거워졌다.

그 녀석도 수도성에 있다는 건 알고 있었지만, 설마 이렇게 빨리 얼굴을 보게 될 줄은 몰랐다.

앞으로 6년 정도는 만나지 않을 줄 알았는데.

"로제타한테도 말해두는 편이 좋은가?"

"그걸 왜 고민하지? 약혼자인데?"

월레스에게 그런 말을 듣고 수도성에서의 생활이 조금 불안해지기 시작했다.

◇ ◆ ◇ ◆ ◇

리암과의 대화를 끝낸 월레스는 그 후에 방에서 빠져나와 한 여자와 밀회했다.

연애 관련 일이 아니라 월레스의 얼굴은 긴장해서 굳어있었다.

가로등의 불빛을 받으며 벤치에 앉아있는 여자는 불쾌한 듯이 있는 에일라였다.

시간을 확인하고 여봐란듯이 월레스를 나무랐다.

"15분 넘게 늦다니, 장난해?"

"어쩔 수 없었어! 나도 사정이 있다고."

"네 사정 따위는 알 바 아냐. 그보다 약속은 지켰지?"

"당연하지!"

월레스는 에일라 앞에서 가슴을 펴고 자신이 무엇을 하고 왔는지 이야기하기 시작했다.

"리암에겐 수도성에서 크루트를 부르도록 신신당부하고 왔어. 크루트도 바쁠 거라면서 부르기를 꺼리는 리암을 떠미느라 고생했어."

어쩔 수 없다는 듯이 고개를 젓는 월레스를 무시하고 에일라가 눈동자를 반짝이더니 환하게 웃었다.

"그럼 수도성에서 두 사람이 놀 수 있겠네. 아~, 역시 '리아크루'야말로 궁극이며 지고해. 그 둘이 떨어진다고 해서 월레스에게 리암 군이 빼앗기는 전개는 절대로 있을 수 없어."

당당하게 자신의 취향을 폭로하는 에일라는 옆에 있는 월레스를 자신의 겉모습을 꾸며서 보여야 하는 상대라고 생각하지 않았다.

월레스는 에일라를 보고 기겁했다.

"걔들은 네가 생각하는 그런 사이가 아니라고."

"나도 알고 있어! 그치만, 그치만—— 최애를 찾았다면 누가 뭐래도 밀어주는 게 팬이잖아?"

"기분 나쁜 팬이네! 리암과 크루트가 불쌍할 지경이야."

월레스가 어이없게 여기는 에일라는 자신이 사관학교에서 얼마나 고통받았는지를 토로했다.

"넌 이해 못 하겠지. 내가 이 사관학교에서 얼마나 힘들었는지 알아? 둘이 따로 떨어진 때를 틈타서 네가 리암 군을 빼앗는 만화가 나돌았어. ——분하지만 흥분했어."

리암과 크루트가 다른 길을 걷게 되어, 각자가 상대를 생각하면서도 다른 남자와—— 라는 전개였다. 에일라는 분하지만 흥분을 느낀 모양이다.

그런 자신이 한심해서 자기혐오에 빠졌다나 뭐라나.

"애초에 그만한 그림 실력이 있는데 왜 사교에 손을 물들이는 건지 이해가 안 돼!!"

흥분한 에일라의 열변에 월레스는 압도되어 쩔쩔맸다.

"어, 어어⋯⋯."

"그 그림 실력으로 리암 군과 크루트 군의 순애를 그려주면—— 보수를 3배로 내겠다고 말했는데! 말했는데!"

"말한 거냐⋯⋯."

"그래! 그랬더니 자기가 믿는 것 외에는 그리고 싶지 않대! 분하지만 그 자부심에는 감탄했어. 사교에 물들지 않았다면 얼마든지 응원했을 텐데!"

그리고 에일라는 자조했다.

"다른 커플링으로 흥분하다니, 최악이지. 자신의 최애를 믿지 못하다니, 난 팬 실격이야."

"너희는 이미 다른 사람에게 불경을 저지르고 있다는 걸 자각하는 게 어떨까?"

월레스의 말은 에일라의 마음에 조금도 와닿지 않았다.

에일라는 혼자서 앞으로의 '리아크루'에 대해 생각했는데, 월레스가 부자연스럽게 헛기침을 했다.

"그보다 에일라—— 나하고 한 약속을 잊진 않았겠지?"

에일라는 히죽거리는 월레스의 얼굴에 혐오감을 느끼면서 건성건성 대답했다.

"아~ 예 어련하시겠어요. 여자를 불러서 미팅하고 싶은 거지? 너도 참 포기하질 않는구나."

"당연하지. 어쨌든 내 후원자는 리암이라고. 부자가 같은 편인 이상 난 무적이야."

버클리가와 한창 싸우는 중이지만, 번필드가가 우세하여 월레스는 꽤 까불었다.

에일라와 한 약속을 지킨 것도 미팅 세팅을 조건으로 걸었기 때문이다.

"불순한 이유로 리암 군에게 접근하지 않았으면 좋겠네."

"그건 너도 해당하는 말이라고 생각하는데……."

월레스와 헤어진 에일라는 홀로 들떠서 기숙사로 돌아갔다.

"리암 군과 크루트 군의 사이가 다시 좋아지면 '리아레스'나 '레스리아' 같은 사교는 반드시 없어질 거야. 그런 우울한 전개는 난 절대로 인정 안 해."

목적을 달성해 기분 좋게 걷는 도중 인기척이 느껴졌다.

기척을 눈치채고 뒤돌아본 순간, 에일라는 그대로 팔을 붙잡혀 벽에 몰렸다.

"어?"

에일라는 자신을 붙잡은 상대를 보고 경악했다. 바로 티아와 마리였다.

두 사람은 예전에 에일라가 발행했던 만화의 표지를 손에 쥐고 있었다.

티아가 에일라를 밀어붙이는 힘을 더 세게 주며 웃으면서 캐물었다.

"에일라 세라 베르만. 당신이 리암 님의 친구라고는 하나, 이 데이터에 대한 해명을 해주셔야겠습니다. 대체 누가, 무슨 목적으로── 리암 님을 소재로 이런 만화를 그렸을까요?"

티아 옆에 서 있는 마리는 흥분해서 눈에 핏발이 서 있었다. 손에 쥔 검이 분노로 잘게 떨리고 있었다.

"어떻게 대답하는지 듣고 잘게 잘라줄게."

존경하는 리암이 우롱당했다고 생각했는지, 평소 사이가 나쁘던 둘이 싸우지도 않고 뭉아붙였다.

에일라는 속으로 감탄하면서 동시에 절규했다.

(크, 큰일이다! 이거 큰일이다! 솔직하게 말해도 거짓말을 해도 죽는 상황이잖아! 내 인생이 끝나버려!!)

무슨 말을 해도 죽일 것 같은 눈빛들이었다.

어쩐지 여기까지 오는 동안 아무와도 마주치지 않더라니!

이 주변은 이미 봉쇄된 게 아닐까?

에일라는 누군가의 도움을 기다리는 길을 즉각 포기했다.

(내가 살아남을 수 있는 길은 단 하나!)

위기 상황에도 에일라는 만만치 않았다.

"내, 내 단말기에 있는 데이터를 열어봐."

제압당한 상태로 그렇게 말하자 마리가 에일라의 단말기를 조작하여 숨겨진 파일을 열었다.

그 결과, 세 사람의 주위에는———.

"이, 이건?!"

"이 무슨?!"

티아와 마리가 주위에 투영된 영상을 보고 눈을 휘둥그레 떴다.

티아는 심하게 동요해서 에일라를 놓쳐버릴 정도였다.

주위에 투영된 것은 다른 가문에서 수행하던 시절과 유년학교를 다니던 시절의 리암의 모습이었다.

무방비하게 윗옷을 벗어 반나체로 크루트와 놀고 있는 모습도 있는가 하면, 두 사람이 본 적 없는 모습도 있었다.

부하에게는 보이지 않는, 너무나도 눈부신 리암의 웃는 얼굴에 두 사람은 볼을 물들이며 넋을 잃고 봤다.

에일라는 해방되어 바닥에 앉더니, 넋을 잃고 보고 있는 두 사람에게 거래를 제안했다.

"제가 죽으면 이 데이터는 사라져요. 그리고 저는 더 과격한 데이터를 소중히 보관하고 있죠."

두 사람이 에일라를 보는 눈은 살기로 가득했다.

하지만 에일라는 두려워하지 않았다.

두 사람이라면 분명 거래가 성립될 것이라 확신하고 있으니까.

"만약 이 일을 눈감아준다면—— 두 분에게만 특별히 리암 군의 데이터를 팔게요."

그런 에일라의 제안에 둘은 약간 몸을 떨며 반응을 보였지만 냉정한 척했다. 하지만 에일라의 눈에는 두 사람의 마음이 흔들린 것이 보였다.

살의가 사라지고 주위에 비친 리암의 사진에 시선이 향하고 있었기 때문이다.

그러나 티아는 쉽게 넘어오지 않았다.

"그런 농담을 들어줄 줄 알았어? 우리가 만만해 보이나요?"

에일라가 마리에게 시선을 돌리자, 마리도 같은 말을 했다.

"그러게. 우리가 리암 님을 배신할 리 없잖아?"

에일라의 제안은 매력적이지만, 리암에 대한 충성심이 앞서는 모양이었다.

하지만 에일라는 침착하게 교섭을 계속했다.

"저를 잡으면 후회할 텐데?"

티아는 강하게 나오는 에일라를 보고 인상을 썼다.

"협박은 안 통해요. 베르만가에 번필드가를 위협할만한 힘은 없어요."

에일라는 어깨를 으쓱였다.

"협박이 아니에요. 이건 거래예요. 두 분이 리암 군을 지키려면 절 놓아주는 편이 이득이라고 말하고 있는 거예요."

에일라의 이야기에 마리가 무기를 다시 쥐고 자세를 잡았다.

"말도 안 되는 소리. 그게 리암 님에게 도움이 된다고?"

"당연하죠."

에일라는 둘을 침착하게 바라보았다. 그 모습에 두 사람은 허세가 아니라고 판단했는지 이야기를 듣기 위해 침묵했다.

"나돌고 있는 데이터에는 확실히 제가 관계되어 있습니다."

관계되어 있다고 말하자 티아와 마리의 시선이 험악해졌다.

그걸 무시하고 에일라는 계속 말했다.

"두 분이 입수하신 데이터는 확실히 과격합니다. 하지만 제가 잡히면 더 과격한 작품이 세상에 나돌 거예요."

마리의 손이 떨렸다.

"과, 과격한?"

에일라는 두 사람에게 자신이 최대 파벌을 통합하고 있다고 말했다.

"무질서하게 작품이 넘쳐나면 번필드가도 고생이 이만저만이 아닐걸요? 절 놓아준다면 제가 작품들을 관리할게요."

티아가 시선을 이리저리 돌리며 고민했지만, 곧바로 에일라를 째려봤다.

"이 자리에서 당신을 잡고 일당도 전부 체포하면 그만이에요."

"그건 좋은 생각이 아닙니다. 동지들은 이미 온 제국에 있으니까요. 잡으려면 고생 좀 하실걸요? 설령 그들을 찾아내더라도 누군가는 지하에 숨어 활동을 계속할 거예요."

마리가 성가신 미래를 상상하고 혀를 찼다.

"귀찮긴 하겠네."

"그렇죠? 절 놓아준다면 지금까지 입수한 데이터를 두 분에게만 팔 수도 있어요. 물론, 원본 데이터를 말이죠."

이 자리에 있는 둘에게만, 이라는 말을 듣고 마리가 무기를 거두었다.

"이 얼마나 무례한 처사인가! 큭, 하지만 여기서 널 죽이면 일당이 폭주할 가능성이 있겠지. 사건을 미리 막는 것도 가신의 책무니까요! 그래, 이건 책무예요!"

마리가 자신을 타이르듯이 변명하자 에일라가 편승했다.

"그래요. 이건 어쩔 수 없는 일이에요. 그러니 티아 씨도 눈감아 줄 거죠?"

티아는 마리를 난폭하게 밀어내고 에일라와의 교섭에 들어갔다.

"전부 나한테 팔아! 괜찮아. 평생 놀고먹을 돈을 마련할 주지. 부족하면 파벌의 기사들한테서 징수해서라도 얼마든지 준비해줄 테니까!"

둘 다 눈에 핏발이 서 있는 걸 보니 진심이었다.

에일라는 마음속으로 웃었다.

(이겼다! 난 살아남았어!)

"음~ 그러면 미안하잖아요. 앞으로도 사이좋게 지내고 싶으니까 적정가격으로 팔게요. 하지만~ 앞으로도 여러 데이터가 필요하니까 봐줬으면 좋겠어요~."

티아가 몇 번이나 격하게 고개를 끄덕였다.

"그래. 리암 님의 친구인걸. 함께 동영상이나 사진을 찍는 건 평범한 일이지!"

마리는 양손을 쥐고 에일라에게 간절히 빌었다.

"앞으로도 리암 님의 좋은 친구로 지내길 바랍니다."

에일라가 미소 지었다.

"앞으로도 사이좋게 지내요!"

그 무렵.

수도성의 궁전에서는 로제타가 새로 예의범절을 배우러 온 여자들을 앞에 두고 선배로서 인사하고 있었다.

로제타는 모두에게 마음가짐을 가르쳤다.

"예의범절을 배우러 수행하러 온 이상, 응석을 부리는 건 허용하지 않습니다. 집안의 권력을 업고 다른 고용인들을 괴롭히는 것은 금지합니다."

처음 왔을 때보다 당당한 태도를 보이는 로제타. 긴장한 여자들이 대답했다.

"네."

그 모습에 로제타는 미소를 보여 긴장을 풀어줬다.

"당신들이 여기서 하나라도 더 많이 배울 수 있도록 저도 최대한으로 협력하겠습니다. 함께 배워나가요."

예의범절을 배우는 자로서 후배의 교육을 행하는 경우, 직장에서의 평가가 높아야만 한다.

그렇지 않으면 후배를 받을 수 없으며, 언제까지고 지도를 받는 입장에 있어야 한다.

이전에 로제타를 깔봤던 여자들이 한쪽에서 분한 듯이 그 모습을 보고 있었다.

그녀들은 교육 담당으로 선택받지 못했다.

후배들을 해산시키자 그 자리에 카틀레아가 찾아왔다.

분하게 여기던 여자들도 자취를 감추자, 카틀레아가 로제타의 모습을 보고 미소를 보였다. 자신이 지도한 학생이 훌륭해져 기뻐하는 듯했다.

"안심했습니다. 여기에 막 왔을 때와 비교하면 몰라보겠어요."

카틀레아에게 그 말을 듣고 로제타는 머리 숙여 인사하며 감사 인사를 했다.

"카틀레아 님의 지도 덕분이에요."

"당신의 실력이에요. 좀 더 자랑스러워하세요."

수행지에서 남보다 배는 더 열심히 한 로제타는 지금은 주위에서 인정받는 메이드가 되어 있었다.

애초에 로제타는 어릴 때부터 가혹한 환경에서 자라왔다. 고작이 정도로 정신이 꺾일 리 없었다.

카틀레아는 도망친 여자들을 떠올리고 이번에는 안타까운 듯이 고개를 약간 숙였다.

"그 아이들도 당신을 본받길 바랐는데. 저래서는 평가가 낮아질 것 같네요. 정말 바보 같은 아이들이네요."

"제가 그녀들에 대해 말할 수 있는 것은 없습니다."

예의범절을 배우러 온 건 좋지만, 그녀들의 평가는 그다지 좋지 않았다.

로제타는 그녀들에 대해 아무 말도 하지 않았다.

카틀레아는 푸념하지 않는 로제타를 보고 미소 지었다.

"안이하게 본심이나 약점을 보이지 않는다. 가르침을 잘 기억하고 있군요. 훌륭해요. 앞으로 1년 남았는데, 후배들의 지도를 맡기겠습니다. 끝까지 완수해내세요."

"네."

궁전에서는 단순한 잡담, 단순한 불평도 조심하라는 말을 들었기 때문에 로제타는 카틀레아의 불평에 동조하지 않았다.

"그리고 할머님의 전언입니다. 번필드 백작은 내년에는 군의 연수로 수도성에 배속된다고 합니다."

"달링이! 아, 아니. 실례했습니다."

본모습을 보여 부끄러워하는 로제타를 보고 카틀레아는 큭큭거리며 웃었다.

"사이가 좋군요. 2년 동안은 여기서 지낸다고 들었습니다만, 이 시기의 남성은 선배로부터 나쁜 놀이를 배웁니다. 로제타, 당신도 조심하세요."

"리암 님은 그런 놀이를 좋아하지 않습니다."

"숨을 돌리지 못하는 남성은 엇나가기에 십상입니다. 착실한 사람도 실수를 많이 하니, 주도권을 꽉 잡아두세요. 단, 너무 단단히 죄어서는 안 됩니다."

리암의 입장이라면 측실을 여러 명 들여도 이상하지 않다.

오히려 번필드가의 상황을 생각하면, 없으면 곤란하다.

리암이 쓰러지면 후계자 후보는 직계가 아니라 친족── 혹은 선대를 다시 불러와야 하기 때문이다.

그것만큼은 인정할 수 없다는 것이 아마기와 브라이언을 비롯한 가신단 모두의 뜻이다. 즉, 가신단 입장에서는 로제타의 기분은 무시해서라도 리암이 조금 놀기를 바라는 것이다.

세리나도 같은 의견이며, 번필드가가 원하는 것은 리암의 자손이다.

거기에 로제타의 자손이라는 조건은 그다지 중요하지 않았다.

"──이해하고 있습니다."

사전에 브라이언과 세리나에게 설명을 들은 로제타는 굉장히 불쾌하게 생각하면서도 받아들이고 납득했다.

"납득이 안 됐다는 표정이에요. 마음은 이해됩니다. 보통은 의무를 다한 뒤에는 마음대로 하라고 가르치지만요."

많은 귀족의 딸이 후계자를 낳은 뒤에는 자유롭게 연애를 즐긴다.

리암의 할머니도 어머니도, 의무를 다한 뒤에는 좋아하는 사람과 가정을 꾸렸다.

하지만 리암을 좋아하는 로제타는 그런 의무를 다한 뒤의 일은 상관없는 일이었다.

"전 리암 님 일편단심이니까요."

"그렇게 말할 수 있는 당신이 부럽네요."

카틀레아는 그렇게 말하고 업무로 돌아갔다.

수도성에 어느 전통 있는 고급 호텔에서는 지금 개장공사가 아주 급하게 진행되고 있었다.

다 드러난 벽, 인부들이 기계를 조작하고 있는 현장에 온 토마스가 호텔 지배인과 함께 상태를 둘러보고 있었다.

지배인이 작업 진척을 보고했다.

"서둘러 작업을 진행하고 있지만, 내년까지 끝내기는 어렵습니다."

역사가 긴 고급 호텔이지만, 어떤 이유로 인해 최근엔 상당히 쇠락해 있었다.

그 점을 주목한 사람이 리암의 어용상인인 '토마스 햄프리'다.

그는 햄프리 상회의 수장이며 별들을 왕래하는 무역상이었다.

토마스는 폭신하고 부드러운 체형을 가지고 있어 온순해 보였지만, 눈매는 날카로웠다.

"여차하면 리암 님의 눈에 들어오지 않는 곳은 나중으로 미뤄도 상관없습니다. 어떻게든 기한에 맞추세요. 그리고 종업원의 교육은 어떻게 되고 있을까요?"

토마스가 이 호텔을 발견했을 때는 파리가 날려 영업을 하고 있는지도 의심스러운 상태였다.

"이전에 일하던 사람들을 다시 불렀지만, 모두를 부르는 건 어려웠습니다. 신입을 교육하고 있지만, 어떻게 될지는 알 수 없습니다."

"그것도 서둘러 모아주십시오. 리암 님이 사관학교를 졸업하시면, 한동안은 이곳이 활동 거점이 될 테니까요."

지배인은 진지하기 그지없었다.

"네."

힘찬 대답에서 이 기회를 놓치지 않겠다는 의욕이 느껴졌다.

이 호텔은 문제가 있어서 손님의 발이 끊어진 것이 아니다. 손님 측에서 난동을 피워 이렇게 된 것이다.

언젠가 한 손님이 술에 취해서 난동을 부린 적이 있었다. 호텔 측은 다른 손님에게 피해가 가지 않도록 그를 끌어내 조치했다.

문제는 그 손님이 귀족이라는 점이었다. 이후 그는 호텔에 적반하장으로 복수했다.

그는 호텔을 계속 괴롭혔고 결국 손님의 발길이 뜸해졌다.

귀족을 적으로 돌리면 아무리 인기 있고 오랜 전통을 가진 호텔이라도 금방 망한다.

물론 반대 상황도 마찬가지. 귀족을 같은 편으로 만들면 쉽게 부활할 수 있다.

지배인이 토마스에게 확인했다.

"그런데 리암 님의 시중을 정말 능력만으로 뽑아도 괜찮겠습니까? 용모도 고려하는 편이 좋을 것 같습니다만."

마음에 들면 건드려도 상관없는 자를 곁에 둔다.

지배인이 그렇게 말하자 토마스는 웃음 지으면서 고개를 저었다.

"리암 님은 자기 저택에 있는 고용인에게조차 손을 대지 않습니다. 취향을 따지시는 게 아니라 자기 절제가 엄격하십니다. 외모로 뽑은 사람보다 능력이 뛰어난 사람을 곁에 두는 걸 더 좋아하실 겁니다."

토마스에게 리암은 고결한 귀족의 이미지였다.

지배인이 토마스의 이야기를 듣고 몹시 감동했다.

"저도 많은 귀족을 봤지만, 리암 님은 정말로 훌륭한 분이시군요."

토마스는 그 말에 기분이 좋아졌다.

"가끔 다소 난폭한 말투가 나오실 때가 있지만, 심성은 자비로운 분입니다. 오로지 적에게만 엄격하신 분이지요. 지배인, 쓸데없는 배려는 필요 없습니다. 자기가 맡은 일을 성실히 하면 리암 님은 좋게 보실 겁니다."

지배인이 허리를 똑바로 펴고 얼굴을 들었다.

"알겠습니다."

토마스가 리암이 머물 곳을 확보해 안도하고 있으니, 부하가 허둥지둥 달려왔다.

"회장님!"

"무슨 일이냐?"

"그, 그러니까! 수도성의 상인 분들이 회장님께 면회를 요청하고 있습니다!"

"나를? 누가?"

수도성의 상인이 한낱 지방 상인을 직접 찾아오는 건 보통 있을 수 없는 일이다.

만약 만날 일이 있다면 오히려 그들이 토마스를 부를 터였다.

"클라베 상회의 엘리엇 회장과 뉴랜즈 상회의 간부인 파트리스 님입니다. 꼭 회장님과 만나 이야기를 하고 싶다고."

토마스가 눈을 크게 떴다.

"두 분 다 거물이 아니냐."

클라베 상회는 제국의 어용상인이며 제국에서도 손꼽히는 대상.

그리고 뉴랜즈 상회는 수도성에 본점을 두고 각지에서 광범위하게 장사를 하는 대상.

둘 다 토마스의 햄프리 상회와는 규모가 다르다.

전국에서 장사하는 회사의 사장과 간부가 시골에서 점포 몇 개를 경영하고 있는 점주를 꼭 만나고 싶다고 이야기하는 것과 마찬가지였다.

옆에서 이야기를 듣던 지배인도 당황스러운 눈치였다.

그만한 유명인이 일부러 토마스를 만나러 온 것이다.

토마스는 두 사람의 목적이 짐작되었다.

"목적이 있다면 하나뿐인가."

토마스는 바로 두 사람과 면회하기로 했다.

내가 연수를 받는 곳은 수도성에 있는 병참과 관련된 부서였다.

병사, 물자 수송을 비롯해 여러 가지를 관리하는 곳이다.

딱 잘라 말하자면, 화려함은 조금도 없고 지루하기 짝이 없는 업무가 있을 뿐이었다.

아무리 보아도 우수한 성적으로 사관학교를 졸업하고 중위로 발령받은 나에게 어울리는 장소가 아니었다.

물론 내 성적은 다소 보정이 붙어있다.

귀족은 아무것도 안 해도 성적에 플러스 평가가 붙는다고 하니까.

내가 시작부터 중위로 임관한 것도 태생 덕분이다.

그런 내가 왜 병참 관련 부서에 있는 것인가?

——여기서 서류 작업을 하면서 1년을 지내, 대위 승진을 받을 구실을 만들기 위해서다.

아마 2년 후에는 소령으로 승진해 있을 것이다.

후방에서 안전하게 사무를 보기만 해도 귀족은 출세한다.

실로 훌륭한 세계다.

그리고 정식으로 부대에 발령되면 티아가 준비한 내 패트롤 함대에서 4년 동안이나 빈둥빈둥 지내다 끝날 것이다.

그럼 수행에서 가장 큰 고비를 넘기고, 이후로는 대학 생활과 관리가 되어 잡일만 수행하면 된다.

귀족은 엘리트 코스에서 노력하지 않아도 출세하니, 안전한 곳에서 고생하는 놈들을 보고 즐기는 것도 나쁘지 않을 것이다.

그야말로 완벽한 악덕 영주다.

이번 연수 기간에는 막사에서 생활하는 것이 의무라 휴일에 수도성에서 신세를 지는 호텔에서 지내는 생활을 하게 된다.

매일 정시에 일을 끝내고, 일과 후의 자유 시간을 즐기고 막사로 돌아가 쉬는 나날.

바쁜 부서에서 열심히 일하는 엘리트들을 비웃는 입장에 있는 것이 실로 훌륭했다.

직장은 햇빛이 잘 안 드는 곳에 있는 건물이다.

옆에 건물이 있어서 창밖의 경치가 좋지 않아 일시적인 위안으로 유리에 자연 영상을 비췄다.

인기 없는 부서이고 만듦새가 싸구려 같지만 개인 공간은 넓어서 쾌적했다.

사무실 환경이 약간 전생의 직장과 비슷하지만, 직원들이 모두

군복을 입는 차이점이 있다.

옆에는 월레스가 마지못해 일하는 모습이 보였다.

조금 떨어진 곳에서는 에일라가 선배에게 일을 배우는 모습이 보였다.

우리 셋이 같은 부서에 배치된 것도 역시 귀족이기 때문일 것이다.

오늘의 업무를 처리하고 있으니 월레스가 자리에서 한 번 일어나 멀어져 갔다.

화장실에 갔다가 돌아오자, 나에게 말을 걸어왔다.

"우리 쪽에 소리치면서 들어온 손님이 있대."

"소리치면서 들어와? 뭔가 실수라도 했나?"

대체 누가 실수를 했지?

이런 일은 인공지능에 맡기면 실수 같은 건 거의 안 할 것이다.

사람의 손이 가는 부분도 다소 있으니, 분명 그때 실수했을 것이다.

"아니, 리암이 준비한 보급물자에 불만이 있대."

"뭐라고?"

제국에서 병참을 관리하는 부서는 전선에 나가지 않기 때문에 얕보이는 경향이 강하다.

인공지능을 이용하는 비율이 높은 것도 얕보이는 이유 중 하나다.

제국은 인공지능을 싫어하며, 그건 군부에서도 똑같다.

물론 그렇다고 해도, 사람의 손으로만 일하면 작업효율이 크게 떨어지니 인공지능을 안 쓸 수는 없다.

실제로 전선 유지에 한몫하는 것도 인공지능이다. 그걸 이해하지 못하는 군인들이 의외로 많다는 게 문제이지만.

지금처럼 소리치며 들어온 군인이 가장 좋은 예일 것이다.

"인공지능에 기대는 얼간이들이 내가 낸 신청서를 기각하다니, 무슨 일이냐!"

배가 튀어나온 대령이 소리치며 들어온 것은 오후 무렵의 일이었다.

준장이 대응했지만 상대가 귀족 출신인 탓에 계급이 먹히질 않았다.

"미, 미안하네. 대령, 바로 추가로 준비할 테니 지금은 원만하게──."

병참 업무가 인공지능에 의지하는 영역이 크다는 건 여기서 종사하는 군인들도 신경 쓰는 부분이다.

인공지능에 의지하는 것을 나쁘게 생각하는 제국의 사고방식이 여기에도 뿌리내려있는 것이다. 인공지능을 많이 쓰는 이 부서는 출세 코스라 하기 어려운 곳이다.

다시 말해, 오늘같이 귀족들이 건방진 태도로 소리치며 들어오는 일은 일상다반사였다.

대령이 소리쳤다.

"내 배의 보급물자를 그따위로 책정한 멍청이를 데려와라! 내가 직접 교육해주마!"

대령이 채찍을 들고 히죽대자 준장이 당황해서 말렸다.

"대령, 그건 안 된다. 권장하지 않아."

"전선에 나서지 않는 겁쟁이를 내가 단련시켜주겠다는 말이다! 오히려 울면서 기뻐해야지!"

남을 괴롭히기 좋아하는 대령은 당연하다는 듯 터무니없는 말을 쏟아냈다.

준장은 설득을 포기하고 어깨를 축 늘어뜨렸다.

"난 분명히 말렸네."

준장이 "중위를 불러주게"라고 말하자 대령은 채찍으로 손을 쳐서 짝 하고 소리를 냈다.

"흥. 중위면 신입이거나 연수 중인 꼬맹이잖아. 이참에 제국 군인이란 게 무엇인지 내가 가르쳐줘야겠군."

요즘 젊은 놈들은 어쩌고 하며 대령이 혼자 중얼거렸다.

"——가르칠 수 있다면 부디 꼭 가르쳐줬으면 좋겠군."

"뭐라 했나?"

"아니, 아무것도."

잠시 뒤, 방을 노크하는 소리가 들렸다.

"들어와라!"

문을 열고 들어온 사람은 기분이 안 좋아 보이는 리암이었다. 상사의 방에 들어왔는데 조금도 긴장한 기색이 없었다.

그 태도가 대령에겐 괘씸하게 느껴졌다.

"네놈이 내 배의 보급물자를 담당한 놈이냐? 네가 뭘 했는지 알아?"

리암은 대령을 보더니 하찮다는 듯 코웃음 쳤다.

"넌 누구냐?"

"뭐, 뭐야? 이 자식, 계급장도 모르는 거냐!"

"일개 패트롤 함대의 대령이 내 앞에서 거들먹거리는 거냐? 준장 각하, 저도 바쁩니다. 이런 일로 부르는 건 없으면 합니다만."

"나도 그리 생각하네만, 대령이 자네를 꼭 교육하겠다면서 말을 듣지 않아서 말일세."

그러자 리암의 눈빛이 변했다.

"누가 누구를 교육한다고?"

"너다! 나 참, 사관학교에서 대체 뭘 배워온 건지. 오늘은 집에 못 갈 줄 알아라!"

대령은 어떻게 리암을 괴롭혀줄까 생각하고 있다가 갑자기 격렬한 고통에 사로잡혔다.

"푸헥?!"

벽에 부딪혀 무슨 일이 일어났는지 이해하지 못하고 있으니 리암의 목소리가 들려왔다.

"준장 각하, 이 자식의 상사를 불러주시겠습니까."

"아니, 그건 좀……."

"이 자식의 신청서에는 전함에 필요 없는 설비와 인원을 달라고 적혀있었습니다. 이에 관해서 뭐라고 하는지 들어야겠습니다. 한직에 나앉은 군인이 대체 누구에게 불평하는 건지."

준장은 머리가 아팠다.

"대체 뭘 달라고 한 건가?"

"전함에 카지노와 접대부 100여 명을 요구했습니다. 임무 중인 함내에서 무엇을 할 생각이었는지. 특히 이자의 함대는 실적이라곤 거의 없는 무능한 집단입니다. 보급물자를 주는 것조차 낭비입니다."

"조사했나?"

"저한테 술과 여자를 뜯어내서 즐기려는 바보가 어떤 놈인지 알고 싶었을 뿐입니다. ──자, 그럼 이 바보의 상사를 불러주시기 바랍니다."

준장은 웃고 있는 리암에게 '아, 알았다'라며 대령의 상사를 불렀다.

상대는 수도성 주변을 지키는 패트롤 함대를 맡은 소장이었다.

통신으로 불러내자 불쾌한 듯한 얼굴이 공중에 투영되었다.

『대체 무슨 일이지?』

리암은 소장을 상대로 거리낌 없는 태도로 말을 걸었다.

"이봐, 소장. 네 부하가 나한테 시비를 걸잖아. 네가 책임질 거야?"

소장은 처음엔 격노하여 얼굴을 붉혔지만, 곧 리암이라는 걸 깨달았는지 얼굴이 새파래졌다.

『——배, 백작!』

소장도 귀족 출신이지만, 현역 당주인 리암과 비교하면 격이 떨어졌다.

게다가 리암은 버클리가와 싸우고 있는 유명인이다.

상대인 소장이 당황했다.

『부, 부하가 큰 실례를 했습니다. 녀석에게 바로 돌아오라고 전해주십시오.』

리암은 쓰러져 있는 대령을 걷어차 격한 소리를 내고는 소장을 위압했다.

"나더러 전하라고? 네가 여기에 와서 데리고 가. 나한테 명령할 생각인가? 이것 참 건방지군. 군의 계급만으로 날 내려다볼 수 있을 줄 아는 거냐?"

원래라면 리암의 태도가 말도 안 되는 것이지만, 귀족들은 평소 작위 등을 이유로 들어 멋대로 하고 있었다. 그 말은 곧 상대의 지위가 높으면 계급이 낮더라도 따른다는 것을 의미했다.

『시, 실례했군. 바로 데리러 가지. 아니, 데리러 가겠습니다.』

"빨리하라고. 그리고 네 부대에서 오는 신청서는 헛소리가 너무 많아. 잘 들어, 내 시간을 빼앗는 주문을 하지 마. 난 정시에 돌아가고 싶어. 무슨 뜻인지 알지?"

쓸데없는 짓을 하지 마라. 그 말을 듣고 소장은 어떻게 대답해야 할지 갈피를 못 잡았다.

순순히 받아들이면 사치를 못 부리게 되기 때문이다.

『아, 아니, 그건…….』

"불만이 있으면 들어주지. 자, 말해."

들어주겠다고 말하지만, 리암은 무슨 말을 들어도 거부할 것이다.

어떤 이유를 늘어놓아도 이 경우엔 리암이 옳기에 설득은 불가능하다.

소장은 포기하고 가냘픈 목소리로 대답했다.

『어, 없습니다.』

평소의 일과는 달리 특별한 대응을 하려고 하면 수고가 든다.

리암은 그걸 싫어했다.

"고분고분한 녀석은 정말 좋아. 그리고 빨리 네 무능한 부하를 데리러 오라고."

『──예.』

소장이 통신을 끊자, 대령이 부들부들 떨었다.

"자 그럼, 일어나. 날 교육해준다면서? 안 그래도 사무만 처리하느라 몸이 둔해지려던 참이었는데, 잘됐네."

대령이 황급히 일어나 경례했다.

"저, 정말 죄송합니다!"

상대가 자기보다 지위가 높다는 걸 인정했지만, 조금 늦었다.

리암이 대령의 어깨에 손을 놓고 단념하라고 말했다.

"손바닥 뒤집듯이 태도를 바꾸는 건 싫지 않아. 하지만 난 널 용서할 수 있을 정도로 아량이 넓은 남자도 아니지. 마중을 올 때까지 내가 널 '교육'해줄게. ──좋지? 울면서 기뻐해."

대령이 떨자, 리암이 멱살을 잡고 방에서 끌고 나갔다.

준장은 그 모습을 보고 평소의 울분이 풀려 웃음을 지었다.

"훗, 우리 쪽에 데려오길 잘했군."

리암이 온 것으로 인해 부서의 일이 원활하게 돌아가는 것을 기뻐했다.

병참 부서를 깔보고 이것저것 요구하는 군인이 정말 많았다.

그래서 누군가 유력 귀족을 데려오고 싶었다.

그게 버클리가와 같은 나쁜 귀족이라면 병참 부서를 싫어할 테고 쓸데없는 짓을 할 것이다.

하지만 리암 같은 착실한 귀족이라면 분명 부정을 용서하지 않을 거다.

준장은 연수에 들어가기 전에 리암에게 밑져야 본전이라는 생각으로 교섭을 했는데, 설마 정말로 와줄 것이라고는 생각하지 않았다.

하지만 이렇게 연수처를 선택해주었다.

그리고 상상 이상의 활약에 만족했다.

"이걸로 이상한 요구가 좀 줄었으면 좋겠는데……."

준장은 리암을 데려오길 잘했다고 생각하면서도 리암이 여기 온 이유는 알 수가 없었다.

◇◆◇◆◇

최전선.

마리는 거기서 보병으로서 연수를 받고 있었다.

"망할 다진 고기년, 두고 봐라."

그녀는 티아를 저주하면서 파워드 슈트를 입고 수송기에서 뛰어내렸다.

낙하산 대신 착지 직전에 일회용 배리어가 펼쳐져 충격을 흡수했다.

밀림 속, 마리는 주위를 경계했다.

『마리, 무사한가? 뭔가 외친 것 같은데?』

"문제없어."

마리의 무뚝뚝한 대답을 듣고 통신 상대는 더 이상 캐묻지 않았다.

『그럼 적 시설로 침입해서 신속하게 인질을 구조해. 어렵겠지만, 너라면 완수해낼 거야.』

혼자 적 기지에 침입해 인질을 구해오라는 무리한 임무를 받은 마리는 마음속으로 중얼거렸다.

(잘도 날 이런 곳에 배속시켰구나. 반드시 돌아가서 그 다진 고기의 목을 잘라주겠어.)

특수부대에 배속된 이유는 티아가 뒤에서 손을 썼기 때문이다.

'리암 님 곁에 네 자리는 없어'라고 하면서.

마리는 재빠르게 밀림 속을 나아가 감시자를 찾아서 나이프로 죽여 나갔다.

그 솜씨를 지켜본 상사가 통신으로 칭찬했다.

『훌륭한 솜씨야. 옛 부하가 생각나네.』

마리는 심심풀이로 대화를 하기로 했다.

"나 같은 실력자가 또 있었어?"

자기와 같이 강한 인간이 있다는 이야기를 듣고 흥미를 가졌다.

『스파이로 활약했던 부하야. 어떤 임무도 훌륭히 완수하는 녀석이었지.』

"그거참 누군지 궁금하네."

『기밀이니까 이름은 가르쳐줄 순 없지만.』

적 기지가 보이기 시작하자, 마리는 통신을 끊고 잠입했다.

"자, 빨리 일을 끝내고 리암 님 곁으로 돌아가야지. 요즘 통 움직일 일이 없었으니, 기분 전환할 좋은 기회군."

그날 범죄조직 하나가 사라졌다.

운동은 적당히 하면 기분이 좋은 법이다.

대령을 때려 내 기분은 후련하고 상쾌했다.

"오늘도 정시에 일이 끝났네."

오늘도 해냈다고 생각하고 있으니, 피곤한 얼굴을 한 월레스가 말을 걸어왔다.

"리암은 정시를 고집하네. 괜찮아? 아직 남아있는 녀석들도 있는데."

정시에 퇴근하지 못하는 선배들이 돌아가려는 우리를 힐끔힐끔 봤다.

월레스와 내 사이에 서 있는 에일라는 직장을 보고 거북해했다.

"좀 눈에 띄지."

하지만 나하고는 아무 상관 없다.

왜냐하면 내 일은 끝났으니까.

"잔업 같은 건 아무런 가치도 없어."

"안 도와주냐? 리암이 도와주면 금방 끝나잖아?"

나에게 도와주면 좋겠다며 찾아온 바보가 있었지만 스스로 하라며 뿌리쳤다.

애초에 도와준들 무슨 의미가 있지?

협조성? 상부상조? ——전부 쓸데없다.

"그런 게 무슨 의미가 있다고."

전생에는 회사를 위해, 부하를 위해, 후배를 위해 노력해왔지만, 그 노력은 나에게 도움이 되지 않았다.

그럴 바에는 정시에 끝내고 후딱 돌아가는 게 옳다.

받는 봉급만큼만 일하면 문제없다.

사회나 회사는 그 이상을 요구하겠지만, 그런다고 알아줄 리는 없으니 하는 만큼 무익하다.

입으로는 '고맙다'고 말만 하지, 내 노력에 보답하는 녀석은 적으니 말이다.

그러니 나는 이 세계에서는 받는 봉급만큼만 일한다.

"누가 뭐라고 하든, 난 필요 이상의 일을 안 해. 날 움직이고 싶다면 금괴라도 쌓아서 머리를 숙이고 부탁하러 와라!"

말도 안 되는 소리를 하자 에일라가 어깨를 으쓱였다.

"우와~, 나왔어. 리암 군의 황금사랑~."

"황금은 정말 좋아. 자, 어서 돌아가자."

둘을 데리고 직장이 있는 건물에서 나오니 우리 앞에 커다란 리무진이 기다리고 있었다.

"호화로운 리무진이네. 뭐 높은 사람이라도 왔나?"

엄청 호화로운 리무진에 의문을 가졌다.

병참 관련 부서는 인기가 없어서 일하는 귀족도 적다. 즉 손님이다. 하지만 부자가 오는 이유도 짐작이 가지 않았다.

불평하러 온 대귀족인가 생각하고 있으니 월레스가 뭔가 알아차렸다.

"혹시 리암을 데리러 온 거 아냐?"

"뭐?"

리암이 다가가자 안에서 문을 열고 사복 차림의 로제타가 튀어나왔다.

오랜만에 봤는데 약간 어른스러워진 것처럼 느껴졌다.

"달링!"

"로제타?!"

피하려고 하다가 로제타가 넘어질지도 모르니 받아냈다.

"너, 너, 왜 여기에 있어?"

"이제 오늘 일은 끝난 거지? 나도 수행이 끝나서 지금은 호텔에서 지내고 있어. 같이 지내려고 데리러 왔어."

월레스와 에일라는 그 말을 듣자마자 리무진에 올라탔다.

"오, 눈치 빠르네. 그럼 사양하지 않고 탈게. ──리암! 내부도 굉장해! 술이랑 안주가 있어! 전부 최상품이야!"

"이 차, 내장도 엄청나네."

아무 의문도 갖지 않고 올라타는 두 사람을 보고 난 황급히 말렸다.

"아니, 야! 오늘은 한잔하러 가기로 약속했잖아!"

월레스는 차 안에 있던 안주를 먹기 시작했다.

"딱히 호텔에서 마셔도 괜찮잖아. 그보다 난 돈이 떨어져서 그다지 놀 수 없으니까 돈이 안 드는 편이 좋아."

이 자식! 월레스는 도움이 안 된다고 생각하여 에일라를 봤다.

에일라는 과자에 정신이 팔려있었다.

"로제타 씨, 이거 먹어도 돼?!"

내 옆에 서 있는 로제타가 에일라에게 미소 짓고 있었다.

"괜찮아요."

"아자~! 리암 군도 빨리 타. 리암 군이 사는 곳이 이전부터 궁금했어."

　——너도 도움이 안 되는 거냐.

　로제타는 시선만 위로 올려 나를 봤다.

"달링, 지금부터 놀러 가는 거야? 그, 그렇지. 직장 사람들과의 인간관계도 있지. 그, 그럼 억지 부리지 않을게."

　조금 슬퍼하는 로제타. 죄악감이 샘솟는 건 어째서지?

　애초에 월레스와 에일라와 술집을 돌아다니기만 할 뿐이지, 직장과는 관계없다.

"아, 아니, 오늘은 두 사람이랑 한잔하는 건 직장이랑 상관없어."

　왜인지 솔직하게 대답해버렸다. 스스로 도망칠 길을 막아버렸다.

"그래? 그럼 호텔로 가자. 레스토랑은 메뉴가 풍부하니까 질리지 않아. 달링을 위해 술도 잔뜩 준비해뒀대."

"그, 그런가."

　이전엔 철의 여자——꺾이지 않는 강철의 마음을 지닌 냉철한 여자라 생각했는데, 내 약혼자가 되자마자 이 모양이다.

　나를 달링이라 부르며 어리광을 부린다.

　사실은 로제타가 싫어하는 모습을 기대했는데, 이래서는 갖고 놀 수 없지 않은가.

"——로제타, 넌 호텔에서 뭐 하고 있어?"

　일단 이야기를 하려고 호텔에서의 생활에 대해 물어봤다.

"지금은 수도성에서 이것저것 배우고 있어. 같이 와있는 귀족

아가씨들이랑 수도성의 문화를 배우고 있어. 재밌어."

젊은 부인이 요리 교실을 다니는 그런 느낌인 걸까?

그건 정말 재밌을 것 같네. ──난 조금도 관심이 없지만.

로제타의 표정이 진지해졌다.

"그리고 있지, 달링. ──사실은 달링한테 손님이 왔어."

"손님?"

또 손님인가. 점심 때 본 대령 같은 손님이 아니길 기도하자.

리암이 퇴근한 사무실에서 두 군인이 이야기하고 있었다.

두 사람 다 병참과에서 수십 년 동안 일한 베테랑이었다.

그들은 리암이 도무지 이해되지 않았다.

"저분은 왜 정시에 출근해서 평범하게 일하는 걸까?"

"그러니까 말이야. 귀족은 보통 늦게 오거나 아예 출근 자체를 안 하잖아."

리암 일행 외에도 병참 관련 부서로 연수하러 오는 귀족들은 있다.

하지만 대부분이 출근하지 않고 놀러 다닌다.

이게 보통이라 성실하게 일하는 리암 일행이 이상해 보이는 수준이었다.

"그리고 들었나? 준장님이 콧노래를 부르면서 정시에 퇴근하셨다더군."

"그 사람이 정시에 퇴근한 게 몇십 년 만이야?"

지금까지 귀족들의 요망에 휘둘려 고생해온 두 사람은 리암의 대단함에 놀라고 있었다.

"요즘은 패트롤 함대에 불평 하나 나오지 않는다잖아."

"그분에게 교육받은 게 효과가 있었겠지. 백작이 소문대로 성실한 모양이야."

"성실하고 일도 잘하고 지위나 권력도 내세우지 않는 귀족이 실존하는구나."

이번에 패트롤 함대의 대령을 때리긴 했지만, 평소에 엮이는 동료들은 건들지 않는다.

그들의 눈에는 리암이 훌륭한 귀족으로 보였다.

"어쩌면 소문대로 진짜 명군일지도 모르겠어."

"번필드가 부럽네."

　전통 있는 고급 호텔의 라운지.

　높은 층에 마련된 고급스러운 느낌의 라운지의 분위기는 차분했다.

　휘황찬란한 분위기도 좋지만, 생활한다면 이런 분위기가 좋을 것이다.

　토마스에게 준비를 맡겨서 다행이군.

　쓸데없이 돈을 들이는 게 그야말로 악덕 영주답다.

　수도성에서 쓸 거점에 만족한 나는 소파에서 다리를 꼬고 토마스의 중개로 면회하고 있는 두 사람을 앞에 두고 있었다.

　7대3 가르마 금발에 정장 차림. 클라베 상회의 젊은 당주인 엘리엇 회장이다.

　20대 초반의 모습이며 실제 나이도 젊다.

　그는 사람 좋아 보이는 싱글싱글한 웃음을 짓고 있었다.

　"면회에 응해주셔서 해주셔서 감사합니다."

　그 옆에 앉아있는 사람은 뉴랜즈 상회의 간부인 파트리스다.

　빨간 머리칼에 녹색 눈동자. 글래머러스한 여성이며 가슴팍이 보이는 정장을 입고 있었다.

　미인계를 쓸 생각인 걸까? 평범한 남자라면 간단히 넘어갈 것 같네.

　색기가 감도는 여자가 나에게 아양을 떨었다.

"언젠가 공작이 되시는 리암 님과 면회할 수 있어서 정말 기뻐요. 리암 님의 명성이 수도성에서도 자자해요."

미녀가 어리광 부리는 듯한 목소리로 나를 치켜세우지만, 이런 여자를 대하는 건 거북하다.

──전생의 전처가 떠오른다.

아무래도 화려한 여자는 내 취향이 아닌 것 같다.

토마스는 대상인들 앞이라 그런지 태도가 소극적이었다.

"두 분은 번필드가의 어용상인이 되고 싶다고 합니다."

수도성에서 활약하는 대상인과 간부가 내 어용상인이 되고 싶다며 찾아온 것이다.

둘 다 토마스의 상회보다 규모가 크니 도움은 되겠지만…….

"내 어용상인 말이지?"

"네. 부디 꼭 리암 님을 돕게 해주십시오. 클라베 상회는 제국의 어용상인이기도 하며, 오랜 전통과 실적이 있는 상가입니다. 분명 도움이 될 겁니다."

엘리엇이 웃으며 그렇게 말하자, 옆에 있는 파트리스도 질 수 없다는 듯이 가슴팍을 보이며 어필했다.

"확실히 클라베 상회는 수도성에서도 손에 꼽히지만, 저희 뉴랜즈 상회는 온 제국에서 장사하고 있습니다. 영주분들에게 폭넓게 지지받고 있는 뉴랜즈 상회가 리암 님께 도움이 될 겁니다."

난 나에게 아양을 떠는 녀석을 정말 좋아하지만, 이런 좋은 제안에는 내막이 있는 법이다.

그리고 날 돕고 싶다고 말만 하는 녀석을 믿을 생각도 없다.

선의? 돈벌이 앞에서는 무의미한 단어다.

"내 어용상인은 토마스야. 거기에 끼어든다는 게 무슨 의미인지 이해하고 있나?"

이름이 언급된 토마스가 어찌할 줄 몰라 당황했다.

너도 악덕 상인이라면 좀 더 당당히 행동하라고.

엘리엇이 손짓까지 해가며 나를 설득하려 했다.

"물론입니다. 햄프리 상회를 쫓아낼 생각은 없습니다. 그저 클라베 상회도 이용해주시면 좋겠다는 이야기입니다."

파트리스도 같은 의견인 듯했다.

"독점할 생각은 조금도 없어요. 햄프리 상회와 마찬가지로 번필드가를 지원해 나갈 수 있으면 좋겠다고 생각하고 있습니다."

둘이서 웃는 얼굴로 나에게 앞으로의 이야기를 했다.

엘리엇도 파트리스도 나에게 고액의 돈을 기부하겠다는 말을 꺼냈다.

"클라베 상회는 번필드가에 돈을 기부하도록 하겠습니다. 수도성 생활도 전부 무료로 지원하겠습니다."

"뉴랜즈 상회를 이용해주신다면 번필드가가 바라는 물자를 싸게 제공하도록 하겠습니다. 물론 매년 드리는 기부금도 기대해주십시오."

번필드가를 높이 평가하고 있는 모양이다.

다시 말하지만, 난 나에게 아양을 떠는 녀석을 정말 좋아한다.

하지만 무상으로 일하겠다는 인간은 믿지 않는다.

"아주 훌륭해. ──그래서? 너희의 목적은 뭐지?"

내가 물어보자, 엘리엇도 파트리스도 비위를 맞추기 위한 웃음을 유지하며 질문했다.

"목적이라 할 것도 없습니다. 상인답게 그저 돈벌이를 생각하는 것이죠. 번필드가는 큰손님이 되어주실 테니까요."

"뉴랜즈 상회는 나는 새도 떨어뜨리는 권세를 가진 번필드가를 높이 평가하고 있습니다. 앞으로 왕래해주시기만 해도 큰 메리트가 되리라 생각하고 있죠."

비위를 맞추기 위한 웃음은 자주 봐왔다.

전처의 웃는 얼굴이다.

날 속여온 그 여자의 얼굴은 지금도 잊을 수 없다.

눈을 가늘게 뜬 나는 두 사람에게 단호하게 말했다.

"그 거짓 웃음은 지금 당장 치워."

엘리엇의 얼굴에서 바로 표정이 사라졌다.

"──인자한 명군이라는 소문이 있었는데, 역시 이렇게 직접 대면하지 않으면 알 수 없는 것이 있군요."

파트리스는 웃고 있었지만, 아까와 분위기가 달랐다.

마치 날 평가하는 듯한 시선이었다.

"그쪽이 본성을 드러낸 모습일까요? 하지만 제 취향이네요."

이거 봐라, 역시 내막이 있잖아.

"그런가. 그래서? 너흰 나에게 뭘 원하는 거지?"

토마스가 나에게 설명했다.

"리암 님, 두 분이 원하는 건 번필드가의 전력입니다."

"타당하네. 하지만 거상이 나에게 의지하는 게 수상해. 나 외에도 의지가 되는 놈들이 있을 텐데."

번필드가의 간판을 이용해서 장사하고 싶은 상인은 많다.

하지만 이 녀석들은 이미 의지하고 있는 귀족이 있을 것이다.

그렇지 않으면 대상인이 되지 못했을 것이다.

클라베 상회는 제국의 어용상인이다. 즉, 뒷배는 제국 그 자체다.

번필드가의 간판 따위는 필요 없을 것이다.

엘리엇이 입 앞으로 깍지를 끼고 잠깐 고민한 뒤에 자신의 사정을 이야기하기 시작했다.

"전 몇 년 전에 막 당주의 자리에 앉은 참이라 이래저래 간부들과 충돌하는 일이 많습니다. 그중에서도 골치 아픈 것이, 어느 귀족과의 관계가 너무 깊다는 점입니다. 저는 그들을 경계하고 있습니다만, 손을 끊으려 해도 간부들이 허가하지를 않죠."

뒤를 이은 건 좋지만 간부들을 통합하지 못한 모양이다.

그리고 클라베 상회는 어떤 귀족과 너무 가까운 모양이다.

"애송이라면 마음대로 조종할 수 있다고 생각하는 놈들이 많아서 곤란해요. ——실은 아버지도 저와 같은 생각이셨지만, 계획이 들통나자 암살을 당했습니다. 저도 위험한 처지에 있고요."

피비린내 나는 이야기다. 큰 상회에도 여러 일이 있구나.

"제국에 부탁하면 되잖아?"

"제국에 필요한 건 클라베 상회이지, 제가 아닙니다. 그리고 제국에는 제 아버지를 죽인 놈들의 부하가 많습니다."

이대로 간부들이 하라는 대로 할 바에는 자신을 지원하는 귀족을 얻고 싶다고 생각한 것 같다.

파트리스에게 시선을 옮기니 사정을 이야기해줬는데, 이쪽은 야심가였다.

"수비에 들어간 엘리엇 공과는 달리 전 뉴랜즈 상회를 원합니다."

엘리엇은 재미없어했지만 난 흥미가 생겼다.

"흠, 자세히 말해봐."

"뉴랜즈 상회는 친족 중심의 경영입니다. 그 때문에 후계자를 정할 때마다 집안이 엉망이 되죠. 누가 다음 당주가 될지를 두고 싸우기 바쁘거든요."

파트리스는 팔짱을 끼고 일부러 커다란 가슴을 강조했다.

"리암 님의 힘으로 저를 미래의 뉴랜즈 상회의 회장으로 만들어 보시지 않겠습니까? 물론 대가는 준비해드리죠."

토마스가 나에게 두 사람과 손을 잡으면 생기는 디메리트를 가르쳐줬다.

"리암 님, 이 둘의 힘을 빌리면 번필드가는 크게 비약할 수 있을 겁니다. 하지만 동시에 귀찮은 일도 생길 겁니다."

"뭐, 그렇겠지."

대상인도 내부 싸움으로 힘이 필요하니 나에게 다가온 것이다.

정말 알기 쉽지 않은가.

다시 말해서, 이 녀석들은 실력행사 장치로서 날 높이 평가하는 것이다.

둘에게 내 대답을 들려줬다.

"재밌을 것 같군. 좋다, 힘을 빌려주지."

엘리엇도 파트리스도 진지한 표정을 짓고 있었다. 내가 간단히 협력을 약속한 것이 오히려 불안해진 것이리라.

"디메리트를 고려하신 대답이라고 생각해도 되겠죠?"

"당연하지."

엘리엇이 거듭 확인했는데, 나 같은 남자에게 기대는 시점부터 이 녀석들도 상당한 악당이다.

내가 지금까지 무엇을 해왔는지 토마스에게 들었을 것이다.

분명 이 녀석이 손을 끊고 싶다는 귀족이라는 자는 품행방정하고 돈벌이에 의리와 인정을 들먹이는 귀찮은 녀석일 것이다.

난 그런 착한 사람이 싫으니 엘리엇에게 힘을 빌려줄 것이다.

파트리스가 나를 보고 웃음을 지었지만, 그건 아름답다고 할 수 없는 웃음이었다. 악당이 지을 것 같은 미소, 라고 말하면 될까? 미인이 입꼬리를 올리고 웃는 모습은 묘하게 무서웠다.

"그럼 저와도 협력해주시는 거죠? 친족을 쫓아내고 회장 지위를 노리는 절 전력으로 지원해주시는 거죠?"

친족끼리 골육상쟁을 한다는데 파트리스는 상당히 즐거워 보였다.

"마음대로 해. 내가 너희의 뒷배가 되어주지. 하지만 이것만은 말해두겠다. 너희는 내가 이익을 보게 만들어라. 그리고 너희도 이득을 봐라. 쌍방에 이익이 있는 관계가 베스트니까. 안 그래?"

충성? 은혜? 의리?

그런 건 믿을 수 없다.

이익이 있으면 사람은 배신하지 않는다.

실로 심플하지 않은가.

파트리스가 입술에 손을 대고 갈색 볼을 살짝 빨갛게 물들였다.

"──리암 님은 상상했던 것과 다르군요. 물론 좋은 의미로요. 이익보다 의리를 더 중시하는 분인 줄 알았어요."

의리? 악덕 영주가 의리? 아아, 임협 드라마 같은 곳에서 나오는 의리 뭐 그런 거?

난 그런 건 옛날이라면 몰라도 지금은 싫단 말이지.

"너희는 의리를 중시해서 돈벌이를 하나? 그거참 대단한 상인이군. 너도 그렇게 생각하지? 토마스."

말을 거니 토마스가 난처하다는 표정을 지었다.

"뭐, 뭐라 하면 좋을지……."

"내 어용상인이라면 더 빠릿빠릿하게 하라고. ──하던 이야기로 돌아가겠는데, 너희가 나에게 이익을 안겨준다면, 난 너희에게 협력해주겠다. 정말 심플한 계약이지?"

엘리엇이 웃음을 지었는데, 처음에 보여준 착한 청년의 웃음이 아니었다.

"물론입니다. 눈에 보이지 않는 의리나 인정보다도 계약을 더 믿을 수 있으니까요."

파트리스는 조금 흥분한 건지 볼이 빨갰다.

"바로 계약을 맺도록 할까요. 리암 님과 저의 계약을."

좋네.

난 착한 척하는 얼굴보다 지금 얼굴이 더 좋다.

나도 상당히 악덕 영주다워졌다.

리암과 계약을 맺은 엘리엇과 파트리스는 호텔 1층으로 향하는 도중에 엘리베이터에서 둘만 있게 되었다.

벽은 유리로 되어 있어 수도성의 야경을 바라볼 수 있었다.

엘리엇은 넥타이를 약간 풀고 파트리스에게 말을 걸었다.

"──생각보다 이야기하기 편한 사람이었네요."

파트리스는 팔짱을 끼고 엘리엇에게 등을 보이지 않도록 벽을 등지고 긴장을 늦추지 않은 자세를 보였다.

"조심성이 없네. 서로 적이라는 건 변함없어."

"어이쿠, 서로 협력하면 메리트가 있을 텐데요?"

"──힘없는 당주와 손을 잡아도 의미 없는데."

"그쪽이야말로 그냥 일개 간부가 아닙니까?"

"버클리가가 무서워서 번필드가에 울며 매달리는 도련님과는 달라."

엘리엇이 두려워하는 귀족은 버클리가였다.

클라베 상회의 간부들은 버클리가를 지원하는 입장에 있었다.

해적 귀족이라 해도 돈을 잘 써주면 손님이다. 하지만 이 세상은 돈이 전부가 아니다.

해적이 활개 치면 장사에도 문제가 생긴다.

엘리엇은 그게 싫어서 버클리가와 정면으로 싸우는 리암에게 손을 빌리기로 했다.

심하게 착실하다는 이야기를 들어서 걱정했는데, 이게 어째 굉장히 흥미로운 인물이었다.

"그쪽도 저랑 사정이 같은 줄 알았는데요. 간부 대부분이 버클리가와 친하다고 하잖아요. 요즘은 정의감 같은 건 유행 안 한다구요."

엘리엇이 정의감이라는 말을 쓴 이유는 파트리스가 스스로 말하는 것보다 의리와 인정이 두터운 인물이기 때문이다.

파트리스는 얼굴을 돌리고는 정의감을 부정하기 위해 말을 돌렸다.

"무슨 소리일까?"

"뉴랜즈 상회가 오래전부터 해적을 관리하는 버클리가와 친하다는 건 알고 있어요. 당신은 그 상황을 바꾸고 싶었던 게 아닌가요?"

지방에서 돈을 버는 뉴랜즈 상회에게 있어서 버클리가는 성가신 존재다. 무시도 할 수 없어 지금의 당주가 선택한 것은 공존의 길이었다.

　해적들의 습격을 회피하기 위해 뉴랜즈 상회도 버클리가에 지원을 하고 있다.

　파트리스는 그게 불쾌했다.

　"주위와 똑같은 짓을 해도 의미 없어. 주위가 버클리가에 건다면, 난 번필드가에 걸어서 위로 올라가는 걸 노릴 뿐이야."

　상회 안에서 출세하기 위해 리암을 이용하고 싶을 뿐이라고 하는 파트리스의 말을 듣고 엘리엇은 미소 지었다.

　"그런 걸로 해둡시다."

　"그 외에 이유는 없어. 그건 그렇고, 번필드가의 당주는 생각보다 말이 통하는 사람이었네."

　"방심은 할 수 없지만요."

　원래라면 리암을 교묘한 말로 조종할 생각이었던 파트리스는 예정에 없던 사태가 즐거운 듯이 미소 지었다.

　"생각했던 것보다 재미있을 것 같네. 그냥 착한 아이가 아닌 게 마음에 들어."

　많은 귀족은 자신의 벌이를 우선하지만, 리암은 그런 관계를 믿지 않았다.

　"——백작이 무슨 일이 있어도 이겨야 해요."

　엘리엇이 그렇게 말하자 파트리스도 수긍했다.

"물론, 이기지 않으면 내가 곤란해."

◇ ◆ ◇ ◆ ◇

리암의 연수가 시작되자 불이익을 당하는 군인들이 나타났다. 지금까지 쓸데없이 사치를 부려왔던 불량군인들이었다. 그들은 횡령과 뇌물 등 다양한 악행에 손을 대왔다.

"젠장! 꼬맹이가 거들먹거리는 꼴이라니!"

패트롤 함대에 배속된 귀족과 단물을 빨던 군인들은 분노를 느꼈다.

"나오는 술이라고는 싸구려뿐이고 접대마저 없다니, 이게 뭐야!"

"귀족한테 그 정도는 해줘야 병참인 거 아냐!"

"내 함대는 트집을 잡아서 수를 줄였어!"

"뇌물도 안 먹힌다며. 약점도 없고."

리암에게 무언가 수작을 부리려고 해도 전부 소용없었다.

안내인은 빈 의자에 걸터앉아 불량군인들의 술주정을 들으며 손뼉 쳤다.

"순조로운 것 같아 다행이군요. 자 그럼, 이 녀석들에게도 일을 시켜볼까요."

손가락을 튕기자 안내인의 몸에서 검은 연기가 감돌기 시작했다.

귀족들은 방에 충만한 검은 연기를 마셨지만, 전혀 눈치채지 못했다.

병사 하나가 입을 열었다.

"가만, 버클리가 번필드가와 결착을 짓는다는 소문이 있었지?"

그러자 모여 있던 군인들이 그 이야기에 흥미를 보였다.

"정말이냐?"

"버클리가 세력을 모으는 중이라고 했어. 여긴 어떨까? 제국의 귀족으로서 군을 올바른 모습으로 돌려놓을 기회 아닌가? 지금이라면 버클리가 보수를 산더미처럼 준비할 거야."

상스러운 얼굴로 웃는 불량군인들.

안내인은 이런 식으로 계속 리암의 적을 늘려갔다.

"아직 부족하군. 리암을 쓰러뜨리려면 확실해야 해."

지금까지 방심하고 있었다.

더는 리암을 깔보지 않는다.

안내인은 일어나서 모자를 다시 쓰고 방에서 나갔다.

방구석에서 그 모습을 보고 있던 개의 모습을 한 어렴풋한 빛이 안내인의 뒤를 조용히 쫓아갔다.

이날은 오랜만에 크루트와 휴일을 보내고 있었다.

가능하면 월레스와 에일라, 그리고 로제타도 부르고 싶었지만, 형편이 안 되어 우리 둘뿐이었다.

찻집 테라스의 둥근 테이블에 앉아 서로 근황을 이야기했다.

"리암은 요즘 어때? 일은 잘되고 있어?"

"너무 지루해서 하품이 나올 정도로 순조로워."

연수지에서는 지루한 나날이 이어지고 있었다.

일은 인공지능에 맡기고 체크가 끝나면 점심시간이 된다.

그 후에는 우아하게 (가끔은 가볍게) 점심을 먹고 느긋하게 쉰다.

오후엔 남은 일을 끝내고 퇴근까지 쉰다.

불평하는 녀석이 오면 신분을 방패 삼아 쫓아내고 가끔은 정규 함대의 사령관에게 뇌물을 보낸다. 아니, 그건 그냥 계절 인사를 하는 정도이지.

티아가 '전선에 보급물자를 대량으로 보내면 분명 모두가 리암 님의 훌륭함을 이해할 겁니다'라고 말하기에 그리했다.

알고 보니 지금까지 전선에 보급물자를 보내지 않고 있었다고 한다. 예산이 깎인 탓도 있지만, 중간에 물자를 삥돌리는 놈들이 많은 탓이었다.

같은 병참 관련 부처에 소속된 부서가 그런 짓을 하다니. 곧바로 신고해버렸다.

이전에 주성독 사건으로 나를 부당하게 연행했던 헌병대의 준장에게 그때의 빚을 갚으라고 압박하여 철저하게 조사를 시켰다. 그 덕에 전선에 보급물자를 원활하게 보낼 수 있게 되었다.

패트롤 함대에 들어가던 쓸데없는 물자를 끊으니 삭감된 예산도 부활했다. 그러자 국경을 경비하는 정규함대에 은혜를 베풀 여유도 생겼다.

평범한 일밖에 안 하는데 은혜를 베풀 수 있다니, 참 형편 좋은 일이다.

정규함대의 사령관에게 은혜를 베풀어두면 언젠가 도움이 되어줄 것이다.

이번엔 내가 크루트에게 물었다.

"난 전보다 나은 것 같진 않아. 넌 어때? 대학도 졸업하고 관리로서 연수 중이잖아?"

크루트는 점심을 먹던 손을 멈추고 약간 난처한 표정을 보였다.

"실은 좀 곤란한 일을 겪고 있어. 일은 딱히 문제가 없는데. 여자들이 대시를 많이 해서."

유년학교를 졸업하고 오랜만에 만난 크루트는 이상적으로 성장해 있었다. 미소년이 미남자가 됐다고나 할까.

직장에 있는 여성들의 대시가 나날이 증가해 곤란하다고 한다.

"부럽기 짝이 없네."

"이래 봬도 제법 힘들다고. 리암은 뭐 재밌는 일 없어?"

내가 보기엔 부럽기 짝이 없지만, 크루트 입장에서는 재미가 없는 모양이다.

"없어. 직장엔 남자가 더 많고, 놀러 나가도 같이 가주는 건 윌레스나 에일라뿐이야. 그리고 가끔 로제타가 얼굴을 비치는 정도?"

내 입으로 말해놓고 한심해지기 시작했다.

왜 악덕 영주인 내가 미녀를 거느리지 못하는 걸까? 에일라도 미소녀지만, 친구 관계는 논외다.

역시 내 주변에는 여자가 적다. 티아는 바쁘고, 마리는 연수지가 다르다. 애초에 최근에는 그 녀석들한테서 이성의 매력을 요구하지 않게 됐다. 유능하지만 여성스러움이 느껴지지 않으니.

한숨을 쉬는 나를 보고 크루트는 어째서인지 기뻐했다.

"그런가."

"왜 좋아하는 거냐?"

"아, 아니, 딱히 좋아하진 않았어. 어, 그러니까, 아, 그렇지! 리암도 슬슬 정식으로 임관하는데, 부관 선정은 어떻게 할 거야?"

"부관? 으음⋯⋯."

크루트가 약간 억지로 주제를 바꾸었다. 한심한 대화보다는 유익하다고 판단해서 나도 부관에 대해 생각했다.

나 같은 대귀족은 정식으로 임관할 때쯤 영관이 되어 있는 경우가 대부분이다.

그때는 군에서 부관을 붙여준다.

"그다지 신경 안 쓰고 있었네."

하지만 솔직히 말하자면 누구든 상관없다. 군에서 붙여주는 자는 유능하고 용모도 뛰어난 것이 전제조건이다.

누가 와도 꽝이 걸릴 일은 없다.

크루트는 내 부관이 누가 될지 궁금한 것 같다.

"군에서는 화제라는 소문을 들었어. 리암의 부관이 되겠다고 나선 군인이 많대. 군도 누굴 보낼지 고심 중일 거야."

난 장래에 공작이 될 테니까. 내 부관이 되고 싶은 군인도 많겠지.

"난 미녀라면 누가 되든 상관없는데."

"리암은 여전하구나. 그럴수록 조심해야 해. 파견된 부관은 분명 리암과 개인적인 관계를 노릴 거야. 가끔 성가신 사람이 있다고 하니까. 나도 아버지한테 조심하라는 말을 들었어. 오히려 지금도 첩으로 삼아달라고 노골적으로 다가오는 사람이 있을 정도야."

피곤한 한숨을 쉬는 크루트. 정말로 고생하는 모양이었다.

"인기 많네~."

"이건 나만 그런 게 아니야. 귀족 후계자의 비서나 부관이 되길 바라는 사람은 많아."

"그러냐?"

"군의 부관, 관리의 비서. 그런 사람들은 자기 상관의 마음에 들면 그대로 뽑혀가니까. 귀족의 첩이 되면 승리자, 라고 한대."

결혼으로 신분 상승을 노리는 것과 비슷한 건가?

귀족이 아닌 일반인은 출세하기 위해 고생하고 있는 모양이다.

나는 크루트의 이야기를 듣고, 한 생각이 떠올랐다.

"그럼 내 부관은 엄청난 미녀로 희망해야지. 아양을 떠는 여자가 좋겠어. 최대한 부려먹어야지."

내 말을 듣고 크루트도 쓴웃음을 지었다.

"리암은 여전하네. 하지만 리암에게 파견될 군인이라면 분명 엄청난 미인일 거야. 용모도 선발 기준이니까."

"그거 기대되네."

그렇게 말하고 다시 식사하는 나를 보고 크루트는 뭔가 말하고 싶은 듯했지만, 결국 아무 말도 하지 않고 다른 이야기를 했다.

한 넓은 방에 외모가 아름다운 여성 사관들이 늘어서 있었다.

그녀들 사이로 대령 계급장을 단 티아가 당당하게 걸었다.

그녀는 패트롤 함대 재편 등 여러 공적을 평가받아 이례적인 출세를 이루었다.

티아가 준비한 패트롤 함대는 정규함대조차 초월하는 수준이었다.

처음에는 과하게 늘어난 패트롤 함대를 재편하여 리암이 편하게 지낼 배속처를 준비할 생각이었지만, 리암이 준 예산에 따라 더 분발하다 보니 3만 척 규모의 대함대가 되었다. 정규함대의 약 2배에 달하는 규모였다.

티아는 손짓을 해가며 여성 사관들에게 큰 소리로 이야기했다.

"제군, 드디어 리암 님이 정식으로 군에 배속되셨다."

여기 모인 자들은 사관학교를 졸업하고 정식으로 제국군에 임관한 자들이었다. 모두가 번필드가 영지 출신자였다.

"너희는 영지에서 선발된 정예다. 아마 리암 님은 이 중에서 부관을 고르실 것이다. 아니, 반드시 그러실 것이다!"

정식으로 군에 임관하는 리암을 위해 군은 부관을 준비할 터다. 리암의 부관으로 입후보하는 군인은 많겠지만, 티아는 타지 사람을 리암 곁에 두고 싶지 않았다.

리암이 그 부관을 마음에 들어 하면, 군을 떠날 때 함께 데리고 가기 때문이다.

군사 면에서 리암을 보조해주겠지만, 리암보다 제국군을 우선하는 인물이면 귀찮다.

그러니 그런 일이 없도록 티아는 처음부터 번필드가 출신자를 넣을 생각이었다.

영지에서 가려 뽑은 정예라면, 만약 리암이 손을 대더라도 비교적 안심할 수 있다.

티아는 무관한 자를 리암 곁에 두고 싶지 않았다.

"리암 님을 위해 헌신해라. 몸도 마음도 바쳐라!"

"넷!"

모두가 일제히 대답하며 경례하자 티아는 만족스럽게 끄덕였다.

(능력, 용모 무엇 하나 부족하지 않은 자들이다. 분명 리암 님도 만족하시겠지. 리암 님이 이들 중에 고를지는 알 수 없지만.)

아름다운 부관 후보들을 준비하긴 했지만, 문제는 리암이 이 중에서 자신의 부관을 선택한다는 보장이 없었다.

미리 리암에게 말해두면 가능하겠지만, 리암은 부정행위를 싫어한다.

이것만큼은 티아도 강요할 수가 없었다.

(정예 중의 정예야. 보통의 여성 사관이 나타나도 리암 님이라면 분명 능력을 우선해서 우리를 선택해주실 거야!)

그 무렵, 군의 상층부는 머리를 싸매고 있었다.

"어떡하지?"

"백작, 아니 차기 공작과의 사이에서 중개자가 될 사람을 골라야지."

"그런 인물이 어디 있냐고."

병참 관련으로 실적을 쌓고 있는 리암은 자기 기사에게 명령해 최신예 함정을 갖춘 함대를 준비해버렸다.

리암은 레어 메탈을 대량으로 보유한 귀족이다.

상층부는 어떻게 해서든 연줄이 갖고 싶었다.

하지만 리암의 가신단이 꾸준히 방해하는 탓에 군에는 리암과 우호적인 관계를 쌓을 인재가 없었다.

다시 말해 리암의 부관 선택은 상층부에 둘도 없는 기회였다.

하지만 티아는 이조차도 가만히 보고 있지 않았다.

리암의 부관 후보로 번필드가의 정예를 대량으로 밀어 넣은 것이다.

용모, 능력, 성격. 무엇하나 꿀리지 않는 자들이다 보니 더 뛰어난 사람을 구하기가 보통 어려운 게 아니었다.

그때 그가 문득 고개를 들었다.

"그녀라면 가능할지도 모르겠군!"

"용모는?"

"문제없어. 그리고 백작과도 면식이 있어."

"그런 인물이 있단 말인가?"

그 여성의 데이터가 표시되었다.

"유리시아 소령이다. 원래는 병기공장 소속이었지만, 그 뒤에 재훈련을 받고 특수부대에 들어갔지. 특수공작원으로 활약하고 있다."

다양한 자격을 보유하고 있으며 실적도 있다.

군으로서는 내놓기 아까운 인물이지만, 이만큼 우수하고 용모도 뛰어나면 리암도 납득할 것이다.

"잠깐, 본인의 의사는? 부관은 강제로 처리하면 나중에 문제가 생기기 쉽다. 그녀가 받아들이겠나?"

귀족의 애인이나 측실이 될 가능성이 있는 자리이니 따질 수밖에 없는 문제였다.

본인이 거부하면 가망이 없다. 억지로 보냈다가 군과 관계가 뒤틀릴 바에는 포기하는 편이 낫다.

"본인도 희망했다. 조금 아깝기는 하지만."

"과연, 엄청난 실적이군. 내 부하로 두고 싶을 정도야."

유리시아는 상층부에서 높은 평가를 받고 있었다.

"소령조차 선택받지 못하면 체념할 수밖에. 바로 백작에게 자료를 보내라."

안내인의 힘이 작용하여 유리시아가 리암의 부관 후보로 들어갔다.

직장에서 맞선 사진 같은 자료를 보고 있었다.

주위에서는 그런 날 신경 쓰는 듯했지만, 아무도 불평하지 않았다.

월레스가 그중 한 장을 들어서 내용을 보더니 놀랐다.

"엄청 미인이네! 하아~, 내 부관이 되지 않으려나."

월레스도 일단은 황족이니 연수가 끝나면 중위로 승진할 예정이다.

하지만 부관이 붙을 예정은 없다.

그런 입장이 아니기 때문이다.

옆에 있던 에일라도 한 장을 들어서 내용을 확인했다.

"월레스한테는 필요 없잖아. 차라리 귀신 중사라도 붙여 달라고 하지? 신청해줄까?"

"너도 농담을 참 잘하네. ——야, 뭘 진짜로 신청서를 준비하고 있어?! 그만해!"

두 사람이 말다툼을 시작했는데, 월레스에겐 귀신 중사가 있는 편이 나을지도 모르겠다.

난 자료의 산에서 적당히 하나를 집어 내용을 확인했다.

그러나 곧 사진의 인물을 보고 놀랐다.

"얘는 대체 여기서 뭐 하는 거야?"

유리시아의 사진이었다.

경력란에는 제3병기공장에서 군의 재교육 시설을 거쳐 특수부대로 배속되었다고 적혀있었다.

그 후에 다시 재교육 시설에서 정보 관련 기술을 배웠다.

마치 여자 스파이 같은 녀석이네.

전에는 조금 유능한 수준이었는데, 지금은 정말로 유능한 여성 사관이 되어 있었다.

"왜 특수부대에 있지?"

신기하게 생각하고 있으니 월레스가 고개를 갸웃했다.

"아는 사람이야?"

에일라도 내가 들고 있는 자료를 들여다보고 유리시아를 떠올렸다.

"아, 이거, 혹시 그때 그 사람?"

"원래는 병기공장의 판매원이었지. 우리 담당이었어."

유리시아의 외모를 확인한 월레스가 나를 부러워했다.

"좋겠다~. 백작이면 가만히 있어도 미인이 모여들겠지~."

부러워하는 월레스를 보고 있으면 기분이 좋지만, 산더미처럼 쌓인 자료는 조금 문제였다.

이걸 전부 체크하고 있으면 정시에 일을 마칠 수가 없다.

일단 대충 넘기며 확인했지만, 어째 결정타가 부족한 여자뿐이었다.

하아, 아마기를 보고 싶다.

차라리 수도성에 데리고 와야 하나?

하지만 아마기는 영지의 일을 맡아 처리 중이고, 지금은 버클리인가 뭔가 하는 놈들이 내 주위를 어슬렁거리고 있으니 데려오는 건 불안했다.

이쯤 되니 버클리와 싸우는 것도 질리는군.

빨리 승부를 낼 수 있으면 좋을 텐데.

그렇게 생각하니, 부관 선택은 아무래도 좋다는 생각이 들기 시작했다.

"그냥 얘로 할까. 면식도 있으니 별 탈 없겠지."

내가 적당히 넘기자 에일라가 놀랐다.

"대충 골라도 되겠어? 연인을 고르는 거나 마찬가진데?"

군에 있는 동안에는 부관이 공과 사 모든 면에서 지원해준다. 때로는 육체적인 관계도. 그래서 이런 일이 있으면 대부분은 자기 취향인 사람을 진지하게 고른다.

난 아무래도 상관없지만.

"하! 미녀가 얻고 싶으면 직접 모으면 그만이야. 딱히 부관에

집착할 필요가 없어."

고민할 필요도 없는 일이었다. 이미 유리시아로 정했다.

조금 안타까운 녀석이었지만 뭐, 문제없겠지.

월레스가 분하다는 듯이 나를 봤다.

"나도 그런 말을 할 수 있는 사람이 되고 싶어."

부관 선택이 끝나자 에일라가 화제를 바꿨다.

"슬슬 연수도 끝나니까, 정식 임관도 금방이겠네. 아, 나도 리암 군의 패트롤 함대에 신세 져도 될까?"

나를 따라가겠다고 말하는 에일라. 참 현명한 녀석이다.

내 옆에 있으면 틀림없이 사치스러운 생활을 누릴 수 있으니 말이다.

하지만 안타깝게도 패트롤 함대는 위험이 아예 없는 곳은 아니다.

"안 돼. 네가 배속될 곳은 연수처인 이곳이 되도록 군에 전해 뒀어."

"어? 아니, 왜?!"

놀라는 에일라에게 나는 한숨을 쉬면서 설명했다.

"내가 여기서 나가면 바보들이 또 시끄럽게 굴지 않겠어? 널 대리로 여기에 둘 거니까, 문제가 있으면 나한테 연락해. 알겠지?"

부드러운 말투로 확인을 하자 에일라는 떨떠름하게 납득했다.

"그, 그렇게 말하면 받아들이겠지만."

이걸 듣고 월레스가 뭔가 기대하는 듯한 눈으로 물었다.

"리암, 나도 남을까?"

"넌 따라와! 배속지에서 부려먹어주지."

"너무해!"

부관을 정한 이튿날. 유리시아가 날 찾아왔다.

"리암 님, 오랜만이네요."

유리시아가 웃는 얼굴로 경례했다.

한눈에 봐도 몸이 이전보다 탄탄했다. 하지만 가슴과 엉덩이 라인은 여전히 살아있어 몸매가 전보다 더 좋았다.

사무를 처리 중이던 나는 일손을 멈췄다.

왜 네가 여기에 있지?

"부관 배속은 반년 후일 텐데?"

유리시아는 시원시원하게 내 질문에 답했다.

"허가받았습니다. 배속 전에 업무가 많을 테니 도와드리겠습니다. 공과 사 모든 면에서 지원하도록 하겠습니다."

제법 눈치가 있군. 이전에 제3병기공장에서 일하던 때와는 전혀 다른 사람이다.

다만, 유리시아가 '공과 사 모든 면에서'라고 말하자 주위의 남자들한테서 날카로운 질투가 담긴 시선이 날아왔다.

다들 날 부러워하는 것 같다.

실로 기분이 좋다.

월레스도 날 째려보고 있었다. 넌 나중에 엉덩이를 걷어차주마.

"뭐, 상관없나. 그럼 도와."

"넷!"

유리시아는 진지한 얼굴로 경례한 뒤에 바로 미소를 지었다.

――어라? 이전보다 귀여워 보이는 건 왜일까?

리암 앞에 선 유리시아는 그 시커먼 감정을 숨기고 있었다.

(드디어, 드디어 때가 왔다!)

유리시아는 이전에 자존심이 꺾인 것을 복수하기 위해 리암에게 접근했다.

자신의 미인계를 거들떠보지도 않은 이 남자만을 생각하며 수십 년 동안 자신을 갈고 닦아왔다.

"리암 님, 다름이 아니라――."

(네 곁에서, 네 약점을 전부 조사해주지!)

복수의 첫걸음을 내디딜 때가 되었다.

그때 리암의 직장에 누군가 울면서 들어왔다.

여러 문제가 있는 제7병기공장의 기술대위인 '니아스 카린'이었다.

얼핏 보면 검은 머리에 안경을 쓴 인텔리 여성이지만, 성격이 안쓰럽다.

"리암 님~!"

난폭하게 문을 열어젖히고 들어온 니아스는 그대로 쓰러져 울었다.

일단 이 태도가 말도 안 된다.

리암은 현재 백작이고 군 계급은 대위다.

계급만 보면 니아스도 신경 쓸 필요 없는 지위지만, 귀족인 리암에겐 무례하기 짝이 없었다.

(너, 넌?)

유리시아와도 면식이 있는 니아스는 재회의 인사조차 하지 않았다.

리암이 기가 막힌다는 얼굴을 하고 있었다.

"무슨 일이지?"

원래라면 쫓아내도 되는데 리암은 니아스의 이야기를 들으려 했다.

(큭! 무례하니까 쫓아내라고! 여전히 성격이 무르다니까.)

유리시아가 보기에 리암은 기본적으로 아는 사람에게 약하다.

엄한 면도 있지만, 제국의 귀족 중에서는 자비로운 편이다.

그건 이해하고 있지만, 리암이 니아스에게 무른 것을 괘씸하게 생각했다.

"들어주세요! 전에 리암 님께 받은 레어 메탈로 시험 삼아 함선을 건조했어요! 그랬더니 모두가 트집을 잡아서——."

"그건 전에도 들었어."

니아스가 이런저런 실험을 하고 있었는데 제7병기공장 관계자가 모여들어 여러 신기술을 시험한 모양이다.

"너무하잖아요! 저도 이것저것 시험해보고 싶었는데에!"

"그러냐."

결국 니아스는 하고 싶은 것을 못한 것 같았다.

유리시아는 속으로 흐뭇해했다.

(쌤통이네. 자, 불평이 끝났으면 빨리 가라고!)

빨리 리암의 혼을 빼놓고 싶은데 니아스가 있으면 방해된다.

하지만 니아스가 어처구니없는 말을 했다.

"추가로 레어 메탈과 예산을 주세요. 전 새 전함을 만들고 싶어요!"

"뭐어?!"

뻔뻔한 부탁에 유리시아도 역시 놀라서 목소리가 나와버렸다.

애초에 니아스가 리암에게 레어 메탈을 추가로 요청하는 건 엉뚱한 일이다.

하지만 리암은 흥미를 품고 말았다.

"새 전함이라."

"리암 님을 위해 특별한 전함을 준비하겠습니다! 그러기 위한 개발비라 생각하고 예산과 레어 메탈을!"

아무래도 리암도 그 정도의 교섭으로 예산을 줄 생각은 없었던 것 같지만, 쓰러져 울던 니아스가 일어나면서 치마가 젖혀졌다.

노리고 한 것은 아닐 것이다.

기능성을 중시한 속바지였다. 남자가 보면 조금 실망하지 않을까 싶은 차림.

하지만 그걸 본 리암의 눈이 크게 뜨였다.

(이, 이런!)

유리시아는 항상 리암에 대해서만 계속 생각했고, 그의 취미와 기호도 조사해왔다. 그래서 알고 있었다. 리암이 화려한 속옷보다 스포티한 타입을 좋아한다는 것을.

리암의 시선을 알아차리고 니아스가 황급히 치마를 원래 위치로 돌려놓았다.

부끄러워하는 니아스는 수줍어하면서 변명하기 시작했다.

"시, 실례했습니다. 아니, 요즘은 진짜 바빠서 저도 모르게 쉽게 살 수 있는 속옷을 입고 있었어요. 평소엔 더 좋은 속옷을 입고 있어요!"

유리시아는 무조건 거짓말이라 생각하면서도 리암이 좋아하는 걸 놓치지 않았다.

리암은 헛기침하듯이 표정을 감췄다.

"그, 그런가. 응, 그렇구나. 그러니까~, 예산이었나? 내 용돈으로 마련해주지."

유리시아는 양손으로 얼굴을 덮었다.

(바보! 왜 그런 부분에서는 순진하냐고!)

리암의 지갑이 열린 순간을 놓치지 않는 니아스는 예산에 더해

추가로 요구했다.

"레어 메탈도 부탁드립니다! 그리고 저희 전함도 사주세요. 너무하잖아요. 지금 편제 중인 함대는 리암 님이 준비하는 함대인데 우리 공장에서는 한 척도 안 사고. 제3과 제6이 공동 개발한 함정으로 통일하다니, 정말 너무해요."

"어, 그랬어? 티아한테 다 맡겨서 몰랐어."

자기 함대인데 관심조차 없는 듯한 말투였다.

원래 제3병기공장에서 일했던 유리시아는 그 연고로 공동개발 건에 대해 들었었다.

(제9병기공장도 움직이고 있다고 들었는데, 제7은 보기 좋게 소외됐네.)

정규함대를 준비하기 위해 각 병기공장이 바쁘게 움직이고 있었다.

그런 와중에 티아에 의해 제7병기공장은 제외되었다. 리암도 그 이유를 어렴풋하게 알아차렸을 것이다.

"──너희들, 또 디자인은 버리고 성능에만 집중한 함정만 만들었지?"

니아스가 안경을 벗고 눈물을 닦았다.

"저희도 노력했어요! 그런데 그 사람이 '리암 님에게 어울리지 않으니까'하고 거절했다구요. 저희한테 재고로 800척이나 있어요! 사주시지 않으면 곤란해요!"

유리시아는 생각했다.

(기술에 편중된 건 여전하네. 애초에 주문도 안 받았는데 800 척이나 만들지 말라고. 바보 아냐?)

리암은 어이없어하다가 뭔가 떠오른 듯 고개를 끄덕였다.

"좋아. 그 800척도 사주지."

"정말요?!"

기뻐하는 니아스에게 리암은 조건을 달았다.

"거기에 추가 주문도 넣어주지. 다른 병기공장은 바빠도 너희 는 한가한 것 같으니까. 그리고 또, 폐기되기 전의 함정이나 병기 가 있지? 그거 나한테 넘겨."

"얼마든지요! 아자! 이제 차세대 함정을 개발할 수 있어!"

"그리고 800척과는 별개로, 날 위해 따로 한 척 준비해라."

"따로요? 전함으로 하면 되나요?"

"그래 전함으로. 사소한 취미를 위해서 필요하거든."

"취미요?"

그대로 니아스와 협의를 하는 리암은 자신의 희망을 전했다.

유리시아는 리암이 무슨 생각을 하는 건지 알 수 없었다.

버클리가의 본거지 행성.

카시미로는 한 군인을 앞에 두고 있었다.

"네 작전을 보았다. 실로 훌륭하지 않은가. 물론 번필드가의 꼬맹이를 쓰러뜨리기 위해 대규모 개혁이 필요하긴 하지만."

군인은 소령으로 승진한 돌프였다.

리암에게 패배해 그 뒤로 순탄한 인생길에서 크게 벗어난 돌프는 군에서 한직으로 밀려나 있었다. 그런 돌프는 버클리가가 리암과 싸운다는 말을 듣고 바로 찾아갔다.

리암과 싸울 기회를 바라던 돌프에게서는 이 작전에 모든 것을 걸고 임하려는 기백이 감돌고 있었다.

"외람된 말씀이지만, 이것도 부족합니다. 현실적으로 시간과 예산을 고려해서 이 정도까지 확보한 것입니다."

부족하다는 돌프의 의견을 듣고 카시미로는 약간 놀랐다.

"함정을 전부 새로 사서 교체하고 편제까지 크게 바꿔도 부족하다고? 중거리와 근거리에 특화된 함정 편제 같은 건 들은 적이 없어."

돌프가 카시미로 앞에 영상을 투영했다.

거기에는 번필드가의 함대가 비치고 있었다.

"번필드가의 함대는 제국군과 비교해도 뒤지지 않습니다. 규모는 최소 3만 척. 많으면 6만 척에 달하겠지요."

"백작가치고는 대단한 규모지만 버클리가의 적수는 아니군."

"물량보다 중요한 점이 있습니다."

해적들을 유린하는 모습이 재생되었다. 번필드가의 군대의 강력함이 몸서리가 날 정도로 전해져 왔다.

"번필드가의 강점은 높은 숙련도와 장비의 질입니다."

"물량으로 밀어붙일 수 없나? 상대는 긁어모아도 고작 6만이잖나?"

"아군이 10만이라 해도 놈들이 한 곳을 돌파하면 양측에 큰 손실이 생깁니다. 최악의 경우, 사령관을 잃을지도 모릅니다. 그렇게 되면 진 것이나 다름없습니다."

돌프의 작전은 번필드가를 쓰러뜨리기 위해서만 고안된 것이었다.

"놈들이 돌격하게 유도하고, 아군 진영 내부로 끌어들여 요격합니다. 근거리, 중거리에 특화된 함정을 준비한 것은 이를 위해서입니다."

번필드가의 함대를 격파하기 위해서 범용성을 포기한 10만 척이상의 대함대를 준비하겠다고 말한 것이다.

하지만 카시미로는 그런 돌프를 좋게 평가했다.

(이놈이고 저놈이고 그 꼬맹이를 얕잡아 보고 물량만 갖추면이길 수 있다고 말했다. 하지만 이 녀석은 다르다. 이 녀석만큼진지하게 그 꼬맹이를 경계하는 놈도 없다.)

카시미로는 돌프를 시험하는 듯한 질문을 했다.

"이 편제로 나갔는데 상대가 평범하게 싸우면 어떻게 할 생각이지?"

"그렇게 되면 위험합니다. 하지만 번필드가는 돌격이 필승의 전법입니다. 몇십 년이나 운용하고 적에게 통해온 필승법을 버리는 건 어려운 법입니다. 강하면 강할수록 그들은 돌격을 버릴 수 없습니다."

번필드가는 해적을 상대로 몇십 년이나 돌격해왔다.

돌격에 관해서는 예술의 경지에 도달했다.

일사불란한 진형과 두려움을 모르는 용감한 장병들.

이 녀석들이 가장 중요한 상황에 의지하는 것은 역시 필승의 돌격일 것이다.

카시미로는 번필드가를 이해하는 돌프를 보고 만족했다.

(이놈이다. 이놈밖에 없어.)

카시미로의 기대를 알아차리지 못한 돌프는 설득하기 위해 열변을 토했다.

"분명 많은 시간과 돈이 들겠지요. 하지만 번필드가를 이기려면 필요한 지출입니다! 함정을 전부 새로 사서 바꾸고, 이 작전을 위한 훈련을 해야 합니다. 그만한 가치가 있는 상대입니다! 번필드가를 얕봐서는 안 됩니다!"

리암을 꺾기 위해 버클리가의 함대는 균형을 포기한다.

돌격 대책은 완벽해지지만, 다른 전략 앞에서는 약해진다.

지금까지 카시미로가 면회해온 군인들은 물량을 갖추고 평범하게 싸우면 이길 수 있다는 말만 했다. 하지만 그걸로는 부족하다고 카시미로도 생각하고 있었다.

"시간을 맞출 수 있겠나? 번필드가도 군비를 증강하고 있다."

"맞춰 보이겠습니다. 아니, 시간을 맞추는 겁니다! 지금 당장 움직여서 함정을 한 척이라도 더 갖추는 겁니다!"

돌프의 열의에 카시미로도 각오를 다졌다.

"좋다. 널 고용하지."

카시미로의 말을 듣고 돌프는 기쁜 나머지 웃음을 짓고 말았다. 하지만 금방 표정을 다잡아 진지한 표정을 지었다.

"감사합니다! 그리고 해적들을 모아주셨으면 합니다."

"뭐라고? 그놈들도 쓰는 건가?"

"번필드가를 치는 건 버클리가의 함대가 담당하지만, 그 외에도 압력을 가해두고 싶습니다."

"하긴, 꼬맹이의 편이 아예 없지는 않으니까. 좋다."

돌프는 이번 싸움에서 리암의 편을 드는 자들에게도 압력을 가하기로 했다.

리암에게 증원을 보내지 못하도록 하기 위함이다.

"그리고 리암이 군을 통해 정규함대를 편제하고 있습니다. 그 녀석은 그 함대를 비장의 수단으로 삼을 생각인 것 같습니다."

정규함대로 몇만 척.

카시미로는 그 말을 듣고 해적들로는 어쩔 방법이 없다고 생각했다.

"군 안에 번필드 꼬맹이를 거북해하는 놈들이 있다. 그 녀석들을 긁어모으는 것도 나쁘지 않겠군."

"오오, 좋은 의견입니다!"

패트롤 함대나 퇴물 귀족 군인.

이들을 긁어모으면 수만 척에 달할 것이다.

그리고 카시미로에게 가세하는 건 군인뿐만이 아니다.

상인과 제1, 제2병기공장도 돕겠다면서 비밀리에 접촉해왔다.

"돌프, 모인 군인들로 함대를 편제할 수 있겠나?"

"가능합니다. 하지만 쓸모는 없을 겁니다. 미끼로나 쓸 수 있는 정도겠죠."

돌프는 그들을 써먹을 수 있다고 생각하지 않았다. 카시미로도 마찬가지였다.

"병기공장에 연락해 그놈들의 장비도 발주해라."

"그렇게까지 하시는 겁니까? 예산이 엄청나게 들 텐데? 그놈들은 대우가 조금이라도 안 좋으면 곧장 배반할 겁니다."

그럴 가치가 없다고 말하자 카시미로는 예산 같은 건 신경 쓰지 말라고 말했다.

"상관없다! 할 거면 철저하게 해라! 돈이 좀 들어도 그 꼬맹이한테 던져서 조금이라도 소모시킬 수 있으면 상관없다."

그리고 카시미로는 계책을 완벽하게 만들기 위해 한 수 더 준비했다.

"해적 놈들은 번필드가의 미끼로 삼는다."

"해적들을 말입니까?"

"그래. 번필드 놈들이 돌격에 집착하도록 말이다. 놈들이 돌격을 필승의 전법이라고 의심하지 않는 상황을 유지해두고 싶어."

동료인 해적들을 버리고 승리할 각오를 한 카시미로를 보고 돌프가 식은땀을 흘리면서 웃었다.

"명안입니다. 이로써 승리에 한 발 더 가까워질 것입니다."

해적들뿐만이 아니다. 상인, 병기공장까지 모두를 끌어들여 번필드가와 싸운다.

그 모습을 처음부터 지켜보고 있던 안내인이 박수를 보내고 있었다.

"훌륭해. 둘 다 리암을 쓰러뜨리기 위해 힘내줘. 나도 보이지 않는 곳에서 지원해주지."

그리고 돌프가 승리를 굳히기 위한 책략을 피로했다.

"카시미로 님, 또 한 가지 제안해도 되겠습니까?"

"뭐냐?"

"리암이 배속되는 패트롤 함대에 대한 물밑 작업을 부탁드립니다. 리암은 출세 속도가 이상하게 빠르지만, 군에서 함대의 사령관을 맡길 것 같지는 않습니다. 놈이 배속된 패트롤 함대의 사령관을 우리 쪽으로 포섭하면 더욱 유리해질 것입니다."

"그거 좋군!"

점점 더 달아오르는 두 사람의 간계에 안내인도 만면에 웃음을 띠었다.

◇ ◆ ◇ ◆ ◇

"이건 뭐냐?"

배속된 패트롤 함대에 오니, 정규함대의 배에 달하는 함정이 모여있었다.

3,000m를 넘는 초노급 전함의 브릿지에서는 엄청난 수의 대함대가 우주공간에 정렬한 광경이 보였다.

시야 가득 전함이 늘어선 광경은 압권이었다.

근데 왜 이렇게 됐지?

우주공간에 입체영상을 비추며 내 배속을 환영하는 세리머니가 진행되었다.

내 옆에는 부관인 유리시아와 특수부대에서 돌아온 마리가 서 있었다.

월레스는 브릿지의 보결 요원으로 내 옆에 있었다.

그리고──.

"특무참모 공, 이번에는 날 함장으로 지명해줘서 고맙네! 정말 고마워!"

짧은 머리를 거꾸로 세운 몸집 큰 남자가 내게 감사했다. 내 양손을 쥐고 위아래로 격하게 움직였다.

이 녀석은 최근에 승진한 '세드릭 노아 알바레이트' 준장. 월레스가 이야기했던 바로 그 이복형이다. 월레스와 마찬가지로 갈

곳 없는 황족이다.

그가 바로 내가 탄 기함의 선장이었다.

한편, 중령으로 승진한 나는 특무참모라는 특별한 직함을 받았다.

원래 군에 그런 직함은 없다. 날 위해 일부러 마련된 것이다.

울면서 기뻐하는 세드릭을 보고 월레스는 어이없어했다.

"그렇게 기쁜 일인가?"

"당연하지! 의미도 없이 우주를 순찰하는 나날이 얼마나 괴로운지 아냐! 혼자 좋은 후원자를 찾아 누리다니!"

부러운 건지 세드릭이 월레스의 목을 졸랐다.

"항복, 항복!"

그때 티아가 사령관을 데리고 왔다.

"리암 님, 사령관을 모시고 왔습니다."

외모가 40대 정도로 보이는 남자이니 실제 나이가 상당할 것이다.

안티에이징 기술이 발전된 지금, 중년으로 보인다는 것은 장수의 증거 같은 것이다.

"사령관, 신세 지도록 하지."

사람 좋아 보이는 사령관은 생글생글 웃고 있었다.

"한창 유명한 백작님을 모시게 될 줄은 생각도 못 했습니다. 뭐, 전 제 일을 하도록 하겠습니다."

아부하는 남자는 아니었지만, 이만한 규모의 함대를 맡길 수 있다면 그에 걸맞은 인물일 것이다.

이래저래 성가실 것 같으니, 이 녀석과는 싸우지 않도록 하자.

성가신 상대와는 싸우면 안 된다는 것을 최근 들어 지겹도록 배웠다.

──버클리가.

그 녀석들은 정말 끈질기다.

인사도 끝났을 때, 티아가 앞으로의 예정을 나에게 전했다.

"리암 님, 내일부터는 함대를 이끌고 변경 기지를 순회합니다."

"기지 순회라고?"

"네, 인사차 하는 일입니다. 그리고 동시에 항로의 안전을 확보합니다."

여기저기 돌면서 진로의 안전을 확보하는 것이 목적일 것이다.

보통은 소규모로 하는데 이 많은 걸 다 끌고 다닌다니, 엄청난 낭비다.

나는 조금 다른 방법을 떠올렸다.

"차라리 나뉘어서 목적지로 향하면 어떨까? 그래, 차라리 시합하자. 1등으로 도착해서 해적이나 귀찮은 문제를 해결한 함대에는 내가 보너스를 주지."

그러자 티아가 난색을 보였다.

"이건 리암 님의 위세를 보이는 자리이기도 합니다. 그런 함대 운용은 그다지 권장할 수 없습니다."

"그래?"

뭐, 대함대를 이끌고 으스대는 것도 나쁘지 않지.

그런데 마리가 티아에게 반론했다.

"어머, 리암 님의 희망에 부응하지 못하겠다고? 괜찮잖아. 이만한 규모라면 한꺼번에 이동해도 무익할 뿐이야."

마리의 도발에 티아의 눈빛이 날카로워졌다.

"이건 대규모 함대를 움직이는 법을 배우는 자리이기도 해. 넌 모르겠지만."

"항상 몰려다닐 필요 없이 목적지 앞에서 뭉치면 그만이잖아. 우리 필두기사는 참 융통성 없어."

두 사람이 서로 으르렁거리는 걸 보고 세드릭과 월레스가 소곤소곤 이야기하기 시작했다.

"네 후원자의 기사들, 왠지 관계가 껄끄럽지 않냐?"

"항상 있는 일이야. 금방 익숙해질 거야."

월레스는 웃고 있었지만, 내 필두기사와 차석기사가 싸우는 건 웃어넘길 수 없는 일이다.

보다 못한 유리시아가 이야기를 정리하기 시작했다.

"중령님, 그럼 목적지 바로 앞까지 경쟁하는 걸로 괜찮겠죠?"

사령관을 무시하고 여러 사항이 결정되려 하고 있었다.

내가 사령관에게 시선을 보내자, 사령관은 어깨를 으쓱이고 대답했다.

"어느 쪽이든 상관없습니다. 급한 용무도 없으니까요."

그래, 규모는 좀 크지만 내가 준비한 함대이니 마음대로 써도 문제없을 것이다.

규모가 이래도 일단은 패트롤 함대이니 말이다.

"그럼 시합이다. 해적을 물리치면 추가 점수를 주지. 규모가 크면 10점을 가산하는 식으로. 점수에 따라 보상을 주지."

그렇게 시합이 기획되었고, 며칠 뒤 회의에서 규칙 설명으로 분위기가 달아올랐다.

나? 악덕 영주는 그들이 노력하는 모습을 지켜보는 자리지.

그러니 난 참가하지 않는다.

나는 3천 척을 이끌고 골 지점…… 뭐, 어떤 행성에 왔다.

제국의 직할지로, 아직 개척 도중인 행성이다.

보상을 노리고 출발한 녀석들이 언제쯤에 골에 올 것인가?

나는 브릿지에서 호화로운 시트에 앉아 유리잔에 든 음료를 흔들었다.

"아무도 오질 않으니 심심하네. 월레스, 뭔가 재주 좀 부려봐."

"훗, 나한테 개인기를 요구하는 건가? 안타깝지만 이제 소재가 다 떨어졌어."

월레스에게 터무니없는 부탁을 하기를 수십 번. 아무래도 소재가 다 떨어진 모양이었다.

우리가 하는 거라곤 아무것도 없는 곳에서 하염없이 대기하는 것뿐. 심심하다.

"너무 한가해."

처음에는 호화여객선에서 빈둥빈둥 지낼 생각이었다.

확실히 함내의 시설은 충실하고, 괜찮은 쇼핑몰도 있다.

비전투원도 많고, 안에는 체인점도 가게를 냈다.

휴식 중이거나 휴일을 보내는 승조원들로 붐볐고, 함내는 괜찮은 주거 콜로니를 이루고 있었다.

그런데, 악덕 영주인 내가 그런 곳에서 놀면 뭐가 되겠나?

일반인이 되어 즐기는 건 있을 수 없는 일이다.

하지만 방에만 있는 것도 너무 심심하다.

요즘은 일섬류 수행만 반복하고 있었다.

"세드릭, 흉내를 내봐라."

"훗, 백작—— 내 소재도 다 썼다고."

세드릭에게도 터무니없는 부탁을 했지만, 그도 같은 대답을 할 뿐이었다.

방법이 없다.

그때 마리가 나에게 제안했다.

"그럼 우주항 건설은 어떨까요? 병사들에게 일을 시킬 수 있고, 다소는 심심풀이하며 시간을 보낼 수 있습니다. 그리고 한번 우주항을 지어놓으면 이후의 활동이 편해질 겁니다."

"우주항이라."

우리가 머무는 개척 행성에는 간이 우주항이 있을 뿐, 제대로 된 우주항이 없었다.

바깥 경치를 모니터 너머로 바라보니 자연이 넘치는 개척 행성이 보였다.

개척 행성은 개발이 거의 진행되지 않았다. 우주항도 없는 곳에 대규모 함대를 두기는 어렵다.

여기에 온 것도 평소에 제국군이 오지 않기 때문이다. 상층부에서는 해적들의 근거지가 없는지 돌아보라는 명령을 내렸다.

벽지에서 해적 퇴치를 하라는 명령을 받은 것이다.

하지만 거기서 뭔가를 하지 말라는 명령은 받지 않았다. 우주항을 건조해도 상관이 없을 것이고, 뭣하면 행성을 개발해도 괜찮을 것이다.

"좋네. 하지만 우주항만 건설하면 아쉽지. 개척 행성 자체를 심심풀이로 개발한다."

내 제안에 브릿지가 한순간 술렁였지만, 마리가 째려봐서 입을 다물게 했다.

"괜찮은가요? 여긴 제국의 직할지이니, 리암 님에게는 아무런 이득이 없습니다."

아무리 개발해도 내 것이 되진 않는다. 하지만 그런 건 아무래도 상관없다.

"그러니까 심심풀이지. 바로 착수한다."

유리시아가 의욕을 보이는 나에게 제안했다.

"중령님, 지상에는 개척민들이 있습니다. 그 사람들을 지원하시면, 앞으로 이곳을 중계기지로 이용하실 때 주민들의 협력을 얻기 쉬울 겁니다."

솔직히 말하자면 주민에게 관심은 없지만, 이왕 하는 거 제대로 놀고 싶다.

뭔가 시뮬레이션 게임을 하는 기분이군.

내 영지는 대충할 수 없으니 아마기에게 맡긴 부분이 많았지만, 이런 건 스스로 해보는 편이 재밌다.

뭐, 망쳐도 어차피 제국의 영지이고.

난 아무렇지도 않다.

"그렇게 해. 그리고 월레스. 지상에 빌딩을 세울 거다. 네가 현장감독을 맡아라."

"으으~."

싫어하는 월레스를 억지로 지상에 보내고 훌륭한 청사를 짓도록 했다. 차례차례 할 일이 떠올랐다.

그리고 전생의 기억이 되살아났다.

"그렇지. 공공시설도 팍팍 지어야지."

공공시설은 낭비의 꽃이다. 이왕 하는 거 디자인을 중시해서 짓자.

눈동자를 반짝이는 티아가 손을 맞잡고 나를 봤다.

"역시 대단해요, 리암 님. 생각대로 개척이 진행되지 않는 행성에 손을 내밀 수 있다니, 덕이 높은 명군에 걸맞은 행동이에요."

이 녀석은 진짜로 날 오해하고 있구나.

난 주민들을 게임 감각으로 굴리고 있다고. 도무지 칭찬할 일이 아니다.

뭐, 다른 사람을 짓밟아야 악덕 영주가 아니겠는가.

난 마음대로 개발할 거다.

리암의 함대가 어느 지방의 해적들을 뿌리째 없애버렸다는 보고를 들은 것은 리암이 배속된 지 반년 뒤의 일이었다.

수도성에서 그 이야기를 들은 재상은 보고 내용에 눈을 휘둥그레 떴다.

"대단하군."

재상은 리암의 함대가 어느 정도의 실력을 지니고 있는지 조사하기 위해 스파이를 보내둔 상태였다.

그들의 보고는 리암의 칭찬으로 가득했다.

부하 한 명이 안도한 표정을 짓고 있었다.

"해적 퇴치 경쟁을 시켰다고 하더니, 대단하군요. 무엇보다 합류 지점인 개척 행성을 정비하고 있다는 게 마음에 듭니다. 개발비가 모자라서 방치하고 있던 차에 좋은 소식입니다."

리암이 함대가 모이는 걸 기다리는 동안 개척 행성을 멋대로 정비했다.

덕분에 간이 우주항이 생겨 접근이 수월해졌다.

실제로 우주항이 생겼다는 소식을 듣고 상인들이 그곳으로 몰려들고 있었다.

재상은 개발 현황 보고를 보고 웃음을 지었다.

"흠, 공공시설을 집중적으로 배치했나. 기능적이고 디자인 센스도 좋아."

애초에 지상에 제대로 된 시설이 없었으니, 무엇을 배치해도 주민들은 고마울 것이다.

(80점이군. 경험을 쌓으면 더 위로 갈 수 있겠지. 군사에만 눈길이 가기 쉽지만, 백작은 내정 수완으로 유명해졌으니 말이야.)

최근의 리암은 해적 사냥꾼이라는 면이 두드러졌지만, 원래는 내정 수완도 높이 평가받았다.

변경에 보내기만 해도 멋대로 정비를 해준다.

어디에든 방치하면 상황이 좋아지니 재상도 웃음이 절로 났다.

다만 재상도 사람을 완전히 믿는 타입이 아니었다.

리암이 이대로 무보수로 일할 것이라고는 생각하지 않았다.

"이만한 공적이 있으면 군도 납득하겠지. 백작의 계급을 대령으로 승진시켜줘라. 훈장도 달아주지."

"괜찮습니까?"

"이 정도면 싼 거지. 내년이 되면 준장으로 승진인가? 군에서 나가기 전에는 중장 계급을 달아줘라."

(뭐, 이 정도로는 기뻐하지 않을 테니, 또 뭔가를 생각해둘까.)

219

◇ ◆ ◇ ◆ ◇

"역시 태생이 모든 것을 정하는구나. 그렇지? 사령관."

군복에 달린 중장 계급장이 반짝였다.

느긋하게 현실 게임을 했을 뿐인데, 몇 년 만에 중장이 되어버렸다.

필사적으로 전장을 누비는 병사들이 겨우 계급 하나를 올리는 동안에 난 4계급이나 올라 있었다.

이것이 귀족! 이게 바로 악덕 영주다!

나는 맞은편에 앉아있는 사령관에게 말을 걸면서 자신만만하게 패를 던졌다.

"아, 백작님. 그겁니다. 뒷도라도 났군요."

하지만 나는 버린 패를 기다리고 있던 사령관에게 직격을 당했다.

"말도 안 돼!"

사령관은 허리가 의자에서 들뜬 나에게 자신의 패를 보여주었다.

역이 완성되었고 뒷도라도 났다.

이 사령관은 이 게임을 특히 잘했다. 난 이긴 게임보다 진 게임이 더 많았다.

"또, 또 졌다고?!"

"이야~ 미안합니다."

이 사령관, 도박에 엄청 강하다.

월레스와 세드릭은 이미 사령관에게 탈탈 털렸다. 이번 달은 돈이 없다며 나한테 울면서 매달렸다.

같이 탁자에 둘러앉은 티아와 마리가 계속 이기는 사령관을 살기 어린 눈으로 째려봤다.

"나랑 이 화석이 손을 잡았는데 왜 리암 님이 지는 거지?!"

"이 자식! 사기 치고 있는 건 아니겠지!"

──아니, 사기 치고 진 건 난데.

티아와 마리와 같은 편을 먹고 사령관과 3:1로 싸우는 상황을 만들었다. 보통은 내가 이기는 게 당연했다.

그런데 계속 졌다.

난 점봉을 사령관에게 던져줬다.

"이렇게까지 했는데 지는 건가. 사령관, 뭔가 이기는 요령이 있나?"

"전 운이 좋은 편이라서요. 덕분에 이런 대함대를 이끌고 게임을 하며 돈을 벌고 있죠. 뭐, 중요한 건 운과 흐름을 읽는 것일까요."

"흐름?"

"네, 흐름입니다. 무슨 일이든 힘만으로는 안 되니까요. 그런데, 계속하시겠습니까?"

──흐름이라. 확실히 이 세상에는 거스를 수 없는 흐름이 있다는 느낌이 든다.

이 사령관에게 그 흐름을 배우는 것도 나쁘지 않다는 느낌이 들기 시작했다.

진 게임이 더 많지만, 애초에 난 돈 같은 건 상관없다.

아무리 져도 내 지갑은 바닥나지 않는다.

이 사령관에게 흐름을 읽는 힘을 배우기 위해 얼마든지 돈을 써 주지.

"좋아. 이참에 사령관에게 그 흐름을 읽는 법을 배우도록 하지."

"──살살 부탁드립니다."

다시 게임이 시작되자 티아도 마리도 의욕을 냈다.

"이번에야말로 탈탈 털어주지."

"리암 님, 신호를 확인하겠습니다."

당당하게 부정을 저지르는 사태까지 왔지만, 그래도 사령관은 이기고 있다. 역시 보통내기가 아니었어.

뭐랄까, 스승님과 같은 냄새가 난다.

스승님, 잘 지내고 계실까?

여전히 행방을 알 수 없지만, 스승님이니까 내가 걱정할 필요 는 없을 것이다.

사령관은 생각했다.

(──이 녀석들은 왜 계속 잃는데도 물고 늘어지는 거냐!)

사령관은 나머지 셋이 짜고 덤벼도 승리를 반복하고 있었다.

이유는 간단했다. 사령관이 게임판을 조작하고 있기 때문이었다. 애초에 이 게임판을 준비한 사람이 사령관이었다.

귀족한테서 돈을 뜯어내려고 가져왔는데, 리암 일행은 물러날 줄을 몰랐다.

사령관은 내심 몹시 초조했다.

사령관은 리암의 검술 스승인 야스시와 같은 사기꾼이었다.

(간단한 일이라 했잖아!)

이 사령관은 사실 귀족 출신이었다.

집안 사정, 제국의 사정, 그 외 여러 사정으로 사령관 자리까지 왔을 뿐이다.

사관학교에서 낸 성적이 좋은 것도 아니었다. 그저 집안의 힘으로 여기까지 출세했다.

(애초에 승진 속도가 이상하잖아! 그냥 하고 싶은 걸 하며 지내는데 중장이라니! 난 출세하려고 뇌물을 그렇게 바쳤는데!)

귀족이라 해도 군대에서 출세하는 것은 어렵다.

대귀족이라 해도 리암처럼 쉽게 출세할 수는 없다.

그만큼 리암은 이례적이었다.

(하는 짓도 이해 못 하겠어. 왜 자기한테 이익이 안 되는 영지를 개발하고 있는 거야? 역시 이 녀석하고는 안 맞아.)

성격이 맞지 않는 것을 느끼면서 사령관은 다음 게임을 시작했다.

그때 게임을 지켜보고 있던 유리시아가 태블릿 단말기로 온 연락을 전달했다.

"중장님, 이 근처의 영주에게서 증원 요청이 왔습니다."

"또? 뭔데? 얼마나 필요하대?"

"다른 영지에서 흘러들어온 해적 퇴치 의뢰네요. 1,000척을 빌려달라고 합니다."

"한가해 보이는 녀석들을 파견해. 그리고 쓰레기는 전부 회수시켜."

"그럼 바로 파견하겠습니다. 그래서 해적의 처분은――."

유리시아가 해적의 처분을 물어보자 패를 보고 있던 티아가 대화에 끼어들었다.

"다 죽여. 해적을 살려둘 이유는 없어. ――그쵸? 리암 님?"

굉장히 차가운 목소리로 다 죽이라고 말하나 싶었더니, 후반에는 고양이가 어리광부리는 듯한 목소리로 동의를 구했다.

마리가 혀를 찼지만, 리암은 자신의 패에서 시선을 떼지 않고 끄덕일 뿐이었다.

"죽여."

적대하는 자에게 지독하게 매몰찬 리암의 태도에 사령관은 떨림이 멈추지 않았다.

(도와줄 이유가 없는데, 굳이 해적 퇴치에 병력을 보내는 건가. 해적을 싫어한다는 소문이 진짜였구나. 버클리가에서 이 녀석을 배신하라고 했는데, 들키면 무슨 꼴을 당하게 되는지.)

리암이고 티아고 마리고, 무섭지 않은 사람이 없었다.

유리시아는 세 사람의 태도를 보고 어이없어하며 대답했다.

"그럼 1,000척을 파견하여 해적을 모조리 죽이라 지시하겠습니다."

리암은 유리시아의 보고를 들으며 게임을 이어갔다.

"자 그럼, 어느 것을 버릴까."

사령관은 함대의 파견을 결정한 리암을 이상하다는 듯이 봤다.

(역시 착한 사람은 싫어.)

사령관이 보기에 리암은 필요 이상으로 일하는 성실한 귀족이었다.

부탁받지도 않았는데 주변 영주를 돕고 아군의 구원 요청도 흔쾌히 받아들였다.

입이 다소 거칠지만, 그 모습은 그야말로 올바른 귀족의 모습이다.

그게 사령관 같은, 자신이 속물이라는 걸 이해하고 있는 사람에게는 너무 눈부시게 보였다.

(뭐, 본인이 직접 나서는 일도 거의 없고 나도 한가하니까 상관없지만.)

"백작님, 그건 론입니다."

"뭐라고?!"

기동기사가 늘어선 격납고.

마리는 긴 보라색 머리칼을 살랑이며 팔짱을 끼고 양산기인 네반을 올려다보고 있었다.

그녀 곁에는 같은 파벌의 기사들이 똑같이 네반을 바라보고 있었다.

모두의 시선을 받고 있는 보라색 네반은 마리를 위해 준비된 커스텀 기체였다.

티아와 마찬가지로 전문가 사양으로 만들어졌으나, 마리 일행은 부족함을 느끼고 있었다.

"이 녀석도 나쁘진 않은데, 역시 뭔가 부족해."

네반―― 제3병기공장에서 제조된 차기 주력 양산기 후보 기체의 배치는 번필드가와 리암의 패트롤 함대가 먼저 진행했다.

비용이 다소 들었지만, 기체 성능은 모든 면에서 완성도가 높은 우수한 기체였다.

하지만 아무래도 마리는 자신이 살던 시대와 비교하지 않을 수가 없었다.

2,000년 전과는 유행이 전혀 다르다.

"어시스트 기능이 번거롭단 말이지. 모든 최신 기체에 어시스트 기능이 달린 건 어떤 의미로 받아들여야 하는 걸까?"

예를 들자면 수동변속기 차와 자동변속기 차의 차이라고나 할까.

어시스트 기능이 충실한 대신 손맛이 부족하다.

마리의 부관과 같은 위치에 있는 기사가 티아 일행을 예로 들었다.

"이 시대의 기사들이 연약하다는 의미 아니겠습니까. 그 다진 고기는 필두기사인데도 기체에 어시스트 기능이 달려있어요."

"기사라고 칭하기에는 실력이 부족하지. 어쨌든 이 기종으로는 우리의 본 실력을 발휘하기 어려울 것 같아."

네반은 우수한 기종이지만 마리 일행은 취향에 더 잘 맞는 기체를 원했다.

그때 니아스를 대동한 리암이 마리 일행의 옆을 지나갔다. 리암의 부관인 유리시아의 모습도 보였는데, 약간 불쾌해 보였다.

마리 일행이 경례하자 주위에서 작업을 하던 정비병들도 따라서 경례했다.

리암이 마리 옆에 오더니 손을 흔들어 경례를 대충 받았다.

"작업을 계속해라."

주위 사람들이 작업으로 돌아가자 마리는 리암에게 물었다.

"리암 님, 격납고에 무슨 일입니까?"

니아스 쪽을 언뜻 본 리암은 격납고에 온 이유를 대답했다.

"니아스와 상의 중이다. 의뢰한 물건이 곧 완성된다고 해서, 최종 확인을 하던 참이다."

모두의 시선이 니아스에게 모이자 본인은 기쁜 듯이 미소 지었다.

"상당히 즐거운 작업이었어요."

그에 비해 유리시아는 그런 니아스에게서 얼굴을 돌리고 있었다.

"그게 뭐가 즐겁다는 건지. 그보다 마리 대령은 왜 격납고에?"

반대로 질문을 받은 마리는 시선을 보라색 네반으로 돌려 모두의 시선을 유도했다.

"기동기사에 대해 상의하고 있었어요. 네반은 우수한 기체이지만, 저희가 타기에는 좀 부족한 것 같아서요."

마리의 말을 듣고 전 제3병기공장 관계자인 유리시아가 인상을 썼다.

"네반은 차세대 주력기로 가장 유력한 후보예요. 이 이상의 기체는 제국에 존재하지 않습니다."

"그거 아쉽네요."

어깨를 으쓱이는 마리를 보고 기회를 감지한 니아스가 판매를 시도했다.

"그렇다면 제7병기공장이 여러분에게 딱 맞는 기동기사를 준비할까요?"

이 녀석은 또 무슨 소리를 하는 건가 싶었지만, 리암이 먼저 흥미를 보였다.

"재밌을 것 같네. 어차피 한가하지? 만들어봐."

마치 프라모델을 발주하는 듯한 가벼운 말투로 허가가 떨어지자 니아스의 눈빛이 변했다.

니아스는 마리 일행을 무시하고 리암에게 다가가 열심히 판매를 시도했다.

"정말인가요!! 정말 해도 괜찮은 거죠? 네?!"

"그렇게 하라니까. 진짜 만들 수 있어?"

리암이 니아스에게 의심스러운 시선을 보냈다.

니아스는 안경의 위치를 고치면서 자신감을 보였다.

"잊으셨나요? 지난번에 어비드를 개수할 때 테스트 파일럿을 한 사람이 마리 대령님이잖아요. 그때의 데이터가 아직 남아있으니까, 예산을 주시면 당장이라도 시작할 수 있어요."

유리시아가 자신만만하게 웃는 니아스를 물고 늘어졌다.

"네반은 제3병기공장이 개발한 걸작이에요! 이 이상의 성능은 다음 세대에나 가능할 거라고요! 입에서 나오는 대로 말하지 마세요!"

"실례되는 소릴 하네. 그야 네반은 균형 잡힌 성능을 내지만, 그런 범용성이 정말 엘리트에게 어울린다고 생각해?"

"윽! 이, 일단 커스텀기도 있어요!"

"커스텀? 얼마 전에 개발하다 사고가 났다던 그거? 무지막지한 출력을 내도록 만들었더니 아무도 제대로 다루지 못했지?"

"그걸 당신이 어떻게 알고 있죠?!"

"아무도 다루지 못하는 결함기라는 소문을 어떻게 모르니. 제3병기공장은 양산기는 잘 만들어도 에이스용 특수기는 엄청 못 만든단 말이지."

"이, 이 변태 집단이!"

균형이 탄탄하기에 특출난 능력이 없는 것이 네반의 약점이었다.

마리가 그 커스텀 네반에 흥미를 보였다.

"그런 성능이라니, 궁금하네. 데이터를 보여줄 수 있을까?"

유리시아가 결함기의 데이터를 공개하기를 망설이자, 리암이 재촉했다.

"나도 궁금해. 보여줘."

유리시아가 포기하고 데이터를 공개했다.

"일단은 비밀이니까, 너무 퍼뜨리지 마세요."

공중에 투영된 영상에는 개조된 네반의 모습이 있었다. 외부 장갑을 분리하고 프레임만 남은 네반의 데이터를 보고 마리가 눈살을 찌푸렸다.

"이거는 좀 그렇네."

그렇게 말하자 유리시아가 어깨를 축 늘어뜨렸다.

"마리 대령님도 어려운가요?"

"못할 건 없지만, 최고 성능을 내긴 어렵지. 이러면 그냥 보통 네반을 타는 편이 나아. 이런 기체를 마음대로 다룰 수 있는 건 리암 님 같은 조종의 천재뿐일걸?"

리암이 어비드를 포기하면서까지 네반을 탈 일은 없으니, 사실상 의미가 없다.

그러자 니아스가 웃으며 가슴을 폈다.

"뭐, 보고 있으라구. 제7병기공장의 실력을 보여주겠어!"

그런 니아스를 보고 마리도 기대를 품었다.

"부탁할게, 니아스. 우리에게 어울리는 기체를 준비해줘. 그렇네, 우리처럼 우아하고 강한 기체였으면 좋겠어. 성능은 물론이고 외관도 경시해서는 안 돼. 리암 님 곁에 서기에 걸맞은 기체여야 한다고."

"맡겨주세요! 완벽하게 만들어 드릴 테니까요!"

그리고 얼마 후, 제7병기공장에서 신형기가 도착했다.

구조가 단순하면서도 튼튼했고 성능 또한 네반을 능가했다.

그만큼 조종이 어려웠지만, 애초에 숙련자들을 위해 개발된 고성능 기체였다.

"이것이 제7병기공장이 개발한 라쿤입니다!"

경이로운 카탈로그 스펙에 구경 온 파일럿들과 정비사들이 감탄했다.

하지만.

"라쿤…… 라쿤이래……. 큽, 잘됐네, 마리 대령."

티아가 큭큭대며 손으로 얼굴을 가리느라 애를 썼다.

마리는 기체의 발치에서 손을 부들부들 떨고 있었다.

마리의 부하들이 달래려고 필사적으로 말을 걸고 있었다.

"마리 님, 성능은 원하는 대로 됐잖아요!"

"이, 이건 이거대로 귀엽지 않을까요?"

"마음은 이해하지만 진정하세요."

성능은 아쉬울 게 없다. 오히려 마리 일행의 취향에 딱 맞았다.

다만 디자인은 이야기가 달랐다.

"이 둥글둥글한 디자인은 누구의 발안이야?"

니아스가 웃으며 손들었다.

"저예요! 너구리처럼 보이는데, 꼬리로 보이는 부분은 교환이 가능해서 여러 상황에 대응할 수 있어요. 라쿤이야말로 차세대 양산기에요!"

혈관을 씰룩거리며 눈에 핏발을 세운 마리가 니아스에게 살기를 뿜었다.

비웃고 있는 티아와 휘하 기사들도 용서할 수 없지만, 무엇보다도 이런 디자인이 어울린다고 생각한 니아스가 마음에 안 들었다.

라쿤은 겉으로 보기에도 장갑이 두꺼워 보였다. 아니, 둥글어서 통통하게 살찐 듯한 기동기사였다.

보기에 따라서는 귀엽게 보이겠지만, 기사가 타기에는 멋이 없었다.

마리는 니아스의 가슴팍을 붙잡고 들어올렸다.

"넌 날 어떤 눈으로 보고 있는 거냐? 나한테 너구리가 어울리는 여자라고 말하고 싶은 거야? 대체 어디가 우아하다는 건데?!"

"왜 그러세요?! 자신 있게 만든 기체예요!! 그리고 이거 봐요, 이 곡선미! 강인함도 겸비한 멋진 외관이 아닌가요?!"

"뭐야?! 진심으로 이 기체가 나한테 어울린다고 생각해?! 그래, 어디 한번 해보자. 이참에 그 머리를 쪼개서 어떻게 생겼는지 확인해줄게!"

니아스가 격노한 마리에게 겁먹어 떨고 있으니 티아가 바보 취급하는 웃음을 짓고 다가왔다.

"이것 참, 그렇게 화내지 마. 너한테 딱 어울리는 디자인이잖아."

"——네년은 이 자리에서 죽여주마."

표정이 사라진 마리가 니아스를 내던지고 무기에 손을 댔다. 마찬가지로 주위에 있던 동료도 무기를 들었다.

티아와 그 동료 기사들도 주저하지 않고 무기를 뽑았다.

"좋다 이 자식아!"

더러운 목소리를 내며 두 사람이 서로에게 달려들려는 순간, 격납고에 리암과 유리시아가 들어왔다.

두 파벌의 껄끄러운 분위기 속에서 리암 혼자만 기분이 좋았다.

"오, 이건가? 니아스가 개발한 것치고는 생각보다 괜찮은데? 제법 귀엽게 생겼어."

리암이 그렇게 말하자 마리에게 치여 바닥에 버려진 니아스가 기어가서 매달렸다.

"리암 님 도와주세요! 제가 모처럼 만든 라쿤을 이분들이 바보 취급해요! 최고걸작인데! 제가 자신 있게 만든 건데!"

울면서 매달리는 니아스의 말을 듣고 리암이 마리와 티아를 째려봤다.

"──그런가. 난 마음에 드는데 너희는 마음에 안 드는 건가. 좋아, 불만 있으면 말해도 돼. 하지만 먼저 왜 격납고에서 무기를 들고 있는지 이유부터 들어야겠는걸. ──빨리 대답해."

기분이 좋은 리암이 마지막 말만 세게 말하자 모두가 무기를 거두었다.

격납고의 정비병과 일반병사들이 가슴을 쓸어내렸다.

마리와 티아는 바들바들 떨며 리암 앞에 와서 무릎을 꿇고 머리를 숙였다.

"요, 용서해주십시오."

"죄송합니다."

리암은 소동의 주인공들을 째려봤다.

"너흰 좀 심하게 시끄러워. 그리고 니아스. 라쿤의 디자인을 수정해. 성능은 마음에 들었지만, 모양이 좀 별로야. 요즘 유행이 아니잖아. 좀 더 스마트한 외관으로 해와."

"이럴 수가~!! 채용될 줄 알고 이미 300기나 제조했는데!!"

울부짖는 니아스를 내려다보는 유리시아는 진심으로 어이없다는 표정을 지었다.

"왜 채용될 거라는 전제를 한 거지?"

리암 일행이 나름대로 즐겁게 지내고 있을 무렵.

버클리가에서는 30만 척이 넘는 대함대가 모이고 있었다.

총지휘관은 카시미로의 아들이고 돌프는 참모 역할이었지만, 실질적으로는 돌프가 이 함대의 중심이었다.

우주에 정렬한 대함대는 버클리가가 전력을 다해 준비한 결과였다.

엘릭서를 뿌리고 레어 메탈을 대량으로 긁어모았다.

산하의 해적들을 번필드가의 먹이로 던져주는 바람에 수가 많이 줄었지만, 그 대신 제국군에서 버클리가에 협력하던 자들이 모여들었다.

그 결과, 처음 예정보다 병력의 규모가 커졌다.

"돌프, 이 함대로 번필드가를 쳐부술 수 있겠지?"

카시미라의 장남인 '진'의 말에 돌프는 고개를 깊이 끄덕였다.

"이 함대로 안 된다면, 누구도 리암을 막을 수 없을 겁니다."

"그렇지. ──좋아, 출격이다!"

30만을 넘는 함대가 번필드가를 향해 출격했다.

그 무렵, 번필드가에서도 움직임이 있었다.

브라이언이 평소처럼 일하고 있으니 당황한 세리나가 뛰어왔다.

복도를 달리는 건 시녀장이 보일 행동이 아니지만, 그녀가 가져온 소식에 비하면 사소한 문제였다.

"브라이언, 버클리가가 움직였어!"

"뭐, 뭐라구요?! 리암 님이 아직 돌아오지 않으셨는데!"

이런 분쟁이 있을 때, 당주가 수행으로 부재중이라면 공격하지 않는 것이 귀족 간의 암묵적인 룰이다.

다시 말해 이건 기습이나 마찬가지였다. 버클리가는 이 전쟁에서 귀족의 체면을 신경 쓰지 않겠다는 의미였다.

"브라이언, 리암 님께 당장 알려."

"아, 알겠습니다!"

이날을 위해 번필드가도 군사력을 증강해왔다.

하지만 세리나는 불안감을 숨길 수 없었다.

"30만 대함대라니. 버클리가를 얕보고 있었어."

리암이 군사력에 힘을 써왔다고는 해도 번필드가의 함대는 9만 척도 안 된다.

그나마도 당장 전력으로 쓸 수 있는 것은 7만 척.

전력 차이가 4배를 넘는다.

"리암 님이 안 계신 것도 타이밍이 안 좋네. 이러면 정말 번필드가도——."

버클리가의 인정사정 보지 않는 행위에 세리나도 초조함을 느꼈다.

그런 모습을 즐겁게 보고 있는 자는 누구도 의식하지 못하는 안내인이었다.

"——그래. 당황해라. 리암이 오면 살 수 있다고 생각하겠지만 너희를 기다리고 있는 건 죽음뿐이다."

번필드가의 모든 것이 멸망하는 모습을 상상하고 안내인을 소리 높여 웃었다.

"리암, 빨리 와라! 아니, 모든 것이 다 사라진 뒤에 오는 것도 좋겠구나. 네가 절망하는 얼굴을 보여줘!"

개척 행성에 마련된 간이 우주항에 토마스가 찾아왔다.

"리암 님은 여전히 정력적으로 활동하시는 것 같군요."

──이건 급조한 우주항을 꼬집는 말인가?

심심풀이로 건조한 우주항이라 완벽하지는 않지만, 그래도 필요한 기능은 갖추고 있다.

"그냥 심심풀이야. 그보다 오늘은 무슨 일이지?"

"네. 실은 함대용 상품을 가져왔으니 장사 허가를 받았으면 해서."

함대의 승조원을 대상으로 장사를 하고 싶은 모양이다.

"마음대로 해."

"감사합니다. 그럼 지금 바로──."

토마스와 거래 이야기를 하고 있으니 우주항에 사이렌이 울려 퍼졌다.

"뭐지?"

바로 나에게 유리시아의 통신이 왔다.

"무슨 일이지?"

『수송선단이 나타났습니다. 적대할 생각은 없는 것 같지만, 너무 급하게 워프해와서 경계하고 있습니다.』

갑자기 나타나는 건 교통위반을 하는 것과 같은 꼴이다.

난 혀를 찼다.

"어디의 바보냐."

『클라베 상회와 뉴랜즈 상회입니다. 파트리스라 하는 상인이 급히 중장님과 면회하고 싶다고 합니다.』

무슨 일이 있었는지 듣기 전에 대략적인 예상이 되었다.

토마스를 보니 얼굴이 파래져 있었다.

"설마! 리암 님, 혹시 버클리가가 움직인 게 아닌지?!"

──또 버클리 놈들인가.

이젠 짜증이 나는군.

내가 기함에 타자 브릿지에서는 어수선한 목소리가 난무했다.

"보급과 정비가 끝난 함정 수는!"

"현재 약 만 척입니다!"

"긁어모을 수 있는 만큼 긁어모아라!"

티아가 중심이 되어 지시를 내렸다.

사령관은 그 모습을 팔짱을 끼고 태연한 얼굴로 바라보고 있었다.

"이럴 때도 사령관은 침착하군."

"허둥대도 달라지는 건 없습니다. 급할수록 더 침착해야 하죠. 그래야 승률이 조금이라도 더 오르는 겁니다."

이것도 흐름을 읽는 사령관의 방식인 걸까?

"그것도 그렇군."

난 병력이 다 모이기도 전에 출격하려는 티아를 제지했다.

"티아, 함대가 다 모이고 나서 출격해라. 그리고 클라베와 뉴랜즈가 보급물자를 산더미처럼 가져왔으니 나눠줘."

내 제안에 티아가 경악했다.

"리암 님?! 하, 하지만……."

"내 영지에도 돌격하지 말고 시간을 벌라고 연락해."

노련한 사령관이 그렇게 말하니 분명 뭔가가 있을 것이다.

지금은 침착하게 대처해야 한다.

마리가 급하게 브릿지에 들어오더니 바로 나에게 보고했다.

"리암 님! 버클리가의 함대의 수는 대략 30만 척이라고 합니다. 그리고 워프하는 공역에 제국군이 기다리고 있다는 정보가 있습니다."

"제국군이라고?"

우리가 이용하는 워프 가능 공역을 막듯이 제국의 함대가 기다리고 있는 것 같다.

——뭘 하고 싶은 거지?

워프 가능 공역.

리암을 기다리는 건 불량 군인들이 이끄는 함대였다.

버클리가와 병기공장에서 받은 함정의 수는 3만 척에 달했다.

낡은 기종이 섞여 있지만, 어쨌든 파격적인 지원이었다.

기함의 브릿지에는 귀족 출신 장군들이 있었다.

"지금쯤 크게 당황해서 이쪽으로 오고 있겠지."

"버클리가가 진지하게 싸우면 그 꼬맹이도 끝이다."

"제국군의 싸움을 보여주자고."

장군들은 웃음을 흘렸다.

하지만 오퍼레이터가 비명에 가까운 고함을 질렀다.

"사령관님! 적이 공격을 시작했습니다!"

"벌써 왔나? 그럼 상대해줘야지. 꼬맹이에게 통신을 연결해라!"

그러나 통신에 응한 건 리암이 아니라 안대를 한 군인, 역전의 장군 같은 자였다.

"네, 네놈은 누구냐?!"

모르는 인물이 나와 당황하자 상대가 먼저 입을 열었다.

『귀관들은 규율을 위반했다. 당장 함대를 철수하라.』

"뭐, 뭐야?!"

『지금 당장 철수하면 보내줄 것이나 그렇지 않으면 구속하겠다.』

그들 앞에 나타난 건 국경을 지키던 정규군 4만여 척 규모의 함대였다.

"우리를 거스르겠다는 거냐!"

『아니지. 제국에 거스르고 있는 건 귀관들이다.』

"저, 저 꼬맹이 편을 드는 거냐!"

리암 편을 드는 군인들은 귀족과 불량 군인들 앞에서 진실을 고했다.

『이미 과도한 귀족 우대로 군은 한계에 처해있다. 이 이상 버클리가가 설치게 둘 수는 없다. 또한, 백작은 귀관들과는 대척점에 있는 존재. 백작이 버클리와 싸우겠다면 우리는 그를 도울 것이다. 그것이 우리의 결정이다.』

국경을 지키는 군인들은 귀족 우대에 유달리 시달린 자들이었다. 귀족을 향한 불만이 강할 수밖에 없었다. 그들에게 리암과 버클리의 충돌은 좋은 기회였다.

귀족 장군이 외쳤다.

"고, 공격해라!"

하지만 상대는 여유로웠다.

『그럴 줄 알았어. 안타깝지만 우리는 귀관들과 달리 숱한 전장을 경험했다. 귀관들에게 진짜 전쟁을 가르쳐주지.』

결국 귀족의 함대는 정규군의 공격을 받아 전멸했다.

번필드가는 7만의 함대로 30만 함대의 버클리가에 맞섰다.

우주공간에서 40만에 가까운 함정이 대치했다.

번필드가에서는 요새급 전함을 기함으로 삼고 각 함대의 사령관이 입체영상으로 전략 회의에 들어갔다. 그러나 번필드가의 장군들은 전략을 쉽사리 정하지 못하고 있었다.

"당연히 돌격해야지! 30만 대군이 흩어져서 영지를 헤집으면 막을 도리가 없어!"

"총사령관, 돌격을 감행해야 합니다!"

"정면으로 붙어서 이길 숫자가 아니잖나. 돌격하여 적의 수장을 노리는 게 합리적이야. 애초에 우리는 항상 그렇게 해오지 않았나!"

장군들이 돌격을 진언했지만, 총사령관은 팔짱을 낄 뿐, 고개를 끄덕이지 않았다.

양군이 대치하고 벌써 일주일이 지났다.

대규모 함대가 충돌하기 전에는 항상 대치 기간이 생긴다. 서로 진형을 살피고 대응책을 짜거나 거리를 조절하는 신경전에 들어가기 때문이다. 길게는 한 달 가까이 이어지기도 하는 과정이었다.

그러나 항상 즉시 돌격으로 해적을 깨부쉈던 번필드가에서는 이때가 그저 초조하기 짝이 없는 시간이었다.

묵묵히 듣고만 있던 총사령관이 무거운 입을 열었다.

"돌격하지 말라는 리암 님의 명령이다."

총사령관이 그렇게 말하자 장군들이 시선이 복잡하게 얽혔다.

"리암 님의 명령이라고?"

"지금은 군에 계실 텐데?"

"연락이 온 건가?"

사령관은 현재 리암의 상황을 전달했다.

"리암 님께서 직접 배속된 함대를 이끌고 이쪽으로 오고 계신다. 도착하실 때까지 대치를 유지하라고 하셨다."

그러나 몇십 년이나 돌격 전법을 유지한 장군들은 납득하기 어려웠다.

"하지만 총사령관, 이대로 원군을 기다려도 상황은 변하지 않습니다."

리암이 배속된 함대는 많아도 3만 척. 힘을 합친들 열세는 변하지 않는다.

"나도 안다. 하지만 이건 리암 님의 명령이다."

장군들도 결국 입을 다물었다.

버클리가의 기함.

레어 메탈을 아낌없이 쓴 함대의 브릿지에서 진이 돌프에게 따지고 들었다.

"이봐, 저 녀석들 가만히 있잖아! 이야기가 다르다고!"

대치가 일주일이 지나도록 번필드가는 돌격하지 않았다.

진은 이 이변에서 묘한 불안을 느꼈다.

하지만 돌프는 동요하지 않았다.

"걱정할 것 없습니다. 리암이 없어서 판단을 못 내리고 있을 뿐입니다."

"어쨌든 이미 처음 계획에서 틀어졌잖아!"

"처음부터 예정대로 되리라 생각하지 않았습니다. 그리고 적이 어떻게 나오든 이 전력 차이를 뒤집는 것은 불가능합니다."

새로 만든 최신 장비들과 승조원 교육까지. 이때를 위해 막대한 자금을 들였다.

이걸 위해서 행성 여럿을 엘릭서로 바꾸고 버클리가의 백성들에게 무거운 세금을 부과했지만, 돌프와 진은 신경 쓰지 않았다.

그들에게 중요한 건 오로지 번필드가를 멸망시키는 것뿐이었다.

"리암이 군에서 자기 함대를 편제했다는 소문을 너도 들었을 거 아니야!"

"예, 3만 척 정도는 만든 모양이더군요. 하지만 고작 3만으로는 우리의 우세를 꺾을 수 없습니다. 협공하면 각개 격파해버리면 그만이죠. 그들에게 남은 전법은 어차피 하나밖에 없습니다."

"번필드가의 장기인 돌격인가?"

"네. 놈들이 돌격을 안 해도 달라지는 건 없지만요."

리암을 경계하여 가능한 한 준비를 해왔다.

지금의 돌프는 리암의 천적이라는 자부심이 있었다.

(사관학교에서 진 빚을 갚아주마, 리암. 네가 아주 좋아하는 실전에서 널 이기겠다!)

당당한 돌프를 보고 진도 불안이 불식되어 침착함을 되찾았다.

"그, 그런가. 그럼 안심이네."

버클리가의 함대는 지금까지 싸워온 해적들과는 달리 훈련받은 병사들이다.

돌프의 명령을 잘 따라서 번필드가의 함대와 대치하고 있다.

자신의 수족처럼 움직이는 우군을 얻어 돌프는 승리를 확신하고 있었다.

하지만 긴장을 늦춘 기색은 전혀 보이지 않았다.

사관학교에서 리암에게 패배하여 돌프가 성장했기 때문이다.

(그때의 패배는 오늘을 위한 것이다. 마지막에 이기는 건 바로 나다!)

우주공간에 여행 가방 위에 선 안내인이 있었다.

대치한 함대를 바라보며 컵을 손에 들고 홍차를 마시고 있었다.

이곳이 우주공간이라거나 하는 그런 것은 안내인에겐 관계없었다.

"양군 모두 움직임은 없음. 하지만 승패는 이미 정해진 것과 마찬가지. 이제 어떤 형태로 리암이 절망할지 궁금하네요."

리암이 번필드가의 군대에 합류해도 10만.

버클리가의 전력은 30만 이상.

그리고 장비, 숙련도에서는 큰 차이가 없다.

번필드가가 전체적으로 더 뛰어나지만, 그런 것으로 뒤집을 수 있는 숫자가 아니었다.

"실력이 비슷하면, 수가 많은 쪽이 승리하는 것이 자명한 이치. 기적이 일어나도 이 차이는 뒤집을 수 없어. 물론 지금의 돌프는 방심도 하지 않지만."

움직임은 없지만 한 번 움직이면 그 뒤는 끝날 때까지 이어진다.

안내인은 이 조용한 시간을 즐기고 있었다.

"날 이렇게까지 고통스럽게 만든 리암과의 관계도 이제 끝인가."

실로 감개무량했다.

자기를 이렇게까지 괴롭힌 것은 리암이 처음이다.

"모든 것이 끝나면 리암에게 엄청난 지옥을 줘야지. 한 번 죽은 걸로 끝내지 않을 거야. 몇 번이고 전생시켜서──."

리암이 울면서 용서를 비는 모습을 상상하면서 안내인은 그때가 오기를 기다렸다.

그때, 피부를 태우는 듯한 불쾌한 느낌이 들었다.

안내인은 그것만으로 리암이 가까이에 있다고 판단했다.

"왔는가, 리암!"

워프 홀이 나타나고, 거기서 함정이 차례차례 나타났다.

안내인이 기뻐하며 컵을 내던지고 양팔을 벌렸다.

"흐하하하! 기다리고 있었다고, 리아아아암—— 어엉?"

뭔가가 이상했다. 워프 홀에서 나오는 함정의 수가 너무 많았다.

3만 척을 넘어 더더욱 증가했다.

"아니, 잠깐만! 대체 어떻게 된 거지?! 어디서 그런 병력을 준비한 거지?!"

리암이 데려온 함대는 수가 10만을 넘었다.

안내인이 머리를 싸맸다.

리암의 강한 감사하는 마음이 안내인의 피부를 불태웠다.

"왜냐. 어째서냐아아아! 넌 어째서어어어!!"

기함이 워프 홀을 빠져나온 직후였다.

"응?"

내가 얼굴을 드니 홍차를 가져온 마리가 내 모습에 의문을 가진 듯했다.

"왜 그러시죠, 리암 님?"

"——아냐, 기분 탓이야."

마리에겐 얼버무렸지만 그리운 안내인의 목소리가 들린 것 같은 느낌이 들었다.

분명 이 전장에서도 그 녀석이 지켜봐 주고 있을 것이다.

그렇다면 이 결과도 당연하군.

마리에게 받은 홍차를 마시자 오퍼레이터들의 보고가 차례차례 달려왔다.

"제24함대, 무사히 홀 아웃 했습니다."

"제36함대, 지시를 요청하고 있습니다."

"적 함대를 확인! 양군, 아직 교전하고 있지 않습니다!"

내 영지에 쳐들어온 바보가 있다는 소식을 듣고 돌아가려고 했더니 '아, 도와줄게'라고 말해준 정규함대의 사령관이 많았다.

국경을 완전히 비울 수는 없으니 일부는 남았지만 그래도 12만 척이나 모였다.

역시 뇌물의 효과는 절대적이구나!

뇌물이라 해야 할까, 보급물자를 적절하게 전해줬을 뿐인데, 그걸 은혜로 생각하니 고마울 따름이다.

그리고 상인들이 보급물자를 차례차례 보내줘서 거리낌 없이 대함대를 움직일 수 있다.

어용상인을 늘려두길 잘했다.

티아가 나에게 작전을 제안했다.

"리암 님, 이 상황이라면 적을 협공할 수 있습니다. 수는 저희가 적지만, 번필드가의 함대를 돌격시키면 큰 타격을 줄 수 있지 않겠습니까."

"그런가."

티아의 작전을 받아들이려 하자 지금까지 조용히 있던 사령관이 황급히 나를 말렸다.

"기다리십시오!"

평소에 아무 말도 하지 않는 사령관이 당황한 모습을 보고 티아도 약간 놀랐다.

"──사령관, 무슨 문제라도?"

티아가 바로 사령관을 째려보고 마리가 무기에 손대려고 할 때, 난 자리에서 일어나 둘을 제지했다.

"잠깐 대기. 사령관, 뭔가 다른 제안이 있나?"

그러자 사령관은 헛기침한 뒤에 나에게 설명해줬다.

"확실히 돌격은 유효한 방법이지만 지금은 피해가 너무 큽니다. 이만한 규모의 전투라면 그에 맞는 방법이 있다고 생각합니다."

유리시아가 사령관을 의심하는 시선으로 보고 있었다.

"그에 맞는 방법이라면?"

사령관은 한순간 시선을 이리저리 돌렸지만, 금방 작전을 설명해줬다.

"우선은 거리를 두고 서로 사격하는 게 좋겠습니다."

팔짱을 낀 마리는 사령관의 소극적인 전투 방식이 마음에 안 드는 듯했다.

"너무 소극적이네요. 리암 님께 어울리는 싸움이 아니에요."

──어? 그런가? 애초에 나에게 어울리는 전투 방식은 뭘까?

사령관은 주위 사람의 반대를 받았지만, 이번에는 어느 때보다 더 진지한 표정을 짓고 있었다.

"제왕에게는 제왕의 전투 방식이 있습니다. 백작님께서 지금까지 해적을 상대로 무공을 쌓아온 것은 사실이지만, 이만한 규모의 함대를 이끌 때도 그래서는 안 됩니다."

나에게 제왕의 전투 방식을 설파하는 사령관을 보고 티아가 격노하여 무기에 손을 댔다.

"무례하다. 리암 님은 이미 제왕의 품격을 지니고 계신다! 너에게 그런 말을 들을 이유가 없다!"

티아에 이어서 마리도 나를 칭송했다.

"이 세상의 절대적인 존재가 바로 리암 님이야. 네 얕은 생각 따위는 리암 님께 필요 없어."

──이 녀석들은 아직도 내가 어떤 사람인지를 모르는 건가?

분명 이 녀석들의 눈에는 내가 엄청 훌륭한 인간으로 비치고 있을 것이다.

하지만 그건 전부 착각이다.

"그만."

난 티아를 밀어내고 사령관을 봤다.

그의 진지한 눈을 보고 난 승부사로서의 사령관을 믿었다.

흐름을 읽는다. ──여기서 실천해보자고.

"좋아. 전군에 전달해라. 거리를 두고 공격을 개시한다. 적과의 거리는 항상 일정하게 유지하라고 전해라."

내 명령에 티아와 마리가 눈을 휘둥그레 뜨며 놀랐다.

그만큼 의외인 것이리라.

원거리에서 깔짝깔짝 공격하는 비겁한 전투 방식이지만, 애초에 악덕 영주는 비겁자다.

이기면 그만이다.

전투 방식 따위는 아무래도 좋다.

마리가 내 의사를 확인했다.

"리암 님?! 저, 정말로 괜찮습니까?"

"끈질겨. 내 명령에 따라라."

사령관은 안도하고 있었다.

(웃기지 말라고! 저런 대함대를 상대로 돌격이라니, 바보인가? 이 상황엔 서로 깔짝깔짝 사격하다가 지쳐서 빼는 게 안전하잖아!)

어떻게든 돌격을 피해 안도한 사령관은 더는 리암 일행과는 엮이지 않겠다고 마음속으로 맹세했다.

(이대로 거리를 두고 싸우면 이 전함은 침몰하지 않겠지!)

리암이 탄 전함은 특별하게 주문한 것이라 쉽게 침몰하지 않는다.

하지만 그때 리암이 터무니없는 말을 했다.

"좋아, 나도 주포를 쏘고 싶으니까 기함은 앞으로 나가라!"

신나서 기함을 앞으로 내라는 말을 꺼냈다.

(——어?)

사령관은 놀랐는데, 그건 주위 사람도 마찬가지였다. 부관인 유리시아도 놀라고 있다.

"중장님, 앞으로 나가지 않는 게 아닌지?"

"거리를 두면 안전하잖아? 그렇다면 제일 앞에 나서서 적을 격추해야지. 야, 주포 격발장치 나한테 넘겨."

(거짓말이지?! 아 자식 무슨 소릴 하는 거야?! 보통 기함은 안전한 후방에서 대기하는 법이잖아!)

사령관은 리암이라는 인간을 이해할 수 없었다.

리암은 격발장치를 쥐고 아쉽다는 듯이 중얼거렸다.

"어비드를 가져왔어야 했어. 그러면 출격할 수 있었을 텐데."

정말로 아쉬워하는 리암은 유리한 적에게 기동기사로 돌격하고 싶다고 말했다. 사령관은 그 마음이 조금도 이해되지 않았다.

(난 아마 이 녀석과는 평생 서로 이해하지 못할 거야.)

협공을 당한 버클리가의 함대는 대혼란에 빠졌다.

원군으로 나타난 리암의 함대가 뒤에서 거리를 유지하며 공격했다.

반면 아군은 근거리에 강한 함정을 주력 편성한 탓에 장거리 사격에 대응할 수 있는 함정이 적어, 적의 공격을 맨몸으로 버티는 수밖에 없는 상황이 이어졌다.

미사일을 대량으로 적재한 함정이 기함 근처에서 대폭발을 일으켰다.

"젠장!"

돌프가 조작 패널 위로 주먹을 내리쳤다.

적은 아무래도 수비가 허술한 함정을 노리고 있는 듯했다.

진이 돌프의 멱살을 잡았다.

"야, 얘기가 다르잖아! 저놈들은 돌격할 거라며?!"

"진정하십시오. 이렇게 되면 적의 기함을 찾아 저격하는 수밖에 없습니다. 머리를 쳐서 적을 혼란에 빠뜨리는 겁니다."

"적 대장이 어디에 있는지 알면 고생 안 하지!"

버클리가의 함대도 적 지휘관이 탄 함정을 찾고 있었다.

번필드가의 함대 쪽에는 파괴하기도 어려운 요새급의 모습이 보였지만, 원군으로 달려온 함대는 어디에 지휘관이 있는지 판단이 안 섰다.

그때 돌프가 타고 있던 함정이 공격을 받아 크게 흔들리더니 진이 쓰러졌다.

진은 비틀비틀 일어서서 브릿지에서 도망쳤다.

"이, 이젠 틀렸어! 난 버클리가의 후계자라고! 이런 곳에서 죽을 수는 없어!"

도망치는 진의 등을 보며 돌프는 속이 시원하다는 표정을 지었다.

"흥, 너 따위한테는 처음부터 기대하지도 않았어. 그나저나, 이 상황을 어쩐다."

아직은 수적으로 유리하지만, 이대로 있을 수는 없다.

돌프가 역전의 계책을 생각하고 있으니 이상한 목소리가 들려 왔다.

『──돌프, 너에게 힘을 빌려주지.』

"누구냐?!"

돌프가 뒤돌아봤지만 아무도 없었다.

환청이라도 들린 게 아닐까 생각하고 있으니 오퍼레이터가 외 쳤다.

"적 원군의 기함을 발견했습니다!"

"뭐라고?!"

10만을 넘는 적들 사이에서 리암이 타고 있을 함정을 찾아냈다.

그것은 엄청난 행운이었다.

"이렇게 되면 예정과는 다르지만 우리가 돌격해서 리암을 친다!"

버클리가의 함대가 리암의 전함에 돌격하려고 했다.

번필드가── 요새급의 격납고.

그곳에는 리암의 전용기인 어비드가 보관되어 있었다.

검고 큰 기체는 주인이 없어 나설 기회가 없다.

그때 어비드 앞에 개 한 마리가 나타났다.

그 개는 반투명하게 비쳐 보였고, 아련하게 빛나는 듯이 보였다.

개는 어비드를 바라보며 하울링 하듯이 울었다.

울음소리에 반응하듯이 어비드의 트윈아이가 빛을 발했다.

엔진이 움직이기 시작하고 주위에 마법진이 떠오르더니 거기서 큰 로켓 부스터 세 개가 나타났다.

사람의 손을 빌리지 않고 거의 제멋대로 연결되어 갔다.

부스터를 장착한 어비드는 자신을 고정한 장치를 멋대로 풀고 한 걸음 내디뎠다. 어비드는 그대로 걸어서—— 해치를 억지로 열어젖혔다.

개는 어느샌가 자취를 감추었다.

어비드가 혼자서 움직이자 당황한 정비병이 통신기에 소리쳤다.

"이봐, 누가 어비드의 출격 허가를 내렸나?!"

『무슨 소리냐? 어비드는 리암 님의 전용기다. 움직일 수 있는 놈이 있겠냐.』

"그러니까 그 어비드가 움직이고 있다고!"

『아니, 그러니까——.』

어비드는 그대로 우주공간으로 나가서 부스터를 사용해 적진 속으로 파고들었다.

적을 노려서 쏘고 있었는데 질리기 시작했다.

지금은 포격수에게 맡긴 난 시트에 앉아 하품하고 있었다.

전투가 시작되고 며칠이 지났지만, 적이 상상 이상으로 만만하고 반격도 미적지근했다.

뭐랄까, 약하다. 예상 이상으로 너무 약하다.

긴장한 얼굴의 세드릭이 나에게 말을 걸었다.

"특무참모 공은 여유로운 것 같네."

"이미 이긴 거나 마찬가지잖아?"

"끝날 때까지 끝난 게 아니야."

착실한 세드릭은 전쟁이 시작된 뒤부터 계속 저 얼굴이었다.

한편 월레스는 졸린 듯이 꾸벅꾸벅 졸았다.

아무리 이복형제라고 해도 너무 성격이 다른 거 아닌가?

꼭 내가 황족 중에서 꽝을 뽑은 것 같잖아.

방에 돌아갈까 하는 생각을 하고 있으니 유리시아가 나에게 보고했다.

"중장님, 적 일부가 이쪽을 향해 돌격해 옵니다!"

"뭐?"

모니터를 보니, 전장을 간략화한 영상에서 적 일부가 내가 탄 기함으로 곧장 돌격하고 있었다.

티아가 바로 아군에게 지시를 내렸다.

"기함을 물려라! 진형을 변경해서 놈들을 포위해라!"

바로 함대가 진형을 바꾸어 적을 둘러싸려고 했지만, 적은 속도를 늦추지 않았다.

난 팔짱을 꼈다.

"놈들이 먼저 도달하겠는데."

전장에서 돌격을 반복해온 덕분인지 왠지 모르게 예상이 됐다. 내 감은 적의 돌격이 도달할 것이라 말하고 있었다.

소란에 눈을 뜬 월레스가 상황을 확인하자 떨기 시작했다.

"어, 어떡할 거야! 저렇게 돌격해오면 버틸 수 있어?!"

세드릭이 혼란에 빠져 소란을 피우는 월레스를 뒤에서 잡아 꼼짝 못 하게 했다.

"소란 피우지 마! 특무참모, 넌 당장 탈출해. 놈들이 노리는 건 너다."

난 고개를 갸웃하면서 되물었다.

"넌 안 도망가?"

"미안하지만 난 이 배가 마음에 들어. 출세하지 못하던 인생 속에서 겨우 손에 넣은 행복이야. 마지막까지 자리를 지킬 거야."

이 녀석, 월레스보다 훨씬 착실하잖아? 이런 녀석은 써먹을 때 호감을 품을 수 있다.

"마음대로 해. 근데 난 이 정도로 물러날 생각은 없어. 티아, 기동기사를 준비해라. 라쿤을 타고 나가겠다."

"리암 님?!"

내가 기체를 준비하라고 말하자, 드물게도 티아가 반항했다.

"생각을 바꿔주세요. 이런 상황에 리암 님을 출격시킬 수 없습니다!"

그러나 옆에서 대기하던 마리가 내 의견에 찬성하며 티아에게 반론했다.

"리암 님이 명령하면 따르는 게 기사지! 네년의 의견을 강요하지 마!"

티아가 무기를 뽑았다.

"화석이, 상황 파악도 안 되는 거냐?! 리암 님께 만일의 사태가 생기면 어떻게 책임을 질 생각이냐! 네 쓰레기 같은 목숨과는 가치가 다르다고!"

사납게 욕하는 두 사람의 위압감에 주위 사람이 입을 다물었다.

두 사람은 싸우느라 주위의 상황이 안 보이는 듯했다.

──이젠 지긋지긋하다.

"너희 둘!"

난 두 사람에게 다가가 머리를 잡고 바닥에 세게 내리쳤다.

"리, 리암 님?!"

"무, 무슨──."

당황한 티아와 마리 두 사람은 필사적으로 발버둥 쳤지만 내 힘에는 거스를 수는 없었다.

두 사람은 머리가 바닥에 눌려 엉덩이를 내밀고 있는 자세가 되었다.

난 어리둥절한 두 사람에게 설교했다.

"너흰 내 눈앞에서 언제까지 시끄럽게 싸울 생각이냐? 난 분란을 허락한 적 없어."

힘을 점점 더 세게 주자 마리가 허둥지둥 변명했다.

"아, 아닙니다! 이건 리암 님의 명령을 거스르는 이 년을—— 힉!"

더 강하게 두 사람의 머리를 바닥에 누르자 바닥이 움푹 팼다.

"너희에게 허락된 건 내 앞에 공적을 쌓는 것뿐이다. 그렇게 하면 내가 너희를 올바르게 평가해주지. 언제까지고 내 앞에서 애들 싸움을 보이지 마라."

티아가 울상이 되어 바라보았다.

"요, 용서해주십시오. 부디. 부디!"

완전히 겁먹은 두 명의 여기사. 나쁘지 않은 그림이지만, 평소 행실이 끔찍해서 조금도 흥분되지 않았다. 하지만 이 녀석들은 우수하니 이번은 용서해주지. 벌은 받아야겠지만.

"지금까지의 공적을 봐서 용서해주겠지만, 필두기사와 차석기사 지위는 박탈한다."

티아와 마리의 얼굴이 절망으로 물들었지만, 그런 건 아무래도 상관없다.

좀 더 일찍 버릇을 들여놨어야 했다.

"대답은 어디 갔나?"

둘에게서 '예……' 하고 가냘픈 대답이 돌아왔다.

나는 웃으면서 말했다.

"좋아, 출격이다. 기동기사를 준비해라."

얼굴을 바닥에서 든 티아와 마리가 볼을 빨갛게 물들이고 날 보고 있었다.

하지만 울상으로 쳐다봐도 지위는 돌아오지 않는다.

리암과 마리가 빠져나간 브릿지.

티아가 혼자서 볼을 빨갛게 물들이며 감동에 젖어있는 모습을 보고 월레스가 기겁했다.

"아니, 왜 좋아하는 거야?"

그러자 티아는 코웃음 치더니 월레스에게 설명했다.

"기사 둘을 동시에 짓누르는 힘. 그리고 죽음을 각오하고 돌격해오는 적에 맞서는 담력. 이게 바로 리암 님이야!"

리암에게 혼나는 것조차 포상인 티아로서는 지금까지 그다지 보지 못했던 리암의 모습을 봐서 기뻤다.

세드릭이 어깨를 축 늘어뜨렸다.

"저기, 빨리 지시를 내리셔야 할 것 같은데요."

아군은 돌격해오는 적에게 조금씩 밀리고 있었다.

티아는 바로 마음을 다잡고 차례차례 지시를 내렸다.

"기동기사대 출격 준비! 근거리에 강한 함정을 앞으로 보내라! 장갑이 불안한 함정은 빼서 포격에 집중시켜라. 아군을 쏘지 말라고 전해둬라."

마음을 다잡자 차례차례 지시를 내려 기동기사가 활약할 수 있는 전장을 조정해 나갔다.

　유리시아는 그 모습을 보고 중얼거렸다.

　"본성은 좀 이상하지만 실력은 우수하네."

　방치된 사령관은 시트에서 기도하듯이 살아남기만을 빌었다.

　버클리가의 함대.

　돌프는 적이 기동기사를 출격시켰다는 보고를 받고 바로 대기시켜뒀던 기동기사들을 출격시켰다.

　그리고 리암의 어비드 대책으로 준비한 기체도 꺼내게 했다.

　"특수기도 출격시켜라! 아끼지 마라!"

　버클리가가 준비한 특수기는 어비드와 같은 대형 기동기사로, 어비드를 분석하여 대항할 수 있도록 제1, 제2병기공장이 만든 최신기였다. 그저 어비드를 쓰러뜨리기 위해서 개발했다고 해도 과언이 아니다.

　이들은 그걸 12기나 준비했다.

　"어비드, 발견되지 않습니다!"

　"상관없다! 안 나오면 적 기함을 습격하도록 해라!"

　돌격을 상정한 훈련은 없었지만 버클리가의 함대는 물량으로 밀어붙여 리암의 턱밑까지 달려들었다.

　돌프의 집념과 안내인의 가호에 의해 이루어진 결과였다.

돌프 옆에 선 안내인도 이 좋은 기회에 외쳤다.

"놈이다! 리암은 저기 있다! 돌프, 제일 앞의 기체를 파괴해라!"

안내인의 목소리 따위는 들리지 않을 텐데, 돌프의 시선이 저절로 리암에게 향했다.

"제일 앞의 기체다! 놈은 거기에 있다!"

돌프는 자신의 직감이라고 생각했지만, 사실은 안내인이 옆에서 리암의 위치를 알려주고 있었다.

안내인이 양팔을 벌리자 검은 연기가 바닥에 빨려 들어갔다.

그 검은 연기가 격납고까지 닿아서 대 어비드용 특수기에 파고들었다.

"리아아아아아암!"

안내인도 달아올라서 양산기에 탄 리암에게 특수기를 보냈다.

리암이 라쿤에 올라탄 것을 확인한 마리는 보라색 파일럿 수트를 입으며 옆에 있는 니아스에게 말을 걸었다.

"좋은 기체야. 하면 되잖아."

콕핏 앞에서 그렇게 말하자 니아스가 원망의 눈길을 보냈다.

"라쿤에서 장갑판을 줄여서 내구성에 약해졌어요! 그만큼 기동성이 향상됐지만, 도무지 좋다고는 할 수 없어요!"

"안타깝지만 난 가벼운 기체를 더 좋아해서."

새로 만든 기동기사는 전체적으로 몸이 늘씬했다.

라쿤과 달리 여우를 닮은 디자인이었다. 머리 부분도 여우가 생각나는 모양이었다.

양팔에는 빔 머신건, 멀티 런처를 탑재한 복합무기가 달려있었다. 양팔에 작은 방패를 들고 있는 것처럼 보이는데, 그 외에도 다양한 기능이 탑재되어 있었다.

니아스는 외관을 중시한 기체—— '테우멧사'를 보고 한숨을 쉬었다.

"조종하기 정말 어려울 거예요. 여러분, 정말 잘 다룰 수 있어요?"

니아스는 마리의 조종기술을 믿지만, 마리의 부하들의 실력이 어느 정도인지 몰랐다.

그러자 마리는 보라색으로 도색한 전용기에 타면서 대답했다.

"어비드에 비하면 아무것도 아니지. 애초에 2,000년 전에는 더 다루기 어려운 기체를 몰았으니 이 정도는 다들 문제없어."

니아스가 무슨 말인지 모르겠다는 듯이 고개를 갸웃했지만, 마리는 더 설명하지 않았다.

마리가 콕핏의 시트에 앉자 자동으로 조종간이 적정한 위치에 고정되었다.

조종간을 쥐자 해치가 닫히고 벽에 주위의 영상이 나타났다.

격납고에 양산형 테우멧사에 타는 기사들이 보였다.

양산형인 테우멧사의 바이저가 기동하여 빛을 발하는 것을 보면서 마리는 입꼬리를 올렸다.

"이만한 기체를 주셨으니, 역시 그에 맞는 활약을 보여드려야지. 다들, 리암 님의 적을 전부 피의 제물로 삼아."

마리가 명령하자 동료들이 환성을 질렀다.

"맡겨주십시오!"

"오랜만에 날뛰어보자고요."

"마침 적도 제국 귀족이잖아요? 저도 기대돼서 참을 수가 없어요."

혈기왕성한 부하들의 반응에 마리도 응했다.

"──마리가 전장에 돌아왔다고 굼벵이 놈들에게 가르쳐주지."

라쿤의 콕핏은 다른 기동기사보다 더 넓었지만, 전체적으로 어비드만 못했다.

"그래도 뭐, 생각했던 것보다는 괜찮네."

공중에 작은 창이 나타나고 니아스의 얼굴이 표시되었다.

『리암 님이 탄 라쿤은 프로토타입이에요. 특별제라고요.』

"프로토타입이란 단어가 도리어 불안한데."

애초에 프로토타입은 무슨 문제가 일어나도 이상하지 않다.

어차피 차세대기라고는 해도 결국은 양산기 후보일 뿐. 더구나 외관이 이상해서 채용될지조차 미지수다.

난 싫진 않지만 요즘 유행과는 달라서 제국군에 보급될 것 같지는 않았다.

　조종간의 감촉을 확인하는 나는 어비드의 콕핏이 그리워지기 시작했다.

　"역시 어비드를 가져왔어야 했어."

　『라쿤도 좋은 기체거든요! 돈을 잔뜩 들인 어비드랑 비교하지 마세요.』

　고급 시트가 그립다.

　그렇게 생각하고 있으니 버클리가의 함대에서도 기동기사가 출격했다.

　기동기사를 얼마나 들고 온 건지, 수천에 달하는 기체가 계속 쏟아져나왔다.

　버클리가의 함대를 중심으로 생각하면 바로 위에서 덮치는 게 우리고, 적은 올라오는 형태가 된다.

　물론 무중력이라 위아래의 의미가 없지만.

　내가 탄 라쿤은 오른손에 큰 도끼를 들고 왼손에 빔 개틀링건을 들고 있었다.

　어비드와 달리 무장이 부족하지만, 뭐 핸디캡 게임이라고 생각하면 된다.

　"자, 행차 나가신다!"

　풋 페달을 밟아 가속하자 콕핏 내부에도 다소의 흔들림이 느껴졌다. 어비드는 이런 걸로 흔들리지 않는다.

적은 현재 유행을 따른 최신 기체뿐이었다. 구식 기체는 한 기도 없었다.

적과 엇갈릴 때 큰 도끼를 끝까지 휘둘러 적 한 기를 반으로 갈라 격파했다.

날아오는 빛과 탄환, 미사일을 피하고 빔 개틀링건의 방아쇠를 당겼다.

광학병기의 공격이 적을 꿰뚫어 파괴했다.

"데릭보다는 싸우는 맛이 나네!"

아군 기동기사가 날 덮치려고 한 적을 빔 머신건으로 파괴해 나갔다.

『리암 님, 엄호하겠습니다!』

마리가 탄 보라색 테우멧사가 날 엄호하러 들어왔다.

내 사각을 지키는 마리 덕분에 난 눈앞의 적에 전념할 수 있었다.

"어비드가 아닌 기체로 실전에 나오는 건 처음이네. 자, 어떤 느낌일까?"

덤벼오는 적을 큰 도끼로 내려찍고 발사된 미사일을 빔 개틀링건으로 요격해 나갔다.

확실히 라쿤도 나쁜 기체가 아니다.

외형은 심하게 귀엽지만, 이 정도면 니아스가 멋대로 제조한 300기는 사도 괜찮겠다.

적기가 차례차례 파괴되어 우주공간에서 터졌다.

"우주공간에서 폭발하다니, 굉장하네! 무슨 원리일까!"

압도적인 힘으로 무찔러나갔다.

다만, 어비드에 익숙해진 나에겐 라쿤은 뭔가 부족했다.

내 뒤로 돌리고 한 기체를 마리가 무난하게 파괴해갔다.

이 녀석도 입 다물고 있으면 우수하다.

난 눈앞에 닥쳐온 적을 큰 도끼로 양단하여 파괴하고 라쿤의 평가에 대해 말했다.

"초기 로트 치고는 잘 만들어졌어."

그렇게 중얼거렸는데 적 속에 어비드와 같은 대형기가 섞여있었다.

마리가 빔 머신건으로 쏘아서 파괴하려고 했지만, 장갑이 두껍고 광학병기 대책도 되어 있어서 빔이 튕겨나갔다.

『리암 님, 물러나십시오!』

마리가 바로 날 감싸려고 했지만 라쿤의 팔로 테우멧사를 밀어냈다.

"바보야. 이런 녀석을 기다리고 있었다고."

기체를 앞으로 전진시켜 큰 도끼로 내려치니 적은 배리어 실드를 전개해서 구체 형태의 빛에 감싸였다.

출력이 높아 큰 도끼가 튕겨 나갔다.

"좋은 기체잖아. 하지만 그것만으로 이길 수 있다고 생각하지 말라고!"

적이 날 잡으려고 양팔을 뻗길래 잘라서 날려버렸다.

배리어 실드와 함께 통째로 양단된 것이 이해가 안 되는지 움직임이 단조로워져 있었다.

"안타깝게 됐네."

파고들어서 큰 도끼로 내려쳐 적의 배리어 실드를 깨고—— 두꺼운 흉부 장갑에 날이 막혀버렸다.

"칫."

혀를 차며 큰 도끼를 놓고 거리를 벌리자 내가 있던 곳에 빔과 탄환이 덮쳐들었다. 그 공격에 휩쓸려 적 기체는 폭발하여 흩어졌다.

"좀 단단하네."

위를 보니, 똑같은 커다란 기체 11기가 거기에 있었다.

빨간 트윈 아이가 빛을 발하며 내가 탄 라쿤을 보고 있었다.

마리가 날 보호하듯이 앞으로 나왔다.

『리암 님, 이 녀석들은 위험합니다. 물량으로 둘러싸서 치겠습니다.』

"그러고 싶지만, 주변에서 그렇게 하게 두질 않을 것 같아."

멀리서는 적 전함이 선수를 나에게 향하게 하여 공격을 시작하려 했다.

이쪽에 있는 기동기사가 달라붙어 공격하고 있는데 그걸 무시하고 날 노리고 있었다.

지금은 순순히 물러날까 생각하고 있으니——.

"——어비드?"

기척을 느낀 곳에 시선을 돌리니, 적함 사이를 누비듯이 이쪽을 향해서 오는 기체가 있었다.

유성이 서서히 큰 빛으로 보여서 확대하여 영상을 확인해보니, 부스터를 장착한 어비드가 오고 있었다.

마리가 통신을 받고 혼란에 빠졌다.

『어비드가 멋대로? 바보 같은 소리 하지 마! 대체 누가 타고 있지?!』

어째 번필드가의 함대에서 어비드가 뛰쳐나온 모양이다.

혼자서 멋대로.

난 웃음이 절로 났다.

이런 일을 할 수 있는 녀석이 있다고 한다면 한 명밖에 없다.

"완벽한 어시스트야, 안내인!"

어비드를 향해 기체를 돌격시키고 상대속도를 맞추자 주위에 적이 모여들었다.

어비드가 손을 펼치자 마법진이 나타났고, 거기서 빛을 쏘아 적들을 파괴했다.

어비드에 장착된 부스터가 역할을 끝내고 분리되었다.

어비드가 내가 탄 라쿤을 양손으로 잡고 콕핏의 해치를 열어 날 맞아들일 준비를 했다.

"착한 아이야."

헬멧의 바이저를 내리고 콕핏 해치를 열어서 뛰쳐나갔다.

그러자 어비드가 손을 뻗어서 날 잡고 콕핏에 집어넣었다.

안으로 들어가니 널찍하고 그리운 콕핏이 거기에 있었다.

헬멧을 벗어던졌다.

"널 타는 것도 오랜만이구나."

시트에는 아무도 앉아있지 않았다.

확실하게 안내인의 애프터 서비스의 일환일 것이다.

역시 그 녀석은 의지가 된다.

최고의 타이밍에 어비드를 보내줬다.

"안내인에게 뭔가 사례를 할 수 있으면 좋겠는데. ──자, 이렇게까지 해줬으니 버클리가를 유린해볼까."

시트에 앉아 조종간을 잡고 오랜만에 어비드를 조종했다.

버클리가에 악몽이 나타났다.

『대형기를 가져왔다고 내 어비드를 상대할 수 있을 리가 없잖아아아아!』

양 어깨에 큰 방패를 띄운 검은 기체가 접근하는 모든 기동기사를 파괴했다.

지금은 보기 드문 대형 기체가 버클리가의 대형 기동기사를 손으로 붙잡고 전함에 돌격하여 꿰뚫었다.

관통당한 전함은 폭발하여 흩어졌지만, 폭풍에 휘말린 어비드는 흠집 하나 없었다.

폭발하는 전함을 배경으로 어비드가 대형기의 잔해를 내던지듯이 놓았다.

그 영상을 본 돌프는 미간을 찌푸렸다.

"이게 소문으로 듣던 리암의 어비드인가."

제1병기공장의 신형기로는 상대가 안 됐던 기체.

그리고 탑승한 파일럿인 리암은 기사로서도 파일럿으로서도 초일류다.

어비드의 성능을 끌어낼 수 있는 몇 안 되는 파일럿이기도 하다.

그리고 수많은 이름난 해적들을 물리쳐온 공포의 상징.

그것이 어비드다.

돌프가 흔들리는 함내에서 지시를 내렸다.

"겁먹지 마라! 수로 밀어붙이면 된다. 포위해서 쳐라!"

돌프가 명령을 내리기 전에 현장에 있는 아군은 물량으로 포위해서 쓰러뜨리려 하고 있었다. 하지만 어비드가 그 포위를 압도적인 힘으로 물리치고 있었다.

일방적으로 아군이 파괴되어 가는 광경이 퍼지고 있었다.

"아, 안 됩니다. 아군기는 다른 적기를 상대해서 움직일 수 없습니다."

다른 영상이 돌프 앞에 나타났는데 양손에 큰 나대 같은 무기를 든 기동기사가 아군기를 파괴하고 있었다.

굉장히 거친 움직임과 고함이 들려왔다.

『거슬린다아아아!』

전장에서 싸우는 마리의 테우멧사는 리암을 노리는 대형 기동기사에게 접근하고 있었다.

대형 기동기사를 탄 파일럿은 에이스급 실력자였고 마리의 움직임을 따라왔다.

상대의 지긋지긋하다는 목소리가 마리의 콕핏에도 전해졌다.

『이 괴물놈들이! 너희를 쳐부수고 얼른 리암 놈을 죽여주마!』

병력 차이에 눈 하나 깜짝 안 하는 마리 일행을 상대로 적은 상당히 동요하고 있는 듯했다.

"누가 누굴 죽인다고? 내뱉은 말은 주워 담을 수 없다고~!"

마리는 한쪽 눈을 크게 뜨고 조종간을 당겨 테우멧사의 진정한 모습을 보여줬다.

"——죽여주마."

리암을 죽인다는 말을 듣고 격노한 마리에게 호응하여 테우멧사의 형태에 변화가 나타났다.

꼬리 형태의 유닛이 전개되어 불꽃 같은 이펙트가 나타났다.

입자를 살포하는 모습이 우주공간에서 불꽃이 일렁이는 것처럼 보였다.

전개된 유닛에서는 구체 형태의 비트 여러 개가 날아올랐다.

양 어깨에서 얇은 암이 나타나 복합무기로 장치된 빔 액스를 장착했다. 팔이 네 개가 된 테우멧사는 접근하는 적 양산기를 빔 액스로 양단했다.

그리고 들고 있던 복합무기가 진정한 모습을 보였다.

전개되어서 내부에 수납되어 있던 블레이드가 나타났다.

블레이드 주위에 빔 톱날이 나타나서 블레이드를 따라 움직이기 시작했다.

기체와 길이가 동등한 사슬톱 형태의 블레이드가 나타났고, 마리가 적의 대형기를 향해 가속했다.

일직선으로 온다고 생각했는지, 적기는 라이플을 잡고 테우멧사를 쏘려고 했다.

『멍청이가! 잔기술로 까불지── 아니?!』

적기는 마리가 탄 테우멧사가 아니라 엉뚱한 방향에 총구를 향하고 있었다.

탄환도, 그리고 광학병기도 마리의 테우멧사에는 맞지 않았다.

방향을 바꾼 적은 마리에게 약점을 노출하고 있었다.

"바보는 네놈이다! 이 녀석의 꼬리가 그냥 장식인 줄 알았냐? 지금 네 눈에 내가 어떻게 보이는지 말해보라고!"

『적이 늘어났…… 오, 오지 마!』

마리는 테우멧사가 없는 곳을 필사적으로 공격하는 적에게 쉽게 접근했다.

적 대형기 주위를 돌고 있는 것은 아까 발사한 구체 비트다.

그 비트들 주위에 입자가 달라붙어 적에게 환영을 보여주고 있었다.

레이더까지 속이는 환영이다.

"등 뒤가 텅 비었다고."

『아닛?!』

마리의 테우멧사가 적의 배후로 접근하여 대형 사슬톱 블레이드를 찔러 넣었다.

빔 칼날이 움직여 적의 내부를 갈기갈기 찢었다.

마리의 테우멧사는 억지로 적기를 찢었지만, 본체의 모습은 어디에도 보이지 않았다.

비트가 돌아오더니 테우멧사 주위를 빙글빙글 돌았다. 그리고 사라졌던 테우멧사가 모습을 드러냈다.

"정말 좋은 기체야. 나한테 딱이야."

테우멧사. ──이 기체의 특징은 스펙이 아닌, 적에게 환영을 보여주는 것이다. 물론 광학미채처럼 모습을 감추는 것도 가능했다.

다른 테우멧사도 차례차례 적기를 격파했다.

주위에 떠도는 데브리(우주쓰레기)는 적의 잔해밖에 없었다.

다른 아군들도 주위의 적을 차례차례 파괴하고 있었다.

그런 때에 파괴된 적기가 마리의 테우멧사 옆에 흘러들어왔다.

어째 콕핏은 무사한 모양이며, 마리 일행이 싸우는 모습을 보고 두려워하고 있었다.

마리가 적기를 잡으니 상대의 목소리가 들렸다.

『너, 너희, 어디의 기사단이냐? 그렇게 강하다면 우리가 이름을 모를 리 없다! 대체 어디서 나타난 거냐?!』

설령 귀족이 보유한 가신기사들로 이루어진 기사단이라 하더라도 강하면 제국 내에 이름이 널리 알려진다.

적은 마리 일행이 분명 이름 있는 기사단일 것이라 착각한 듯했다.

"어디서? 2,000년 전의 저주에서 되살아났어."

『2,000년? 무슨 소릴──?!』

테우멧사는 적을 꽉 쥐어 으스러뜨렸다.

적의 정예부대에 아군이 잇따라 꺾여나가는 광경을 보고 돌프는 벌레 씹은 얼굴을 했다.

"윽!"

돌프가 이 상황을 어떻게든 해보려고 머릿속으로 시뮬레이트했지만, 상황은 기다려주지 않았다.

"적기, 옵니다!"

오퍼레이터의 비통한 고함이 들리더니 돌프가 탄 기함에 어비드가 거칠게 미끄러지듯이 착지했다.

장갑 일부가 벗겨져 기체와 액체가 뿜어져나왔다.

어비드가 브릿지까지 다가와서 함내의 상황을 들여다봤다.

『이게 기함인가?』

패배한 날 이후로 한 번도 잊은 적 없었던 리암의 목소리에 돌프는 격분했다.

"리이아아아아암!!"

그 순간 돌프의 증오가 팽창했고, 주위의 파괴된 전함과 기동기사가 기함으로 모여들었다.

조잡하게 달라붙었는데 그 형태는 마치 기동기사의 상반신 같은 모습이었다.

"무, 무슨 일이 일어난 거지?!"

돌프도 혼란스러워했는데, 그 옆에는 굉장히 불쾌한 표정을 지은 안내인의 모습이 있었다.

어금니를 꽉 깨물고 입꼬리에 피를 흘리며 가슴 언저리를 꽉 쥐고 있었다.

"왜 넌 죽지 않는 거냐. 어째서 넌 날 이렇게 괴롭히는 거냐!"

리암의 감사하는 마음이 더 커져 있었다.

리암뿐만 아니라 리암에게 감사하는 많은 사람의 마음도 합쳐져 있었다.

그 모든 것이 안내인을 괴롭게 하는 독이 되었다.

안내인은 있는 힘을 쥐어짜 리암을 죽이려 했다.

상황이 이상하다는 걸 깨달은 리암이 어비드를 기함에서 떨어뜨리고 양팔을 벌렸다.

『아직 비장의 수단이 있었나! 좋아! ——드디어 나도 이걸 쓸 때가 왔군!』

돌프도 안내인도 정말 기뻐 보이는 리암이 얄미워서 참을 수가 없었다.

둘의 목소리가 겹쳤다.

"리암, 네놈만으으으은!"

격노한 안내인이 심장의 형태와 비슷한 기계를 손에 출현시켰다.

고동치고 맥이 뛰는 그것을 기함의 조작 패널에 밀어 넣자 코드가 늘어나 조작 패널을 침식했다.

혈관이 퍼지더니 맥동했다.

"이걸로—— 너르으으으을!!"

기계의 심장은 각지를 여행하는 동안에 우연히 발견한 오파츠 중 하나다.

버클리가의 함대가 모여 완성된 거대한 기동기사가 그 입을 열고 포효하자 함정이 심하게 흔들렸다.

어비드보다 몇 배나—— 몇십 배나 거대한 인간형 병기로 변모했다.

안내인은 비장의 수단을 준비하고 있었다.

"아무리 너라고 해도 이 녀석에겐 이길 수 없겠지!"

테우멧사에 탄 마리가 콕핏에서 본 것은 파괴된 버클리가의 전함과 기동기사가 뭔가에 빨려가는 광경이었다.

그 흐름은 한곳으로 모여 서서히 커졌다.

"무슨 일이 일어난 거지?!"

혼란에 빠진 마리가 본 것은 잔해가 모여 생겨난 인간형 상반신처럼 보이는 기계 괴물이었다.

전함보다 거대한 그 형체는 기동기사나 전함으로 상대할 수 있는 덩치가 아니었다.

마리가 재빠르게 기함에 지시를 내리려고 하는데 티아가 먼저 움직였다.

기함에서 모든 함정을 대상으로 명령을 내렸다.

『적의 거대병기를 향해 일제사격!』

아군 함정이 주포를 괴물에게 겨누고 가지고 있는 무장으로 모든 것을 퍼부었다.

빔과 레이저를 쐈지만, 적 표면을 빨갛게 물들이기만 할 뿐, 큰 효과는 없었다.

미사일도 쏘았지만 폭발한다 해도 표면을 근소하게 깎아내기만 할 뿐이었다.

그렇게 깎아낸 곳도 주위에 떠돌아다니는 데브리를 흡수하고 재생하여 더 크게 팽창해갔다.

"진짜 괴물인가!"

아군이 혀를 차는 마리에게 어느 곳을 가리키며 외쳤다.

『마리 님! 리암 님이!』

리암의 이름을 듣고 바로 어비드를 찾아보니, 괴물 앞에 어비드가 있었다.

마치 맞서듯이 마주 보고 있는데, 크기가 너무 달랐다.

"리암 님!"

바로 구조하러 가려고 하니 버클리가의 기동기사들이 모여들었다.

『가게 두지 않는다! 여기서 놈을 쓰러뜨리면 우리의 승리다!』

"잔챙이들이 방해하지 마라!"

이 상황에 버클리가도 혼란스러운 듯했지만, 그래도 일부가 마리 일행을 방해하기 위해서 왔다.

테우멧사로 차례차례 적을 파괴했지만, 어비드를 구조하러 가지 못해 마리는 허둥대고 있었다.

그때 리암의 목소리가 통신을 통해 이 자리에 있는 모두에게 들렸다.

『비장의 수단이 너희만 있다고 착각하지 마라. 나도 너희에게 보여주지. 비밀병기라는 걸 말이야.』

버클리가는 비밀병기를 준비하고 있었다.

주위의 전함과 기동기사를 이용해 거대한 기동기사 비슷한 것이 완성되었다.

상반신만 있는 무지막지하게 큰 기동기사—— 하지만 이건 그냥 커다란 표적이다.

"전에는 전력을 다하지 못해서 불완전연소였어. 어비드, 네 진정한 힘을 보여줄 수 있어. 완성된 그걸 보여주지."

조작 패널에 손을 대자 음성이 들렸다.

『——커넥트.』

전자 음성이 짧게 그렇게 중얼거리자 어비드의 뒤에 거대한 마법진이 나타났다.

거기서 함수가 나타났다.

초노급 전함을 뛰어넘는 거대한 전함이 서서히 모습을 보였다.

일반적인 전함과 다른 점은 형상이 합리적이지 않은 점일 것이다.

어비드의 아공간에 보관된 거대전함 이것이 내 비장의 카드다. 이걸 준비하느라 진짜 힘들었다.

제7병기공장이 한 번 포기했던 계획.

기동기사가 전함의 성능을 가지도록 만들고 싶다, 그런 바람을 가진 녀석들이 도달한 답.

그것은 전함을 기동기사로 만들면 되지 않냐? 였다.

그리고 무인전함과 기동기사를 합체하기에 이르렀고, 당연하게도 그 계획은 상식인에 의해 기각되었다.

당연하다.

효율성이 너무 떨어진다.

하지만 난 쓸데없는 것을 아주 좋아하는 남자다.

어비드가 거대전함에 접근했다.

거대전함 '그리핀'에서 어비드를 향해 코드가 뻗어 나와 각 부분에 연결하자 에너지가 흘러들어왔다.

어비드의 공간마법에 무기만 들어있는 건 아니다.

기간틱 게이트 키퍼 그리핀 뭐시기~ 라는 긴 이름이 붙은 거대전함이 통째로 수납되어 있다.

어비드가 마법진에서 그 모습을 드러낸 그리핀에 이끌려갔다.

나타난 그리핀은 마법진에서 그 모습을 보이더니 변형하기 시작했다.

거대한 전함이 변형하는 것은 어렵지만, 이건 기술 집단인 제7병기공장에서 만든 것이다. 부드럽게, 그리고 빠르게 인간형으로 변형해갔다.

머리 부분에 어비드가 격납될 무렵에는 거대전함이 인간형으로 바뀌어 있었다.

진짜 쓸데없다! ――압도적으로 쓸데없는 기능이다!

"어떠냐! 백성한테서 쥐어짠 혈세로 만든 병기가! 최고로 쓸데없지?"

압도적인 낭비의 극치다.

애초에 그리핀을 한 척 마련할 자원으로 만 단위의 함대를 갖출 수 있다. 심지어 함대는 운용을 할 수 있지만, 그리핀은 평소에 아공간에 머무를 뿐이다.

존재 자체가 낭비의 극치―― 그것이 그리핀이다.

하지만 난 쓸데없이 힘을 추구해왔다.

그리고 그 답이 바로 전함을 인간형으로 변형시켜 전함급의 성능을 가진 기동기사를 만드는 것이었다.

이렇게 해도 적이 조금 더 크지만, 그런 건 문제도 아니다.

이런 어이없는 걸 진짜로 만들다니, 제7병기공장 녀석들은 바보다.

하지만 초거대 기동기사끼리의 싸움이라니, 마음이 설레는구나!

한 번은 꼭 해보고 싶었다!

"어비드, 네 전력을 보여줘라!"

난 그리핀의 머리 부분에 격납된 어비드의 콕핏에서 전장을 봤다.

눈앞에 참으로 추악한 거대 로봇이 있지 아니한가.

딱 좋은 놀이 상대를 앞에 두고 조종간을 쥐고 풋 페달을 밟으니 마치 어비드가 대답하듯이 으르렁거렸다.

엔진이나 동력로의 진동이나 그런 것이겠지만, 이런 건 기분의 문제다.

어비드의 에너지와 명령이 그리핀에 전달되고 증폭되어 거대한 팔다리가 움직이기 시작했다.

거대한 그리핀의 팔이 상대의 팔을 파괴했다.

"어떠냐. 온통 레어 메탈로 만든 특제라고. 평범한 금속 덩어리는 상대가 안 된단 말이다!"

상대의 팔 하나를 파괴하고 찢어서 집어던졌지만, 적은 주위의 데브리를 끌어들여 재생해나갔다.

"오, 재생기능이 있나. ──이거 재미있어지네."

모처럼 전력을 낼 기회이니 마음껏 즐겨주마.

패트롤 함대의 기함 브릿지에서는 눈앞의 광경에 유리시아가 경악하고 있었다.

"이 무슨 바보 같은 짓을."

소문으로만 들었던 그리핀이 진짜로 전장에서 날뛰는 모습은 도무지 현실감이 들지 않았다.

그리핀이 손가락 끝부분을 반짝이더니 열 개의 손가락에서 빔을 발사했다.

하나하나가 전함조차 쉽게 꿰뚫을 듯한 굵은 빔이었다.

그리핀은 손끝을 움직여 열 개의 빛을 마음껏 휘둘렀다.

데브리가 모여 이루어진 거대한 괴물은 그리핀의 공격에 몸이 불타고 찢겼다.

손끝뿐만이 아니다.

그리핀은 온몸에 무장을 탑재하고 있어 온갖 곳에서 레이저와 빔, 실탄을 쏟아냈다.

그 광경에 유리시아가 소리를 지르고 말았다.

"바보 아냐?! 진짜 바보지?! 저런 병기를 만들 기술이 있으면 달리 할 일이 있잖아?!"

이론상은 가능. 하지만 많은 사람이 생각만 하고 실천하지 않는 병기가 바로 그리핀이다.

제3병기공장에서 개발에 관한 나름의 지식을 가지고 있는 유리시아가 보기에 그리핀은 쓸데없는 낭비에 불과했다.

혼란스러운 브릿지에 수상하게 안경을 반짝이는 니아스가 나타났다.

만반의 준비를 하고 등장—— 했다고 본인은 생각하는 듯했다.

"보셨나요? 이것이 제7병기공장이 가진 기술의 정수를 모아 만든 기동기사예요."

그리핀을 기동기사라 우기는 니아스를 보고 유리시아가 따지고 들었다.

"너희는 대체 뭐 하는 거야! 저런 쓸데없는 병기를 만들 생각을 용케도 했네! 평소라면 생각조차 안 할 일이잖아!"

제7병기공장은 극단적으로 정비성과 생산성을 중시하는 기술 집단이다.

유리시아는 그들이 저런 비효율적인 병기를 좋아할 리가 없었다고 생각했다.

하지만 니아스는 대담하게 웃었다.

"로망이에요."

"——어?"

"그러니까 로망이에요. 우리도 가끔은 생산성과 정비성, 그리고 유용성을 무시하고 만들고 싶은 게 있다고요. 누구도 만들 수 없는 압도적인 병기! 멋지지 않아요?"

"그건 못 하는 게 아니라, 안 하는 거야! 다른 전장에서는 쓸 방법이 없잖아!"

이번처럼 거대한 괴물이라도 나오면 쓸 방법이라도 있겠지만, 다른 전장에서는 도무지 쓸 일이 없다.

브릿지에서 전장을 바라보고 있던 월레스가 외쳤다.

"리암이 결판을 낸다!"

◇ ◆ ◇ ◆ ◇

그리핀이 적에게 온몸으로 빔과 레이저를 쏘아 댔다.

테스트로는 딱 좋지만 이래서는 질려버리겠는데.

"이걸로는 부족한가."

적이 팔을 휘두르자 그리핀의 손끝에서 블레이드가 나타나 적의 팔을 잘라버렸다.

그리핀의 손끝에서 빔을 쏘아 만들어낸 빔 소드였다.

적의 팔을 잘라 날려버렸을 때, 가까이에 있던 버클리가의 전함과 기동기사가 말려들었다.

그리핀이 움직이기만 해도 버클리가에는 큰 피해가 났다.

빔 소드도 위력이 엄청나지만, 그리핀의 움직임으로는 아무래도 일섬류를 재현하는 건 힘들겠지.

양손으로 빔 소드를 만들어 괴물을 잘게 잘라나갔다.

괴물은 팔을 재생시켜 방어하는 자세를 보였다.

그 양팔을 빔 소드로 둘로 잘랐지만, 파괴하자마자 주위의 데브리를 끌어들여 재생했다.

"미사일 발사."

그리핀의 각 부위에서 발사한 미사일이 적에게 명중해 폭발했다. 작은 빛이 수없이 폭발하는 것처럼 보였다. 그리핀과 괴물이 너무 큰 탓에 그리 보이는 것이다.

사실은 상당한 규모의 폭발이 일어나고 있을 텐데, 전부 작은 빛으로 보이는 스케일이다.

　그런 작은 빛이 수백, 수천이나 이어지면 괴물의 표면을 깎아내기에는 충분한 위력이 된다.

　적은 공격으로 몸 대부분을 잃었지만 흩어진 데브리를 회수해서 다시 회복했다.

　이래서는 끝이 없다.

　"쓰레기를 끌어모으는 기능 하나는 탐나네. 뭐, 슬슬 됐나."

　특제 조종간이 나타났고, 나는 그것을 잡아당겼다.

　에너지가 그리핀의 흉부에 모여들었다.

　흉부의 장갑이 열리니 거기서 빛이 넘쳐흐르고 있었다.

　"터무니없이 강한 주포야말로 로망이지! ──너도 그렇게 생각하지?"

　재생하면서 이쪽을 향해 다가오는 괴물에게 말을 걸었지만, 당연히 대답은 돌아오지 않았다.

　대신 괴물은 아직 다 재생되지 않은 팔을 휘둘러 그리핀을 공격했다.

　그 일격마다 그리핀이 크게 흔들렸지만, 괴물보다 더 튼튼해서 큰 피해는 없다.

　"조금은 재밌었어. 그리핀의 시험 운전에 어울려줘서 고마웠다."

　조종간의 방아쇠를 당기자 모인 에너지가 발사되었다.

　모든 적을 다 태워버릴 것 같은 강력한 공격이었다.

아주 두꺼운 빛이 적을 삼켰고, 적의 재생을 웃도는 속도로 몸을 태웠다.

적이 막으려고 양손을 뻗었지만, 그 양손도 속절없이 녹아내렸다.

"소용없다고!"

결국 몸을 유지할 수 없었는지, 적이 부서지기 시작했다. 나는 만족스럽게 그 광경을 바라보았다.

결국 적은 몸이 뿔뿔이 흩어지고 말았다.

"주포를 쏴서 끝낼 거면 꼭 인간형으로 변신할 필요 없잖아?"

당연한 사실만 재확인하고 끝났다.

하지만 이 쓸데없는 기능이 좋은 것이다.

그리핀이 어느 영상을 확대했다.

거기에는 적 기함이 떠올라 있었다.

너덜너덜해서 더는 움직일 수 없을 것 같았다.

"날 애먹였군. 아니, 잘 버텼다고 해야 하나? 그리핀의 주포를 맞고 살아남다니, 운이 좋아."

거대한 그리핀의 손이 전함의 브릿지를 잡았다.

『리암 님, 적이 후퇴하기 시작했습니다.』

그대로 찌부러뜨리려 하는데 티아의 통신이 들어와 난 움직임을 멈췄다.

그리핀과 괴물의 전투로 적은 대부분 괴멸했다. 살아남은 적은 기껏해야 수만 척이었다.

"끝나고 보니 결국 교본대로 싸웠네."

『제왕의 전투에 어울리는 승리입니다.』

"빈말은 됐다. 하지만 모처럼이니까 마지막까지 교본대로 가볼까. ──전군 돌격. 한 척도 놓치지 마라."

도망쳐서 또 저항하면 성가시니 이참에 버클리가를 뿌리뽑기로 했다.

다만 놈들은 혈족이 수두룩하니 이 전투 한 번으로 끝장을 보기는 어려울 것이다.

──끝까지 모두 잡아서 처리할 생각을 하니, 제법 귀찮네.

하지만 이왕 하는 거 철저하게 해보자고.

누구에게 싸움을 걸었는지 가르쳐줘야 하니 말이다.

천장을 보고 바닥에 쓰러진 돌프는 입에서 피를 토하면서 웃고 있었다.

배에서 피가 나오고 있었고, 그걸 자신의 손으로 막고 있었다.

"──역시 난 옳았다."

돌프는 웃으며 리암과 티아의 대화를 듣고 있었다.

그리핀에게 붙잡혀 도망칠 곳을 잃은 기함 속에서 돌프는 승리를 선언했다.

"돌격 따위는 어리석은 짓이다. 방어 중시 전술로 적이 무너졌을 때만 돌격은 유효. 리암, 넌 이겼을지도 모르지만, 스스로 잘못을 인정한 것과 같다!"

돌격해서 패배했다. 기묘하게도 돌프는 자신의 우행으로 재확인했다.

돌프는 자신이 옳았다고, 후보생 시절에 시뮬레이터로 벌인 전투에서 올바른 선택을 했다고 확신했다.

그리핀이 손으로 움켜쥐어 찌그러지는 천장을 보면서도 돌프는 웃고 있었다.

"난 틀리지 않았다!"

안내인은 우주공간에서 그리핀에게 으스러진 돌프를 보고는 모자의 챙을 양손으로 쥐어 깊이 눌러쓰며 떨었다.

"어떻게 해야 이길 수 있지? 어떻게 해야 리암을 쓰러뜨릴 수 있지?!"

할 수 있는 것은 전부 했다.

비장의 수단도 썼다.

그런데 전부 통하지 않았다.

그리고 우주에 떠도는 심장 형태를 한 장치를 그리핀에서 나온 어비드가 입수하는 장면이 보였다.

『오, 이건 왠지 괜찮아 보이는데. 브라이언한테 보여줄까.』

리암은 기분이 좋았다.

30만을 넘던 버클리가의 함대는 번필드가 함대의 돌격에 당해 뿔뿔이 흩어졌고, 남은 적마저 정규군의 공격으로 철저히 격파당했다. 항복하는 자들 또한 받아들이지 않았다.

안내인은 기분이 좋은 리암에게 손을 뻗었다.

"리아아아아암!"

리암을 불행하게 하는 검은 연기가 뻗어나갔지만, 리암에겐 닿지 않았다.

리암은 보이지 않는 무언가에 보호받고 있었다.

"이 자식. 이 자시이이익!"

안내인은 상황을 바꿀 무언가를 찾아 주위를 뒤졌다.

도망친 버클리가의 장남은 번필드가의 함대에 잡혀 도움이 되질 않았다.

상황을 타파할 수단은 무엇하나 보이지 않았다.

안내인은 분노로 어금니를 악물고 있다가 퍼뜩 깨달았다.

"있다! 아직 한 명, 이 상황을 뒤집을 수 있는 인간이 있어!"

그건 리암 곁에 있는 인간, 유리시아였다.

"리암에게 복수를 맹세한 유리시아! 너에게 내가 가진 힘 전부를 주마!"

안내인은 유리시아를 위해 자신의 힘을 불어넣었다.

"네놈의 칼날을 리암에게 꽂아라!"

◇ ◆ ◇ ◆ ◇

——전쟁 결과를 들은 카시미로는 모든 걸 잃은 얼굴이 되어 있었다.

"져, 졌다고?"

버클리가의 완패였다.

보고하러 온 아들의 얼굴도 파랗게 질려있다.

"아버지, 바로 도망가지 않으면 늦어! 정규함대는 철수했지만, 번필드가의 함대는 끝장을 볼 생각이야. 빨리 도망가지 않으면 죽을 거야!"

장남은 리암 앞에 끌려가 목숨을 구걸했지만, 그 자리에서 처형당했다고 한다.

리암은 진심이다. 교섭은 생각조차 없을 것이다.

"수, 수도성에 연락해라! 제국의 중개를 받아 타협해야 한다!"

수도성에 큰 빚을 지는 꼴이지만, 여기서 죽는 것보단 나았다.

그러나 그가 연락하기도 전에 통신용 모니터들이 멋대로 켜졌다.

"뭐, 뭐냐?!"

화면에는 제국 귀족인 영주들이 비치고 있었다.

다만 평소에 교류하던 놈들이 아니었다.

백발을 올백으로 넘긴 남자가 쾌활하게 말을 걸어왔다.

『안녕하신가, 해적 귀족의 당주 나리. 경기(景氣)는 어떤가?』

안대를 한 근육질 남자는 화가 치민다는 듯이 카시미로를 위압했다.

『해적을 충동해서 우릴 공격한 것, 아직 잊지 않았다. 카시미로, 각오는 되었겠지?』

그들은 반 카시미로파의 귀족들이었다.

다들 한 성깔 할 듯한 외모였지만, 제국 귀족 중에서는 청렴한 편이었다.

그중에는 크루트의 아버지인 에크스나 남작의 모습도 있었다.

『버클리 남작, 이미 해적들에게 당신의 지시를 받았다는 자백을 받아냈습니다.』

그들 역시 해적을 상대하고 있었으나, 리암이 승리가 전해지면서 해적들이 전의를 잃은 모양이었다.

안대를 한 남자는 팔짱을 끼고 있었다.

『다 때려 부수니 후련해졌어!』

백발의 남자도 기분이 좋았다.

『번필드가도 대승리를 거두었다고 들었네. 실로 경사스러워. ──그런데 이 일은 어떻게 마무리 지을 생각인가?』

그러나 카시미로가 뭐라 말하기도 전에 저택 안에 경보가 울려 퍼졌다.

동시에 부하에게서 통신이 왔다.

『카시미로 님! 버, 번필드가의 함대 3만 척이!』

창문을 열어 하늘을 올려다보니 이미 우주함대가 하늘을 뒤덮고 있었고, 지상부대가 차례차례 강하해서 내려오는 중이었다.

영내의 요격 시스템은 파괴되었고, 저택에 파워드 슈트를 입은 상륙 부대가 쏟아져 들어왔다.

저택의 방어가 뚫리는 건 시간문제였다.

아들이 울며 소리쳤다.

"아버지이이이! 놈들이 올 거야아아아!"

카시미로는 무릎을 꿇으며 바닥에 주저앉았다.

"——내 목을 쳐라. 그걸 가지고 번필드가의 당주와 교섭해라."

"아, 알았어. 아버지."

카시미로의 아들이 떨리는 손으로 아버지를 총으로 쏘려고 했다.

그때 번필드가의 병사들이 몰려왔다.

"꼼짝 마라! 저항하면 용서하지 않겠다!"

기사가 병사를 이끌고 왔고, 카시미로를 발견하자 총을 든 아들을 걷어찼다.

그리고 곧장 카시미로를 구속했다.

"와라!"

난폭하게 끌려가는 카시미로는 그 기사에게 부탁했다.

"——꼬맹이, 아니, 번필드가의 당주와 교섭을 바란다."

버클리가의 영지에 내려선 나는 초라한 경치에 한숨을 쉬었다.

"질릴 정도로 볼만한 게 없는 영지네."

진짜 시골이었다.

데릭의 위세가 좋아 영지가 발전되어 있을 줄 알았는데, 그렇지 않았다.

일부는 도회지였지만, 그 외에는 그냥 시골이었다.

주민들의 모습도 끔찍했다. 생활 수준이 형편없었다.

일부는 전기를 쓰고 있었지만, 그 외에는 중세 수준의 생활이었다.

버클리가의 저택의 의자에 버티고 앉은 나는 포박당한 카시미로를 내려다보았다.

"——그럼, 네 처분을 정해야겠지."

다른 사람의 저택을 무력으로 제압하고 내 집처럼 떡 버티고 앉은 나는 거만하게 다리를 꼬았다.

뻔뻔스러운 나에게 카시미로는 떳떳한 태도로 애원했다.

"내 목을 주겠다. 그걸로 타협해줬으면 한다."

옆에 있던 티아가 카시미로를 싸늘하게 노려보았다.

해적에게 원한이 있는 티아는 버클리가가 역겨울 것이다.

"그 정도로 끝날 이야기가 아냐."

날 사이에 두고 티아와는 반대편에 선 마리도 똑같이 카시미로의 제안을 거절했다.

"네 목에 그만한 가치는 없어. 리암 님께 말을 걸다니, 불경하기 짝이 없네."

297

애초에 카시미로의 목은 내게 아무런 가치가 없다.

붙으면 이기는 게 당연한 싸움이었고, 남작가 집단이 감히 백작가에 싸움을 건 게 잘못이었다.

영지 또한 마찬가지. 규모를 제외하고 봐도 영지 개발이 너무 형편없는 수준이었다.

얘들은 무슨 배짱으로 나에게 싸움을 걸어온 걸까?

하지만 버클리가를 시찰하고 한 가지 확신한 것이 있다.

영지 발전의 중요성이다.

버클리가가 이상하게 약한 이유를 생각해보니, 역시 병사의 수준이 다른 게 컸다.

중세 수준에 머문 행성에서 사람을 뽑아 교육 캡슐로 병사를 양산한다. 효율은 뛰어날지 몰라도 결국은 차이가 있는 것이다.

그리고 중세의 생활을 하는 백성에게선 매력이 느껴지지 않았다.

내 취향에 맞지 않는 것도 있지만, 더 중요한 건 백성에게서 빼앗을 것이 없다는 점이다.

악덕 영주라 해도 역시 영지 개발을 등한시하면 안 된다. 좋은 교훈을 얻었다.

카시미로가 나에게 다가오려고 해서 내 양옆에 대기하고 있던 기사들이 붙잡아서 바닥에 머리를 꽉 눌렀다.

난 그 모습을 히죽히죽 웃으며 내려다봤다.

"부탁한다! 우리 집안의 감춰둔 보물도 넘기겠다. 재산도 가능한 한 넘겨주겠다! 그, 그러니 부디 버클리가만은 존속을 허락해 줬으면 한다. 백작은 자비로운 명군이라 들었다. 딱 한 번만. 딱 한 번만 버클리가를 믿어다오! 앞으로는 절대로 배신하지 않겠다! 우리 일족을 네 수족으로 부려라!"

가족을 살리기 위해 재산과 자신의 목을 넘긴다── 멋진 이야 기 아닌가.

티아는 카시미로의 제안에 짜증을 냈다.

"속이 빤히 보여. 너희가 지금까지 한 행동을 생각하면 믿을 수 없어."

카시미로가 얼굴을 들어 나에게 호소했다.

"부탁이다! 부디 가족만은! 나의 버클리가만은 존속시켜다오!"

흠, 자신의 목숨과 재산을 내놓겠다?

그렇다면야.

난 카시미로를 용서해주기로 했다.

"그거 좋네. 좋아, 용서하지. 난 버클리가를 원망하지 않겠다."

"리암 님?!"

놀라는 마리에게 손을 들어 조용히 시킨 나는 용서 받았다고 믿고 울면서 기뻐하는 카시미로에게 진실을 가르쳐줬다.

"단, 이번 일이 끝났을 때 이야기다. 그때는 모두 용서해줄게. 너희가 멸망해서 사라진 후에는 원망해도 의미가 없으니까."

"뭐, 뭐야?!"

애초에 일족 중 한 명인 데릭이 죽어서 나한테 이렇게까지 들러붙는 집안이다.

카시미로만 죽이고 끝내면 분명 앞으로 더 질척거릴 것이다.

"날 거스른 걸 후회해라. 남작 따위가 백작에게 대든 죄는 무겁다."

"자, 잠깐만!"

"카시미로. 네 영지에는 큰 흥미도 없지만, 앞으로는 내가 유용하게 써주지."

버클리 남작가의 영지에서 빼앗을 것은 아무것도 없지만, 남작가의 재산은 매력적이니 빼앗아둔다.

약탈은 악덕 영주의 필수 덕목이다.

"버클리가의 관계자들을 백성들 앞에서 모조리 공개 처형해라. 누가 새로운 영주인지 백성들에게 가르쳐줘야 하니까."

내 판단을 듣고 유리시아가 당혹감을 보였다.

"괜찮겠습니까? 아직 성인이 되지 않은 아이는 귀족의 지위를 박탈한 후에 변경 행성에 보내는 게 관례입니다만……."

"뭐야? 그런 관례가 있어?"

"네. 그리고 버클리가에 시집을 온 여성들의 관계도 무시할 수 없습니다. 일단 한차례 조사를 해서——."

유리시아가 거기까지 말하자 마리가 끼어들었다.

"필요 없어. 이미 조사했으니까."

아무래도 사전에 조사한 모양이다.

평소엔 심하게 유감스러운데 이런 유능한 면이 있으니 판단하기 어렵다.

"그럼 그 이외 녀석들을 바로 처형해. 제국에 연락은——."

"그건 제가하겠습니다."

내가 지시를 내리기 전에 티아가 웃으면서 일을 맡아줬다.

이 녀석도 평소엔 유능하단 말이지.

"그런가. 그럼 뒤는 전부 너희에게 맡기지. 난 모함에 돌아가 느긋하게 있겠다. 이놈들과 노는 것도 이제 질리는군."

리암이 유리시아를 데리고 떠난 뒤.

카시미로는 고개를 숙이고 눈물을 흘렸다.

"질렸다? 질렸다고?"

마치 이번 일을 처음부터 조금도 문제로 여기지 않은 듯한 태도였다.

버클리가가 쌓아온 업적에 아무런 흥미도 없고, 버클리가의 멸망에 일말의 주저도 없었다.

들은 이야기로는 리암은 자비로운 명군이라는데, 실체는 달랐다.

"내가 판세를 잘못 읽었구나. 마지막의 마지막에 와서."

버클리가를 아직 아이인 리암에게 파괴당한 카시미로는 울면서 웃고 있었다.

"지옥에 떨어져라, 꼬맹이이이이! 먼저 지옥에 가서 네가 오는 걸——!"

그러나 그의 말은 거기서 끊어졌다.

티아가 카시미로의 얼굴을 짓밟았기 때문이다.

"이제 말하지 마. 네놈이 리암 님과 대화를 한 것만으로도 더럽혀진 기분이 들어."

해적에 깊은 원한이 있는 티아는 카시미로를 대충 처분할 생각이 없었다.

그녀는 그에게 이 세상의 지옥을 보여줄 생각이었다.

"널 위해 특별한 처형 방법을 준비했어. 열심히 날 즐겁게 해 줘. 참, 안심해. 네 가족도 전부 바로 보내줄 테니까."

가학적인 웃음을 짓는 티아에게 기사 한 명이 말을 걸었다.

"필두기사님, 아무리 그래도 아이까지 처형하면 리암 님의 명예에 누가 되지 않겠습니까?"

리암의 이름이 나와 티아의 얼굴이 진지해졌다.

"그 직위는 리암 님의 명령으로 해임됐어. 지금의 난 평범한 기사야."

"네?"

"뭐, 안심해. 나도 다 죽일 생각은 아니야. 애들은 변경 행성으로 보낼 거야."

가혹한 변경 행성에서 궁핍한 생활을 이어가게 된다.

——출세조차 불가능한 환경. 즉 빠져나올 수 없는 지옥을 의

미했다.

상황을 보고 있던 마리가 카시미로의 멱살을 붙잡았다.

"그럼 정리된 거지? 카시미로, 너한테 물어보고 싶은 게 산더미처럼 있어. 처형 전에 나랑 얘기나 하자."

마리가 카시미로를 데려가는 것을 보고 기사들이 동요했다.

모두의 시선이 티아에게 쏠렸다.

"티아 님, 괜찮습니까?"

마리가 멋대로 구는 것을 놔두겠냐는 말이었다.

하지만 티아도 평소와는 다른 대답을 내놓았다.

"죽이지만 않으면 상관없어. 저 여자도 그 정도는 알 테고."

평소라면 금방 다투는 두 사람이 오늘은 전혀 싸우려 하지 않아 기사들은 어안이 벙벙했다.

◇ ◆ ◇ ◆ ◇

버클리가의 영지에 카시미로 일행의 시체가 전시되었다.

지금까지 버클리가에 고통받던 백성들은 그 모습을 보고 기분을 풀었다.

안내인은 그런 모습을 백성들 사이에 섞여서 보고 있었다. 그는 괴로운 듯이 얼굴을 일그러뜨리고 있었다.

"──리암을 원망하는 너희들의 부정적인 감정을 받겠다."

카시미로 일행의 시체에 엉겨 붙은 원념과 일부 백성의 원망 등,

부정적인 감정을 흡수했다.

주위의 백성들이 품은 리암에 대한 부정적인 감정도 똑같이 흡수했다.

리암이 일부 백성의 원망을 받는 이유는 버클리가의 병사들에게도 가족이 있기 때문이다.

리암과의 전쟁에서 가족이 전사했다면 원망은 어쩔 수 없는 일이다.

이곳에 소용돌이치는 모든 부정적인 감정을 흡수하자 안내인약간 숨통이 트이는 기분이 들었다.

"이걸로 아픔이 조금은 누그러지겠지. 이렇게 된 이상 어쩔 수없다. 유리시아에게 기대를 걸자. 리암에게 복수하기 위해 칼을갈아왔으니, 지금쯤 리암 곁에서 빈틈을 노리고 있겠지."

유리시아는 리암에게 복수하기 위해 특수부대에 지원했다.

그녀의 예사롭지 않은 복수심은 안내인도 기대할만한 수준이었다.

무엇보다도 유리시아는 리암의 부관이다. 그를 암살하기에 가장 좋은 자리에 있다.

"버클리가를 쳐부쉈다고 좋아하지 말아라, 리암. 네 위기는 아직 안 끝났다!"

안내인은 유리시아가 그 목적을 달성하는 순간을 보러 전이하기 위해 아무것도 없는 공간에 문을 나타나게 했다.

그리고 손잡이를 난폭하게 돌리고 힘차게 열었다.

◇◆◇◆◇

버클리가와 전쟁을 치르고 석 달 후.

리암의 부관인 유리시아는 집무실에서 업무를 보조하고 있었다.

임무를 끝낸 패트롤 함대는 수도성으로 귀환했으며, 리암은 수도성에 내려 군 시설에서 잡무를 처리하고 있었다.

슬슬 군 생활이 끝나가는 리암은 예비역이 될 준비를 하고 있었다.

지금은 집무실에 리암과 유리시아 단둘이다.

진지하게 일을 하는 리암을 보면서 유리시아는 눈을 가늘게 떴다.

(슬슬 때가 됐네.)

리암의 생활에 대한 모든 것을 파악한 유리시아는 지금이 최고의 기회라고 확신했다.

리암도 남자이니 성욕이 있다. 오히려 성욕이 강한 편이다.

하지만 주위에 있는 여성을 건드리지 않는 리암은 성욕을 발산하는 것이 굉장히 서툴렀다.

욕구가 불끈불끈한 게 유리시아에게 전해져왔다.

유리시아가 행동하려는 걸 감지한 안내인은 두 사람에게 들키지 않도록 그 모습을 보고 있었다.

그러나 개의 형태를 한 빛은 안내인을 바라보고 있었고, 이윽고 방에서 나가 어딘가로 향했다.

안내인은 유리시아에게 열중하느라 아무것도 모르고 있었다.

(좋아, 유리시아! 그대로 리암을 죽여라!)

유리시아가 슬쩍 펜을 떨어뜨렸다.

그러고는 고의적으로 리암에게 등을 보이며 상반신을 굽혀 펜을 주웠다.

리암은 유리시아의 짧은 치마 아래로 속옷을 엿볼 수 있게 되었다.

계산된 그 행동에 리암이 걸려들어 어깨를 움찔했다.

유리시아는 마음속으로 쾌재를 불렀다.

(물었다!)

전부 유리시아의 계획대로다.

물론 속옷도 일부러 기능성을 중시한 디자인으로 골랐다.

색기는 없지만 그게 리암의 취향이다.

하지만 색기가 너무 없어도 안 된다.

리암의 취향은 굉장히 어렵다. 스트라이크 존이 너무 좁다.

그러나 유리시아는 리암의 곁에서 철저히 조사한 끝에 리암의 취향을 전부 파악했다.

(넌 이런 속옷을 좋아하지!)

유리시아는 시선을 느끼면서 천천히 상반신을 일으켜 뒤돌아서 웃음을 보였다.

티나게 엉덩이에 손을 대고 부끄러운 듯이 행동했다. ──전부 연기다.

"시, 실례했습니다, 중장님."

"아, 아냐, 응."

당황하는 리암을 보고 유리시아는 승리를 확신했다.

(어이어이, 얼굴이 빨갛다고!)

안내인이 짐승 같은 눈빛으로 리암을 보고 있는 유리시아를 몰래 응원했다.

약간 위화감은 있지만, 리암에 대한 복수심은 진짜다.

안내인은 사소한 것은 신경 쓰지 않았다.

"좋다, 유리시아! 그대로 미인계로 리암을 방심하게 만들어 목숨을 빼앗는 거다! 너라면 할 수 있어!"

유리시아가 미소 짓고 리암을 유혹하려고 한 순간——.

"리이아암니이이임!"

——니아스가 울면서 방에 들어왔다.

그것도 수영복 차림으로.

윗옷을 걸치고 있었지만, 그 아래로 남색 수영복이 눈에 들어왔고, 가슴팍에는 이름을 쓰는 하얀 공간이 있었다. 물론 거기엔 '니아스'라는 이름이 귀엽게 적혀있었다.

그 모습을 본 유리시아는 바로 이해했다.

(또 너냐아아아!)

단순히 방해하러 왔다면 쫓아내면 되지만, 문제는 니아스의 모습이다.

기능적이고 에로함도 있는 작업복의 내의 같은 복장이다.

——리암의 취향을 저격하는 복장이다.

(이러면 내 속옷의 인상이 사라지는 게——!)

유리시아가 당황해서 리암을 보았으나, 리암은 생각과는 다른 반응을 보였다.

"무슨 학교 지정 수영복도 아니고……."

리암의 취향일 텐데 전혀 흥미가 없다고나 할까, 오히려 니아스를 불쌍하게 보고 있었다.

니아스는 그런 리암의 모습을 알아차리지 못하고 울면서 매달렸다.

"리암 님, 들어주세요! 모처럼 받은 예산과 자재를 윗선에 빼앗겼어요! 개발은 우리가 책임지고 할 테니 넌 얌전히 있으래요! 너무하지 않아요~?!"

이 녀석은 대체 뭘 한 걸까?

제7병기공장의 상층부가 현장에서 일을 빼앗는 사태는, 어지간해서는 일어날 수 없다.

유리시아는 고개를 저었다.

"니아스 기술 대위, 중장님은 일하는 중이야. 집무실에서 나가."

다만 리암은 울고 있는 니아스를 동정했는지 이야기를 들어줄 생각인 모양이었다.

"아냐, 괜찮아. 어차피 내가 일을 좀 늦게 했다고 불평할 사람도 없고. 애초에 반쯤은 놀이로 하는 일이고. 그래서 니아스, 넌 진짜 안쓰럽다. 뭐냐, 그 꼴은?"

홀쩍거리면서 울고 있는 니아스는 안경을 벗고 바닥에 주저앉아 있었다.

"이쪽에서 작업하는 중에 윗선에서 명령을 받았어요! 모처럼 이것저것 시험해보고 싶은 신기술이 있었는데! 폭발 위험성은 기술 개발과 뗄 수 없는 건데!"

아니, 그러면 안 되잖아. 그렇게 마음속으로 딴지를 거는 유리시아였지만, 리암의 태도를 보고 아연실색했다.

"넌 진짜 어쩔 도리가 없구나. 제7병기공장에 내가 잘 말해둘게."

"감사합니다!"

리암은 달라붙는 니아스를 귀찮아하면서도 약간 기쁜 듯했다.

욕정과는 상관없이, 정말 즐거워했다.

그 웃는 얼굴에 유리시아는 자신의 패배를 깨달았다.

아무리 노력해도 타고난 사람은 이길 수 없다.

유리시아는 무릎을 꿇고 주저앉았다.

그 모습을 보고 있던 안내인이 '어?!' 하고 놀랐다.

유리시아가 갑자기 주저앉아 울자 리암이 걱정해서 말을 걸었다.

"이, 이봐, 왜 그래?"

유리시아는 지금까지 한 고생을 떠올리고 아이처럼 흐느껴 울었다.

"난 노력했는데! 몇십 년 동안이나 널 농락하고 버려주겠다고 결심하고 있었는데!"

"느닷없이 무슨 소릴 하는 거야? 누굴 농락해?"

"레젤가에서 절 조금도 상대 안 해줬잖아요! 난 열심히 노력해서 유혹했는데, 백작님이 다 무시했단 말이에요!"

"어?"

영문을 모르겠다는 표정인 리암과 니아스. 유리시아는 무릎을 껴안고 앉았다.

리암이 말을 걸었다.

"그러니까, 요약하자면 이전에 내가 너한테 빠지지 않았으니까, 복수차 날 농락해서 버리려 했다고?"

니아스가 유리시아의 복수 방법을 듣고 코웃음 쳤다.

"하, 그건 버리고 말고 하기 이전의 문제 아닌가."

학교 지정 수영복 차림의 어른에게 이런 말을 듣다니.

유리시아가 무릎에 얼굴을 파묻고 울었다.

"난 노력했어! 군으로 돌아가서 특수부대에 들어가고, 여러 자격을 따서 겨우 백작님 곁에 왔다고! 전부 날 좋아하게 만들려고 노력한 건데! 그것만을 위해서 몇십 년이나 노력했는데!"

리암이 뭐라 형언할 수 없는 얼굴을 하고 있었다.

"군에서 재교육 받은 것도 나 때문이었어?"

유리시아가 작게 끄덕였다.

모든 것은 리암을 농락하기 위해.

안내인이 진실을 알고 방구석에서 무릎을 털썩 꿇었다.

"——말도 안 돼."

그녀의 원한이 설마 리암을 버리기 위한 복수심일 줄은 몰랐던 것 같다.

리암이 손가락으로 볼을 긁었다.

"너도 참 안쓰러운 애구나. 이런 줄 알았다면야. 너무 멀리 돌아갔는데."

그러자 니아스가 의기양양한 얼굴로 말했다.

"어머나, 얘보다 더 안쓰러운 애가 더 있나요? 리암 님도 힘드시겠네요."

"너도 그중 하나야."

"네?!"

진심으로 놀란 얼굴을 한 니아스를 무시하고, 리암은 고개를 숙인 유리시아에게 마음을 써서 말을 걸었다.

일부러 몸을 숙여 눈높이를 맞춰줬다.

"알았어. 원하는 대로 해줄게. 자, 일단 날 버려."

유리시아가 얼굴을 들고 코를 훌쩍이며 불만을 표했다.

"아직 고백 안 받았어요."

고백을 받은 다음에 버린다. 그것만큼은 양보할 수 없다.

"그런 부분은 또 고집하는 거냐? 뭐, 상관없으려나."

리암은 유리시아의 소원을 들어주기 위해 거짓 고백을 했다.

어차피 버려질 테니, 고백에 진심 따위는 필요 없다고 생각했을 것이다.

"유리시아, 내가 군에서 나갈 때, 날 따라와라."

"읏!"

리암이 배려로 한 말에 유리시아는 놀라서 얼굴을 빨갛게 물들이며 활짝 웃음을 지었다——가 심각한 문제를 깨닫고 말았다.

(잠깐? 이걸 차버리면 난 군대에서 몇백 년이나 썩어야 하는 거 아니야?)

군의 특수부대에서 활약할 수 있을 만큼 훈련을 받았는데, 이건 공짜가 아니다. 우수한 병사를 육성하려면 막대한 비용이 필요하다.

기술도 마찬가지. 배우면 배울수록 돈이 든다.

그만큼 투자했는데, 군이 과연 유리시아를 이유도 없이 쉽게 놓아줄까?

더구나 이 상황은 절호의 기회이기도 했다.

(이후에 만날 귀족 중에 이 사람보다 잘난 귀족이 있을까?)

유리시아의 맨 처음 목적은 장래가 유망한 귀족의 애인이나 측실이 되는 것이었다.

그리고 그 기회가 지금 찾아왔다.

앞으로 리암 이상의 유망주와 사귈 수 있는 확률은 거의 제로에 가깝다.

유리시아는 자신의 눈으로 다시 리암을 평가했다.

용모— 합격.

성격— 아슬아슬하게 합격.

자산— 참 잘했어요.

장래성— 출중함.

유리시아가 리암의 얼굴을 물끄러미 쳐다봤다.

그 모습에 위화감을 느낀 리암은 고개를 살짝 갸웃하면서 유리시아의 대답을 기다렸다.

"이봐, 왜 말이 없어? 내 고백을 거절하고 다시 보게 한다며?"

유리시아는 리암을 끌어안았다.

"평생 따라갈게요, 백작님!"

니아스는 유리시아가 그 짧은 순간, 속으로 무슨 계산을 했는지 곧장 알아차렸다.

"아, 이 자식! 지금 다시 재보니 놓치는 게 아까워졌구나! 리암님은 내 후원자야!"

후원자를 빼앗기지 않으려는 니아스에게 리암이 호통쳤다.

"난 네 후원자가 아니라고! 그리고 너, 이거 놔! 날 차서 다시 돌아보게 하겠다면서!"

유리시아는 리암에게 필사적으로 매달리면서 마음이 변한 이유를 이야기했다.

"백작님은 장래성이 있잖아요! 부인도 한 명이고, 그 외에 측실도 애인도 없구요!"

그런 상황에 측실이나 애인이 되면 유리시아 입장에서는 승리다.

잘 생각해보면 어설프긴 했지만 농락했고, 어떤 의미로는 자기를 다시 돌아보게 했으니 원하는 건 다 이루었다.

이제 와서 리암의 권유를 거절하는 것이 아깝다.

"너, 너! 왜 이렇게 안쓰럽냐!"

소란스러운 세 사람의 모습을 보고 있던 안내인이 결국 참지 못하고 일어나서 리암 앞에 모습을 보였다.

"그건 복수라고 안 한다고! 그만 좀 해!"

그리고 난폭하게 손가락을 튕겨—— 시간을 멈췄다.

리암은 갑자기 나타난 안내인을 보고 눈을 휘둥그레 떴다.

"오랜만이구나, 리암!"

안내인은 리암에게 모든 것을 털어놓기로 했다.

안쓰러운 아가씨들과 얽혀있는 때였다.

시간이 멈추고, 가슴을 잡고 괴로워하는 안내인이 모습을 보였다.

오랜만의 재회지만 안내인의 모습에 놀랐다.

이전보다 더 빈약해 보이는 건 대체 왜일까?

그리고 안내인은 나에게 화내는 것처럼 보였다.

"리암, 눈치챘나? 내가 네 적을 모으고 있었다는 것을!"

"어?"

"버클리가의 편을 드는 귀족과 군인들이 많다는 것을 이상하게 여기지 않았나?"

어째 버클리가의 함대 수가 많고 군 일부도 날 방해한다 싶었더니 안내인의 소행이었던 것 같다.

"너, 설마 적을 모아준 거야?!"

"그렇다고 말했잖아! 그런데 넌 눈치를 못 채고, 게다가── 큭!"

안내인이 분개하는 모습을 보고 난 이해했다.

"미안. 못 알아차렸어."

"뭐, 됐어. 하지만 이번 일로 깨달았을 거다."

"뭘?"

"알아차리라고! 네 진짜 적이 누구인지 말이야!"

진짜 적? 혹시 버클리가는 내 진짜 적이 아니었나?

안내인은 진짜 적이 누구인지 알아차리지 못하는 날 보고 화가 나서 속을 태우고 있나?

다시 말해서, 버클리가를 조종하고 있는 존재가 있다?

설마 그런 존재로부터 날 지키기 위해 이 녀석이 이렇게까지 너 덜너덜해진 걸까?

"너, 설마!"

"드디어 이해했나!"

"그래, 이해했어. 정말 고마워!"

"——뭐?"

안내인이 화내는 게 당연했다.

나를 진정한 적으로부터 지키고 있었는데, 나는 그 적을 알아 차리지도 못했으니 얼마나 답답했겠는가.

분명 날 지키기 위해 여러 고생을 했을 것이다.

안내인의 옷은 곳곳이 찢어졌고, 몸도 이전보다 더 여위어 보였다.

조심스럽게 말하자면 겉모습이 궁상맞게 변해 있었다.

안내인이 어중이떠중이를 모아준 덕분에 버클리가와의 싸움을 귀찮다고 느끼고 있던 내가 전부 한 번에 청소할 기회를 얻은 거였다.

전부 안내인 덕분이었다.

"어쩐지 이상하다 싶었어. 버클리가치고는 수가 많았고, 심지어 일부 군인 놈들마저 나에게 적대했으니 말이야. 하지만 내 편을 들어주는 군인도 많았어. 이것도 네 덕이지?"

솔직히 일이 너무 술술 풀린다는 느낌이 들었는데, 안내인이 뒤에서 도와주고 있었다면 당연한 이야기였다.

조금 의외였던 것은 마지막에 나온 비밀병기 정도일까?

"아니, 그러니까!"

안내인이 필사적으로 뭔가를 전하려고 했지만, 난 먼저 지금까지의 감사한 마음을 전하기로 했다. 이 녀석에게 하고 싶은 말이 잔뜩 있지만, 우선은 감사를 전해야 한다.

"너에겐 정말 신세만 지고 있어. 진짜 적에 대해서도 조사해둘게. 일단 고마워! 이번에도 도움을 받았어!"

정말 부끄럽다.

내가 진심으로 감사 인사를 할 수 있는 상대는 적다.

이번 생에서는 말하는 것이 익숙하지 않은 말을 해서 내가 부끄러움을 느끼고 있으니 안내인이 부들부들 떨었다.

"그, 그만해!"

"야, 쑥스러워하지 마. 나까지 쑥스러워지잖아. 감사하다는 건 정말이야. 너한테는 항상 도움을 받고만 있으니까. 역시 이렇게 속마음을 말하면 부끄럽네."

부끄러워서 얼굴이 빨개져 있는 듯한 느낌이 들었다.

지금까지 고맙다는 인사를 하자, 안내인은 어째서인지——.

"그만해애애애!"

◇ ◆ ◇ ◆ ◇

안내인은 리암의 등 뒤로 늘어선 황금 화승총을 바라보았다.

총이 수없이 늘어서서 총구를 안내인에게 겨누고 있었다.

많은 사람이 리암에게 감사하는 마음을 더했고, 그 마음들이 리암의 감사하는 마음을 탄환으로 채워 안내인을 쏘려고 했다.

리암은 자각이 없는 것 같지만, 안내인에겐 똑똑히 보였다.

——저걸 맞으면 위험하다는 걸 안내인은 직감으로 느꼈다.

리암이 안내인에게 한 걸음 다가갔다.

"이봐, 왜 그래?"

"힉!"

이제 안내인이 직접 리암을 처리하는 건 불가능하다.

약해진 자신이 공격하면 도리어 당할 것이라는 걸 깨닫고 말았다.

리암은 그만한 실력이 있다.

(대체 뭐냐 이 녀석은! 내가 얼마나 널 불행하게 만들려고 힘써 왔는지 알아?! 그런데 매번 감사하고—— 이 녀석, 내가 꼴사납게 넘어뜨려도 기뻐하면서 감사할 것 같잖아!)

안내인은 무슨 짓을 해도 감사하는 리암이 무서워서 기분이 나빴다.

이제는 일부러 감사하고 있는 게 아닌지 의심될 정도였다.

(사실은 내가 감사하는 마음을 싫어할 줄 알고? 아, 아냐, 그건

아닐 거야.)

리암이 안내인에게 한 걸음 더 다가가자 화승총에서 탄환이 차례차례 발사되었다.

탄환은 안내인을 꿰뚫었고, 구멍이 뚫린 곳에서 검은 연기가 뿜어져 나왔다.

"끄아아아악!"

감사의 마음이 담긴 황금 탄환이 안내인의 몸을 차례차례 관통해 나갔다.

그 고통을 견디지 못하고 안내인은 검은 연기가 되어 그곳에서 도망쳤다.

"어, 야, 어디 가는 거야! 아직 제대로 인사를……. 벌써 가버렸네."

안내인이 사라지자 니아스와 유리시아가 움직이기 시작했다.

"리암 님, 저한테 예산을 주세요!"

"평생 안 놓을 거예요!"

안쓰러운 아가씨들에게 안긴 리암은 안내인에게 뭔가 사례를 할 수 없을지 생각했다.

그 모습을 방구석에서 개가 안타깝다는 듯 바라보고 있었다.

4년의 임관 기간이 지났다.

최종적인 계급은 이후의 작위를 고려하여 대장 예편으로 결정되었다.

　뭔가 공적과 이런저런 것들이 붙어 이례적인 출세를 이루었는데, 뇌물의 효과가 아주 컸다.

　겨우 4년 만에 대장이라니.

　물론 이건 그냥 장식이라 도움은 안 되지만.

　귀족에게 군의 계급 따위는 의미가 없으니, 많은 기부를 한 사례이리라. 실제로 대장으로서 권력을 휘두르는 것도 아니니, 이름뿐인 대장이다.

　참고로 티아와 마리도 준장으로 승진했다.

　유리시아는 대장의 부관으로서 대령으로 승진.

　그리고 니아스가 내 지원을 받아 기술 소령으로 승진했다.

　어째서인지 니아스의 후원자가 나로 되어 있는 게 납득이 안 됐지만, 이제 와서 부정하는 것도 귀찮고, 어비드의 정비를 맡길 수 있는 인재이니 그냥 넘어갔다.

　그보다 진짜 유감스러운 건 월레스였다.

　"월레스, 고작 대위로 예비역이라니, 대체 뭐 하고 있었냐?"

　날 따라오기만 하면 소령은 확실했는데, 이 녀석은 한 계급 아래인 대위에 멈춘 상태로 예편되고 말았다.

　월레스가 거북해 보이는 표정을 짓고 있었다.

　"아니~, 그러니까~."

　"왜 승진 못 한 거냐! 니아스도 내 덤으로 승진했다고! 내가 군에 뇌물을 얼마나 줬는지 아냐!"

아니다. 계절 인사와 기부였다.

월레스의 승진도 부탁해뒀었는데!

"네 후원자인 내가 부끄럽잖아!"

"아니, 그게! 내가 활약할 수 있는 상황이 없었잖아! 지상에서 건설 현장감독만 했잖아!"

"그래도 승진하는 게 귀족 아니냐!"

"난 일단 황족이라고!"

나 참. 이 녀석의 형인 세드릭도 승진해서 소장이 됐건만.

월레스가 머리 뒤로 깍지를 끼고 뻔뻔하게 나왔다.

"애초에 예비역으로 들어가면 군 계급은 무의미하잖아. 그리고 말이야, 난 눈에 별로 안 띄는 편이 좋다고."

"말만 그럴듯하지, 출세를 못 했을 뿐이잖아?"

월레스가 나한테서 시선을 돌렸으니, 분명 출세하지 못했을 뿐일 것이다.

하지만 이 녀석에게 일과는 관계없는 일을 준 것은 나다.

이번엔 눈감아준다.

"이번엔 용서해주지. 다음은 제국대학에 입학이다. 군의 계급과는 무관한 곳이지."

"그래! 아~, 동경하던 캠퍼스 라이프! 매일같이 미팅하고 즐겁게 노는 거야!"

──황족이 이 모양인데 괜찮은 걸까?

그보다 이미 약혼자가 있는 나는 미팅과 인연이 없는 게 아닌가?

난 좀 더 인생을 진지하게 생각하는 편이 좋을 것 같다.

유리시아를 보고 있으면 그런 생각이 든다.

"리암 님! 수도성에서는 유명 호텔을 전세 내고 있죠? 저한테도 방 하나 빌려주세요!"

눈을 반짝이며 부탁하는 안쓰러운 아가씨를 보고 난 고개를 저었다.

"마음대로 해."

"아자~! 동경하는 생활에 한 걸음 가까워졌어!"

유리시아를 보고 월레스가 어이없어했다.

"성실한 군인인 줄 알았는데, 어째 평범한 여자네. 외모는 좋은데."

이래도 일단은 우수한 군인이니 곁에 두는 건 문제없다.

다만──.

"아침부터 호텔의 수영장에서 수영하고, 점심엔 쇼핑. 카페에서 우아하게 커피를 마시고~."

──망상을 즐기는 모습을 보고 있으니 역시 유감스럽다는 생각이 들었다.

월레스가 유리시아의 망상을 방해하지 않도록 나에게 말을 걸어왔다.

"그보다 부관이 생긴 걸 로제타한테 이야기해야 하지 않아?"

"아."

약혼자에게 첩을 둔다는 말을 전해야만 했다.

──왜인지 조금 마음이 무겁네.

"그보다 리암, 진짜 괜찮았던 거냐?"

"뭐가? 얘를 들인 거? 난 원래 하렘을 만들 생각이었으니까 문제없어."

"엉, 그래? 아, 아니. 그거 말고. 버클리가의 영지 문제 말이야."

"아~ 그거."

버클리가를 한 번에 쳐부순 덕분에 놈들이 가진 재산을 송두리째 빼앗을 수 있었다.

다만 놈들이 지배하고 있던 행성은 나에게도 문제였다.

너무 많아서 다 관리할 수가 없었다.

처음에는 그것들도 관리하려고 했지만 아마기에게 너무 먼 행성들이 많다는 말을 들었다.

얻은 것이 비지*밖에 없는 듯한 느낌이다.

워프가 있기는 하지만, 이 세계에서도 의외로 거리는 중요한 문제이다.

환경도 문제였다. 황폐한 행성이 너무 많았다.

엘릭서를 만든다고 죽음의 별을 양산한 모양이었다.

솔직히 그냥 준다고 해도 받을지 고민될 것 같은 행성뿐이었다.

그래서 제국에 팔았다.

몇 개는 내 손에 남겨뒀지만, 다른 행성은 다 팔았다.

---

*한 나라의 영토로서 다른 나라의 영토 안에 있는 땅.

그리고 회수하고 싶은 물건은 회수했다.

바로 행성 개발 장치. 버클리가가 잔뜩 가지고 있었으니, 앞으로는 내가 유용하게 활용할 생각이다.

요새급에 실어서 황폐해진 행성을 개발할 때 사용할 생각이다.

엘릭서를 만드는 생각도 했지만, 엘릭서는 팔아도 될 만큼 있으니 죽음의 별을 만드는 귀찮은 일을 할 필요는 없다.

대신 버클리가가 팔아치운 엘릭서가 잔뜩 나돌고 있기에 내가 사재기했다. 한동안은 부족할 일이 없을 것이다.

──그리고 안내인이 신경 쓰이는 말도 했다.

나의 진정한 적.

분명 버클리가와는 비교도 안 되는 거대한 존재가 있을 것이다.

그 녀석과 싸울 일이 있다면, 난 지금보다 더 강한 힘을 손에 넣어야만 한다.

"아까워. 나한테 줘도 괜찮았을 건데."

"황폐한 별이라도 좋다면 당장 줄게."

"그건 싫어. 부탁이니까 다소 발전된 별을 줘. 네가 짬짬이 정비한 행성만큼만 발전돼있으면 불평 안 할게."

──내가 게임을 하듯 개발한 행성은 자리가 좋아서 엄청나게 발전했다.

가게를 내고 싶다는 상인이 많아서 토마스 일행에게 통째로 맡겼더니 서서히 사람이 늘어났고 결국 크게 발전했다.

제국의 직할지이기도 하니, 이젠 가만히 있어도 발전할 것 같은 기세다.

"말도 안 되는 소리 하지 마. 뭐, 다소는 정비된 행성을 마련해줄게."

"그건 기대가 좀 되네."

월레스는 까불거렸는데, 이런 녀석이라도 내 부하다.

미래를 생각하면 같은 편을 늘려야 하니 너무 냉대할 수도 없었다.

지금 가장 큰 문제는 안내인이 말한 진정한 적일 것이다. 그게 누구인지는 끝내 말하지 않았지만, 모든 일을 의지할 수는 없다. 나도 조사해둘 생각이다.

그러니 지금은 우선 힘을 비축하자.

어떤 적이 와도 쉽게 해치울 힘을 원한다.

그렇게 결의한 나에게 월레스가 가볍게 말을 걸어왔다.

"아, 그러고 보니 이제부터 어떻게 할래? 바로 수도성으로 돌아갈 거냐?"

"영지에 한 번 돌아갈 거야. 일도 있으니까."

"아, 그럼 난 수도성에서——."

"너도 와!"

난 월레스도 데리고 본가에 한 번 돌아가기로 했다.

"아~ 그리운 고향이여!"

내가 양팔을 벌리고 심취해있자 옆에서 브라이언이 눈물을 훔쳤다.

"리암 님, 훌륭하게 자라셨군요. 이 브라이언, 눈물이 나 앞이 보이지 않습니다."

"그 상태로 내가 훌륭하게 자란 모습이 보여?"

이 녀석은 항상 울고 있다.

아마기는 언제나처럼 무표정이었지만 나에겐 기쁜 듯한 얼굴로 보였다.

"아마기, 별일 없었어?"

"네. 저번 전투로 생긴 피해의 보상 등으로 어수선하게 지낸 정도일까요."

역시 피해가 전혀 없지는 않았던 모양이다.

"그런가. 군인은 우대해줘. 내 소중한 전력이니까."

"네."

눈물을 닦은 브라이언이 나에게 로제타에 관해 물었다.

"그보다 리암 님, 모처럼 측실 후보를 들이셨는데, 로제타 님과 그분은 어디에 계십니까?"

모처럼 돌아왔는데 이 녀석은 성가신 화제를 던지는구나.

난 싫다는 얼굴로 대답했다.

"수도성에 두고 왔어."

"어째서입니까! 드디어 리암 님이 여성에게 흥미를 품으신 줄

327

알고 기뻐했는데!"

내가 여자한테 관심이 없는 이미지였다니.

브라이언은 로제타나 유리시아와 함께 돌아오길 원했겠지만, 둘 다 호텔 생활을 만끽 중이다.

로제타는…… 내가 얼굴을 맞대기 껄끄러워서 방치했다.

그리고 유리시아는 부관으로 삼았을 뿐이지, 측실 후보가 아니다.

그 녀석은 니아스처럼 '안쓰러운 사람' 카테고리다.

뭐, 그래도 티아나 마리보다는 나으려나?

하지만 이걸 사실대로 말하면 브라이언이 시끄러울 테니, 난 이야기를 돌렸다.

"아~ 그런데 브라이언, 이게 뭔지 알겠어?"

나는 심장 같은 기계를 꺼내 보여줬다.

그러자 브라이언은 흥미롭다는 듯 눈을 빛냈다.

"호오, 이 진귀한 것을! 이건 '머신하트'입니다. 생명이 없는 기계에 생명을 불어넣는다는 오파츠이지요."

"뭣이?!"

나는 머신하트를 아마기의 커다란 가슴에 댔다.

여전히 탄력 있는 좋은 가슴이다.

하지만 기대와는 달리 아무 일도 일어나지 않았다.

아마기가 나에게 차가운 시선을 보냈다.

"왜 그러시죠?"

"아니, 생명을 부여한다고 해서."

"그럼 가짜인 거겠지요. 오파츠가 그렇게 쉽게 발견될 리가 없습니다."

"그, 그런가? 너한테 생명이 깃들었으면 좋았을 텐데."

정말 아쉬워서 참을 수가 없다.

"──있을 수 없는 일입니다."

아마기는 그렇게 말했지만 약간 슬픈 듯이 보였다.

브라이언이 나를 봤다.

"그보다 리암 님, 요새급을 여럿 사셨다는 말을 들었습니다. 장난감을 사듯이 전함을 사서는 안 됩니다."

"괜찮아. 개척 행성의 임시기지로 삼을 거니까."

"이럴 수가! 그 행성들을 진심으로 개발할 생각이셨습니까?"

"당연하지."

입수한 행성 개발 장치를 실어서 올바른 사용 방법으로 영지를 개발할 거다.

언젠가 올 진정한 적에 대비하려면 지금은 힘을 비축해야 한다.

"지금은 힘을 기르기로 했어. 아마기, 난 영지를 더 발전시킬 거야. 새로운 계획을 준비해줘."

평소대로의 대화였는데, 아마기의 대답은 지금까지와는 달랐다.

"그 건에 대해서입니다만, 슬슬 제가 관리하는 건 그만두고자 합니다."

"어?"

"이미 인재가 많습니다. 제가 하지 않아도 서포트 인공지능을 쓰면 영지는 발전할 겁니다."

"그, 그래?"

"앞으로는 주인님의 서포트에 들어가겠습니다."

불안하게 생각한 내가 브라이언에게 시선을 돌리자 아마기의 예정을 대신 이야기했다.

"아마기는 인수인계가 끝나는 대로 수도성에서 리암 님의 시중을 들게 될 겁니다. 순조롭게 진행되면 리암 님과 함께 수도성에 갈 수 있을 것입니다."

그 말을 듣고 안심했다.

"뭐야. 그런 거냐! 좋아, 아마기가 온다면 화려하게 환영하라고 시켜야지!"

"아뇨, 괜찮습니다."

거절하는 아마기에게 섭섭함을 느꼈다.

"그, 그래? 그럼 평범하게 환영해야지……. 그걸로 괜찮아?"

"네. 그리고 제국에서는 저를 너무 드러내면 주위 사람들이 호의적으로 보지 않을 테니까요."

화려한 환영은 나에게 도움이 안 된다고 말하는 아마기에게 역시 섭섭함을 느꼈다.

감사의 탄환에 여기저기 꿰뚫린 안내인이 어둑어둑한 골목을 걷고 있었다.

"유리시아! 네가 날 배신했겠다아아아!"

설마 유리시아의 거무튀튀한 복수심이 그런 것일 줄은 상상도 못 했다.

그럴 거면 왜 특수부대에 들어간 거냐!

보통은 제 발로 군에 돌아가 재교육을 받고 특수부대에 들어가지 않으니, 안내인이 배신감을 느낄 법도 했다.

안내인은 이번에 움직임을 보이지 않았던 야스시의 상황을 보러 와있었다.

"야스시, 너도 날 배신했으면——."

입꼬리에 피를 흘리면서 야스시의 동향을 보러 온 안내인이 본 것은——.

"아직이다! 그래서는 리암을, 사형을 뛰어넘을 수 없다!"

——은둔지에 도장을 만들어 두 아이에게 검술을 가르치는 야스시의 모습이었다.

그 모습에서 안내인은 희망을 보았다.

두 아이가 균형 잡기 힘든 곳에 서서 땀을 흘리며 목검을 쥐고 있었다.

어떻게 봐도 아직 한참 어린애들인데 야스시보다 강해 보였다.

"야스시—! 난 널 믿고 있었다고!"

야스시는 둘에게 일섬류를 가르치고 있었다.

리암에게 받은 막대한 자금을 투입해서 두 사람에게 리암과 똑같은 수행 방법을 시도하고 있었다.

교육 캡슐을 몇 번이나 사용하고, 두 사람을 강하게 만들기 위해 전 재산을 쓰고 있다.

야스시가 이렇게까지 하는 데는 이유가 있다.

누가 봐도 불량한 기사들이 야스시를 찾아왔다.

"이봐, 아저씨. 여기에 일섬류의 야스시라는 놈이 있다고 들었는데?"

불량배 같은 젊은이들이 왔다.

야스시는 바로 대답했다.

"일섬류? 들어본 적도 없군요."

"진짜냐? 그 리암이라는 실력 좋은 기사의 사범이 여기에 있다는 정보를 입수했는데?"

"이럴 수가! 유명인이 아닙니까. 하지만 소생은 모릅니다."

"칫! 가자, 얘들아."

——이렇게 리암의 검술 스승을 찾는 자들이 늘고 있기 때문이다.

야스시는 무서워했다.

(젠장! 이것도 리암이 일섬류라는 가공의 검술을 퍼뜨리는 게 잘못이라고! 나까지 나쁜 의미로 눈에 띄잖아!)

야스시에겐 놀고 있을 겨를이 없었다.

리암을 쓰러뜨리고 일섬류 따위는 환상이라는 걸 알리기까지는 안식의 날은 찾아오지 않는다.

그러기 위해 야스시는 두 아이를 소중히 키우고 있었다.

"거기까지!"

야스시가 끝났다는 것을 알리자 두 아이가 눈가리개를 한 채로 어깨로 숨을 쉬었다.

"둘 다 좋다. 실력이 붙기 시작했군."

두 아이가 눈가리개를 풀었다.

"스승님, 왜 저 녀석들한테 거짓말을 한 거야?"

"응?"

"저런 잔챙이는 간단히 쓰러뜨릴 수 있는데."

이미 야스시보다 강해진 두 사람은 아까 나타난 젊은이들을 잔챙이 취급했다.

야스시가 당황했다.

"그, 그건 말이다, 무턱대고 검을 휘둘러서는 안 된다! 너희의 검은 강한 자를 쓰러뜨리기 위해 있다!"

둘 다 아까 전의 기사들을 잔챙이라 불렀다.

안내인도 아까 전의 기사들의 실력보다 두 사람의 실력이 더 위라고 판단했다.

"──리암 수준엔 아직 못 미치지만, 확실히 성장하고 있어. 야스시여, 그대로 노력해라."

안내인이 그 자리에서 사라져 가는데 개가 그 모습을 보고 있었다.

아이 둘이 땀을 닦았다.

"그건 몇 번이나 들었어. 사형을 쓰러뜨리면 인정해주는 거지?"

"그렇다. 리암 공을 쓰러뜨리면 합격이다."

"근데 정말로 사형이 유명한 리암이야? 왠지 믿을 수가 없는데."

"의, 의심하지 마라! 놈은 진짜로 소생의 제자니까!"

둘 다 배가 고픈지 집으로 돌아갔다.

"네~. 그보다 밥 먹고 싶어."

"배고파~."

"이, 이놈들아, 기다리지 못하겠냐!"

아이 둘을 돌보느라 고생하는 야스시의 모습을 보고 개도 모습을 감췄다.

——이상하다.

어비드의 콕핏 안.

머신하트를 밀어 넣었더니 어비드에 흡수되어버렸다.

"아마기한테는 쓸 수 없었는데?"

다소 문제는 있겠지만, 안내인이 준 오파츠다.

분명 도움이 될 거라 생각해서 어비드에게 사용했다.

그랬더니 지금까지 이상으로 출력이 올라간 느낌이 들었다.

뭐, 기분의 문제겠지.

세세한 숫자 같은 건 신경 안 쓰니까.

"어비드가 파워업 했으니까 괜찮지만, 진짜 어떻게 된 거지?"

뭐, 아마기한테 썼다가 실패하면 큰일이니, 차라리 이게 낫다 싶지만……. 으으음…….

저택의 한 방.

거기엔 메이드로봇들의 침대가 나란히 놓여 있었다. 캡슐 형태이며 내부는 액체로 채워진 탱크 베드다.

그중 하나에 누워있던 아마기가 점검이 끝나 눈을 떴다.

"——생명."

생명이 없는 존재에 생명을 부여한다.

머신하트가 반응하지 않았던 아마기는 낙담과 동시에 약간의 행복을 느끼고 있었다.

"제가 품은 감정은 진짜였던 걸까요."

아마기는 약간 안타깝게 생각하면서도 자신의 업무에 돌아가기 위해 일어섰다.

액체로 채워진 탱크 베드에서 나와 준비되어 있던 메이드복에 손을 뻗었다.

그러자 리암에게서 연락이 왔다.

아마기는 알몸인 채로 자신의 목부터 위를 표시하는 형태로 리암과의 통신에 응했다.

『아마기, 파워업 한 어비드에 태워줄게.』

파워업이라는 말을 듣고 아마기는 바로 예상이 됐다.

분명 머신하트를 어비드에 썼을 것이라고.

"주인님, 혹시 머신하트를 사용하셨습니까?"

『응.』

솔직하게 대답하는 리암에게 아마기는 너무 경솔하다고 주의했다.

"조사가 다 끝날 때까지 사용하지 마시라고 말씀드리지 않았던가요?"

『문제없어. 출처가 안전성을 보증하니까.』

아마기는 그 출처가 불명해서 믿을 수 없었다.

리암은 천진난만하게 아마기를 불렀다.

『자, 가자. 드라이브야. 드라이브.』

"——알겠습니다."

어비드의 상태를 확인하기 위해 아마기도 동행하기로 했다.

(왜 주인님은 여러 가지를 끌어들이는 걸까?)

너무 부자연스러운 전개에 아마기는 의문을 품었다.

수도성에서 리암이 체재하는 전통 있는 고급 호텔.

로제타는 이곳을 관리하고 있었다.

라운지에서 호텔 지배인이 태블릿 단말기를 조작하면서 로제타와 앞일을 논하고 있었다.

"현재 본 호텔의 방은 8할이 채워져 있습니다."

번필드가에서 온 기사, 병사, 그리고 관리들이 호텔의 방을 사용하고 있다.

그 외에도 리암의 종자가 된 집안에서 자제를 맡아 유학시키기 위해 데리고 왔다.

종자란 리암이 돌봐주는 귀족들을 말하는 것이다.

대부분은 남작보다 아래 계급뿐이지만, 그중에는 시골에서 빈곤에 허덕이는 남작가나 자작가도 있었다. 그런 그들을 리암이 돌봐주고 있었다.

제국의 귀족이지만 실질적으로는 리암의 부하나 마찬가지였다.

로제타는 궁정에서 수행하면서 공주님 물이 빠지지 않은 여자들을 수없이 봐왔다.

종자의 여자들도 같은 경향이 있어서 걱정이었다.

로제타는 위에는 위가 있다는 것을 이번 기회에 수도성에서 보여줄 생각이었다. 그러기 위해 그 많은 자제들을 시종으로 삼았다.

"아직 여유가 있군요."

"네. 하지만 이 정도 여유는 남겨두는 게 좋습니다. 만실이면 갑작스러운 사태에 대응할 수 없으니까요."

"고민되네요. 세상을 좀 더 알았으면 하는 아이들이 많은데."

번필드가의 종자들은 원래 변경의 시골 귀족이 모인 것이다.

수도성이 대단하다는 말은 들었어도 얼마나 대단한지를 정확하게는 알지 못했다.

그리고 백성에게도 가르칠 필요가 있다.

가끔 지식을 얻어 자기들이 뭐든지 할 수 있다고 착각한 이들이 영주를 폐하는 사건이 일어난다.

그렇게 되면 제국은 행성과 통째로 백성들을 태워버린다. 노인과 어린이도 상관하지 않으며, 영주를 폐한 자들의 적이냐 아군이냐 또한 상관하지 않는다.

그저 제국에 거슬렀다는 이유 아래 모든 것을 멸망시킨다.

제국은 권력을 빼앗으려 하는 자를 용서하지 않는다.

그러니 세계가 넓다는 걸 가르칠 필요가 있다.

가장 간단한 방법은 백성들에게 지식이나 힘을 주지 않는 것이지만, 그건 리암의 방식에 반하기 때문에 번필드가에서는 논외였다.

그래서 리암의 부족한 부분을 로제타가 보조하고 있었다.

"달링이 돌아오면 상담할까요. 그때까지는 방을 비워둡시다."

"마님도 바쁘시군요."

"아, 아직 약혼자예요."

"이거 실례했습니다."

얼굴을 새빨갛게 물들이는 로제타를 보고 지배인이 화제를 바꿨다.

"그러고 보니, 두 분 다 대학에 진학하신다고 들었는데. 로제타님도 관리로서 일하시는 겁니까?"

리암이 돌아오면 함께 대학에 입학한다.

로제타는 그게 기대됐다.

"그럴 생각이야."

장래에는 리암이 부재중일 때 영주 대행을 맡을 테니, 어느 정도는 업무를 볼 수 있도록 해야 한다.

(달링, 빨리 돌아오지 않으려나.)

입장을 생각하면 그런 배움도 필요하지만, 그런 것보다 리암과 대학에 입학하는 것을 기대하는 로제타였다.

──오랜만에 수도성에 돌아왔다.

고향에서는 왕 행세를 할 수 있지만, 수도성에서 나는 일개 귀족에 불과하다.

물론 그래도 충분히 으스댈 수 있지만, 윗사람이 있다는 사실만으로도 조금 불편했다.

그리고 누구든 섣불리 싸움을 걸면 귀찮아진다는 것을 버클리가와의 싸움을 통해 배웠다.

지지는 않겠지만 몇 년이나 깔짝깔짝 싸우는 건 질렸다.

하지만 버클리가에서 얻은 것은 컸다.

행성 개발 장치 여럿과 머신 하트. 그리고 버클리가의 재산.

자원위성도 여럿 얻었으니, 앞으로 레어 메탈을 대량으로 풀어도 변명을 할 수 있다.

리무진 같은 탈것을 타고 옆에 아마기를 앉힌 나는 수도성의 경치를 봤다. 차가 하늘을 날았고, 공중에는 교통정리를 하는 장치가 여럿 보였다.

하지만 이 경치는 뭐랄까, 흥미가 안 생겼다.

"잿빛뿐이라 질리네."

콘크리트 정글. 정확히는 콘크리트가 아니지만, 어느 쪽이든 푸른빛이 정말 적었다.

전형적인 대도시의 풍경이었다.

같이 탄 월레스가 숙취로 괴로워했다.

"리암, 약 좀 줘."

"심하게 소란 피운 네가 잘못했어. 반성으로 얌전히 괴로움을 맛보라고."

어젯밤, 월레스는 세리나에게서 해방되었다며 술을 마시며 소란을 피웠다.

숙취는 약으로 금방 낫지만, 재미없으니 방치하기로 했다.

월레스에겐 이게 더 좋은 약이 될 것이다.

아마기는 우리가 머무르는 호텔이 보이기 시작하자 약간 화난 얼굴을 보였다.

"주인님, 마중은 간소하게 해달라고 부탁했을 텐데요?"

그곳에는 나를 맞이하기 위해 기사와 병사들이 정렬해 있었다.

간소하다고는 볼 수 없는 마중에 아마기가 화냈다.

원래라면 더 간소하게 할 생각이었지만, 모처럼 아마기가 오니까 화려한 마중을 희망했다.

악단이 연주 준비를 하고 있었고, 정렬한 기사와 병사들은 예복 차림이다.

내 독단으로 끌려나온 부하들을 보고 있으면 정말 기분이 좋다.

"서프라이즈야."

"그런 건 로제타 님께 해야죠."

"으, 응."

그 녀석은 무슨 짓을 해도 기뻐할 것이고, 실제로 하면 달려와서 안길 것 같다.

하지만 솔직한 감정을 마주하면── 그, 곤란하다.

로제타는 어려운 생활을 한 탓에 현란하고 호화로운 인상과는 달리 생활은 수수한 편이다.

오히려 유리시아가 더 화려했다.

리무진이 천천히 땅에 착지하자 정렬한 부하들이 일제히 경례했다.

문이 열리고, 먼저 내가 내려서 차 안에 있는 아마기를 돌아봤다.

"자, 아마기."

손을 내밀자 아마기가 조금 망설이면서도 내 손을 잡았다.

그렇게 밖으로 나가니── 어째 호텔 바깥이 소란스러웠다.

"뭐냐아? 인형이랑 손을 잡는 놈이 있네."

아침부터 술에 취했는지 얼굴을 새빨갛게 물들이고 복장이 화려한 남자가 주위에 측근과 호위 기사를 데리고 호텔 현관 주변에서 이쪽을 들여다보고 웃고 있었다.

상대도 귀족인 것 같은데, 아무래도 우리를 놀리고 있는 듯했다.

내 부하들이 그 남자에게 달려가 몰아내려 했다.

"여긴 번필드가가 전세를 냈다. 당장 물러나라!"

내 기사들이 그렇게 말했는데 귀족처럼 보이는 남자는 순순히 따르지 않고 저항했다.

"후작가의 후계자인 이 몸에게 겨우 촌놈의 가신기사가 불평을 하는 거냐? 이름 좀 날렸다고 지위가 올라간 줄 아냐? 그건 그렇고 쇠퇴한 호텔을 전세 내다니 돈이 없냐?"

입에서 나오는 말은 전부 우리를 깎아내리는 말뿐.

다만 말투를 보니 이 호텔에 대해 알고 있는 것처럼 느껴졌다.

──뭐, 아무래도 상관없다.

어째 나한테 시비를 걸러 온 것 같지만, 시간을 할애해줄 필요도 없다.

"여긴 시끄럽네. 아마기는 빨리 호텔 안에 들어가."

아마기가 내 손을 세게 잡고 약간 동요하고 있었다.

"주인님, 안 됩니다."

우리의 모습을 보고 있던 후작가의 후계자가 나를 손가락질하며 웃었다.

"야, 진짜 인형이랑 얘기하고 있어. '인형놀이 하는 리암 군'."

아마기를 인형이라 부른 남자의 얼굴을 봤다.

"어?"

——난 상대를 모르지만, 바보 같은 귀족 남자는 나를 알고 있는 것 같다.

알고 싸움을 걸러 온 모양이다.

"여긴 수도성이예용. 그런 더러운 인형을 가지고 오면 안 돼용~."

난 아기 말투로 도발하는 상대를 무시하고 아마기를 데리고 호텔로 갔다.

내가 불쾌한 얼굴을 하자 티아가 달려왔다.

"저놈, 처리해."

티아가 드물게 망설였다.

"——괜찮겠습니까?"

"무슨 문제라도 있나? 그리고 월레스를 옮겨줘."

차 안에 늘어져 있는 월레스를 옮기도록 하고, 이제 호텔에 들어가면 끝이다.

아무 문제 없다.

"하하! 아무 대꾸도 못 하는 거냐, 인형놀이 하는 리— 암——."

방금까지 웃고 있던 귀족 남자가 쓰러지더니 세로로 양단되어 땅에 떨어져 피를 흩뿌렸다.

시끄러워서 결국 베어버렸다. 좀 후련해졌다.

소란스러웠던 자리가 갑자기 고요해졌지만, 난 무시하고 호텔 안으로 들어갔다.

아마기가 눈을 가늘게 뜨고 나의 경솔한 행동을 나무랐다.

"귀족을 상대로 하는 싸움은 신중하게 하겠다고 말씀하셨을 텐데요?"

버클리가와의 싸움을 통해 확실히 나는 배웠다.

앞뒤 생각 없이 귀족과 싸워서는 안 된다고.

"그래, 신중하게 판단했어. 그리고 놈을 없애기로 했지. 저놈의 집안을 철저히 조사해라. 친인척 전부. ——버클리가처럼 부숴주지."

어차피 저런 식으로 시비를 걸어오는 건 잔챙이다.

작위는 높은 것 같지만, 대단한 가문은 아닐 것이다.

버클리가를 상대하며 깨달았다.

그러니 똑같이 부숴주마.

아니, 똑같으면 재미없나.

"이번엔 더 잘 부술 수 있을 것 같아. 어디 열심히 발버둥 쳐보라고, 후작가."

버클리가를 부술 때 얻은 노하우로 다음엔 더 능숙하게 박살 내주마.

악덕 영주는 적을 용서하지 않는다.

◇ ◆ ◇ ◆ ◇

후계자를 잃은 후작가 측근과 기사들이 티아에게 따지며 덤벼들었다.

"네놈들, 대체 무슨 짓을 저질렀는지 알고 있냐!"

"후작가를 적으로 돌릴 셈이냐!"

"이러고도 무사할 거라 생각 마라!"

티아는 웃으면서 레이피어를 뽑아서 옆으로 휘둘러 기사 한 명의 목을 날려버렸다.

피가 뿜어져 나왔고, 기사의 몸이 쓰러지는 것을 본 뒤에 티아는 잡일을 처리하듯이 부하들에게 명령했다.

"얼른 정리하자."

부하 기사들은 티아의 행동에 동요했다.

그들은 평소에 티아와 행동을 함께하는 기사들이 아니라 번필드가에서 육성된 신입 기사들이었다.

이런 돌발적이고 거친 일에는 익숙하지 않았다.

"하, 하지만!"

여기서 싸우면 또 귀족끼리 벌이는 전쟁이 시작된다는 망설임이 무기를 쥐지 못하게 했다.

하지만 티아는 그런 기사들에게 명령을 반복했다.

"호위 대상을 지키지 못하는 기사 따위는 수치다. 차라리 주인을 위해 목숨을 걸고 싸울 기회를 주는 편이 자비롭지. 그리고 측근도 설 곳을 잃을 테니── 죽여라."

"아니, 하지만……."

그래도 명령을 거부하려는 기사들에게 티아는 눈을 가늘게 뜨고 위압했다. 이 이상 거역한다면 너희도 베어버린다는 기백을 보여줬다.

티아는 거역하는 부하의 목덜미에 레이피어의 날을 가볍게 몇 번인가 대면서 위협했다.

"리암 님은 처리하라고 말씀하셨다. 네놈은 거역하는 거냐?"

다음에 거역하면 진심으로 죽일 생각이었지만, 부하들이 뒤늦게 각오를 다진 듯했다. 티아에게서 시선을 돌렸다.

"아, 아닙니다!"

상대가 황급히 검을 뽑아서 달려들었지만, 티아는 가볍게 레이피어로 머리를 꿰뚫어버렸다.

티아가 날을 뽑자 피가 뿜어져 나오고 상대 기사가 땅에 쓰러졌다.

주위가 피에 물들었지만 티아의 표정에 변화는 없었다.

"리암 님은 아마기를 업신여기는 자를 용서하지 않아. 한 명도 빠짐없이 죽여서 이 녀석들의 저택에 던져줘라."

번필드가가 진심으로 전쟁을 일으킬 것이라는 걸 알고 상대 귀족과 기사들은 떨었다. 설마 이렇게까지 할 줄은 생각지도 못했을 것이다.

어디선가 상대가 물러날 것이라는 귀족 사이에 존재하는 암묵적인 룰을 기대하고 있었던 모양이다.

그 룰에 기대서 도발한 그들은 자기들이 싸움을 건 상대가 굉장히 무서운 상대라는 것을 이제야 깨달은 듯했다.

하지만 이미 늦었다.

"자, 잠깐만. 진짜 싸울 생각인가? 아직 온건하게——."

이미 후작가의 후계자가 죽어서 온건이고 뭐고 없지만, 상대는 이 상황을 모면하기 위해 필사적으로 아양을 떨었다.

티아는 그 모습을 비웃었다.

"리암 님은 네놈들과 싸워도 된다고 생각하신다. 너희를 죽이고 후작가에 선전포고를 하지."

리암의 기사들이 아마기가 무시당해 리암이 격노한 모습을 상상하고 적에게 검을 내려쳤다.

병사들도 총을 들고 있어서 후작가의 기사들이 도망칠 곳은 없었다.

티아는 입꼬리를 올리고 웃음 짓더니 적에게 겁을 줬다.

"리암 님을 업신여겼다. 그것만으로도 너희는 만 번 죽어 마땅해."

측근과 기사들은 그대로 리암의 기사에게 살해당했고, 수도성에 있는 후작가의 저택에 시체가 던져졌다.

그것은 번필드가가 후작가에 하는 도발이며 언제든지 덤비라는 의사표시이기도 했다.

◇ ◆ ◇ ◆ ◇

최상층의 방에서 편히 쉬고 있으니 숨을 헐떡이는 로제타가 방
에 뛰어 들어왔다.

허둥거리는 모습을 보니, 뭔가 문제가 생겼다는 걸 알 수 있
었다.

"달링, 뭔가 했어?"

"갑자기 무슨 일이야?"

소파에 앉아 전자 서적을 읽고 있던 나는 주변에 투영되어있던
창들을 치우고 로제타를 바라보았다.

"지인이 달링과 관계를 중재해달라고 부탁했어. 워낙 겁먹은
얼굴이라 신경 쓰여서……."

"무슨 지인?"

"궁전에서 함께 예의범절 수행을 한 아이야."

그런 사람이 나한테 무슨 일일까?

"그게 누구야?"

"후작가 출신 아이야. 달링을 화나게 했으니까 꼭 사과하고
싶대."

"네 친구야?"

"그건, 그러니까……."

대답을 곤란해하는 로제타를 보니 여러 가지를 헤아릴 수 있었다.

그다지 친하지도 않고 사귄 기간도 짧을 것이다.

어떻게 할까 생각하고 있으니 마리가 방에 들어왔다.

"리암 님, 그 후작가에 대해 조사한 자료입니다."

"——아아, 그 녀석인가."

아마기를 바보 취급한 후작가의 후계자의 집안일 것이다.

마리에게서 자료를 받아 확인하니 제법 규모가 큰 가문이었다.

다만 영지의 상태는 버클리가와 다를 바 없었다.

발전은 형편없고 함대는 종이호랑이.

숫자는 고작 10만 척. 차라리 버클리가가 더 강할 지경이었다.

경솔하게 굴어댈 때 짐작은 했지만 역시 잔챙이였다.

마리가 허리를 꼿꼿이 펴고 나를 보고 있었다.

난 느슨한 자세로 소파에 앉아 자료를 마리에게 돌려줬다.

"거슬리니까 없애. 이번엔 우리가 적극적으로 가보자고."

오래 끌면 귀찮아지니 깔끔하게 끝내줄 생각이었다.

하지만 마리가 설명을 덧붙였다.

"그건 어려울 것 같습니다. 후작이 이미 제국에 중개를 요청했습니다. 그들이 먼저 사과 의사를 밝혔습니다."

"뭐야, 안 싸우는 거냐?"

"후계자가 리암 님에게 싸움을 걸었다는 말을 듣고, 바로 폐적 절차를 밟았다고 합니다. 원한다면 딸도 내주겠다고 합니다. 조사한 바로는 로제타 님과 함께 수행한 사이였습니다."

마리가 로제타에게 시선을 보냈다. 로제타의 얼굴에 잠깐 그림자가 비쳤다.

아무래도 수행 시절에 뭔가 있었던 모양이었다.

과연. 그 여자를 옆에 두고 귀여워하며 로제타의 반응을 보면 재미있을지도 모르겠다.

관심이 생긴 나는 마리에게 후작가 아가씨의 데이터를 요구했다.

"이 상황에 자신 있게 내밀 정도면 제법 미인이겠지? 난 여자 취향이 까다롭다고."

"여기 있습니다."

마리가 입체영상을 보여주었다.

이제 막 성인이 된 참이라 아직 어린 티가 남아있지만, 확실히 미인이라고 할까, 미소녀였다.

──하지만 안 된다. 내 하렘에는 추가할 수 없다.

"너무 요란하네. 별로야. 후작에게 됐다고 전해."

"측실로 들이시면 두 분 사이에 생긴 아이를 차기 후작으로 삼을 수도 있습니다만."

후작가를 빼앗을 기회지만, 딱히 필요 없다.

그리고 이 여자, 아름답긴 하지만 배신할 것 같은 얼굴이라고나 할까…… 전생의 전처와 똑같은 느낌이 난다.

외모는 좋지만, 이런 여자가 내 하렘에 들어오는 건 허용할 수 없다.

악덕 영주인 나는 취향이 까다롭다.

"그래도 관심 없어. 갖고 싶으면 힘으로 빼앗을 뿐이야."

그렇게 말하자 로제타의 표정이 왜인지 밝아졌다.

눈을 적시고 기쁨에 떨고 있었다.

"달링!"

"왜 네가 기뻐하는 거야?!"

——아니, 널 위해 이 제안을 거절하는 게 아니라고.

왜 기뻐 보이는 거지? 게다가 마리도 기뻐하는 게 화가 난다.

"이렇게 될 줄 알았습니다. 후작가의 딸은 억지로 빼앗을 가치도 없어요. 잘됐네요, 로제타 님."

마리의 시선을 받은 로제타는 얼굴을 새빨갛게 물들이고 있었다.

이 녀석들, 나에 대해서 무슨 착각을 한 걸까?

그보다 이 결과가 당연하다는 표정을 지은 마리에게 짜증이 나는데?

그러나 내가 불평하기 전에 로제타가 움직였다.

"달링, 사랑해!"

로제타가 무슨 착각을 했는지 나에게 안겨들었다.

너, 너, 웃기지 마! 지금 이 대화에서 어디에 기뻐할 요소가 있었는지 말해보라고! 감동할 요소는 조금도 없잖아!

"이, 이거 놔. 로제타, 그만해!"

버둥거리고 있으니 차를 가져온 아마기가 내 모습을 보고 있었다.

"어머나, 사이가 좋으시군요. 차는 2시간 뒤에 다시 가져올까요?"

"아, 아니야! 이건!"

마치 아내에게 불륜 현장을 들킨 듯한 기분이다.

죄악감이 치밀어 올라 식은땀이 났다.

마리가 '리암 님, 방해자는 누구 하나 접근하지 못하게 하겠습니다!'라면서 뭔가 엉뚱한 말을 했다.

이 녀석, 역시 못 써먹겠어.

안기는 로제타를 떼어내려 하고 있으니, 유리시아가 쇼핑백을 잔뜩 들고 방에 들어왔다.

오늘도 신나게 쇼핑하고 온 모양이다.

"리암 니임~ 전 동료들에게 제가 우월하다고 어필하고 싶으니까 같이 사진 찍어주세요! 사이좋게 서로 안고 있는 사진이 좋아요~."

자기처럼 귀족의 측실이나 애인을 노리는 동료들에게 나와 단둘이 찍은 사진을 보내 도발하고 싶단다. 이 녀석, 최악이구나.

역시 안쓰러운 아가씨는 안쓰러운 아가씨였다.

아마기와 마리가 그런 유리시아를 방에서 데리고 나갔다.

"유리시아 님, 당신은 리암 님의 부관이라는 자각을 좀 더 가져주십시오."

"맞아. 로제타 님을 방해하지 마라, 이 폐품."

양옆을 잡힌 유리시아가 질질 끌려가면서 나에게 손을 뻗었다.

"아앗, 잠깐만! 지금까지 일방적으로 도발당할 뿐이었다고! 복수하고 싶어~!"

떠나가는 셋.

남은 사람은 나와 로제타뿐이었다.

——어라, 이거 큰일인데.

로제타가 볼을 빨갛게 물들이고 머뭇거렸다.

이 상황에서 어떻게 도망칠까 생각하고 있으니 문이 난폭하게 열리고 월레스가 나에게 도움을 요청했다.

"큰일이다, 리암!"

월레스가 안색을 바꾸고 방에 뛰어 들어와 로제타는 아쉬워하면서 나에게서 떨어졌다.

"나이스 타이밍이다, 월레스! ——그래, 무슨 일이냐?"

이 녀석을 기르길 잘했다.

숨을 헐떡이는 월레스가 나에게 전한 것은 새로운 귀찮은 일이었다.

"동…… 아니. 제3황자가!"

"제3황자라니?"

"계승권 제3위의 황자가 리암에게 면회를 요청했어!"

그 말을 듣고 로제타가 입가를 양손으로 막고 놀랐다.

"제3황자?!! 이럴 수가!"

월레스와 로제타의 시선이 나에게 모였다.

어째 재밌어지기 시작한 것 같다.

번필드가의 저택.

그곳에서 일하는 양산형 메이드 로봇 '시라네'는 저택에서 일하는 사람들의 두려움을 사고 있었다.

시라네뿐만이 아니다.

총괄인 아마기를 비롯해 메이드 로봇들은 공포의 대상이었다.

이는 제국이 인공지능을 괜히 싫어하는 것도 영향을 끼치고 있지만, 가장 큰 이유는 저택의 주인인 리암의 존재다.

리암은 사람을 믿지 않는다.

그가 믿는 것은 인공지능을 탑재한 아마기나 시라네 같은 메이드 로봇들 뿐.

때문에 메이드 로봇을 업신여기는 인간이 있으면 가차 없이 베어버린다.

리암의 역린이기 때문에 저택에서 일하는 사람들도 메이드 로봇들을 피해 다녔다.

다가가지 않으면 엮이지 않아도 되고, 리암의 노여움을 살 일도 없다.

리암은 메이드 로봇과 엮이지만 않으면 완벽한 명군이다.

다소의 실수는 눈감아주고, 저택에서 일하는 자들에게 생트집을 잡지 않는다.

그래서 번필드가의 저택에서는 메이드 로봇들이 안 좋은 의미로 눈에 띄었다.

저택에서 일하는 자들에겐 공포의 대상이다.

그런 공포의 대상에게 다가가는 인물이 하나.

"찾았다! 오늘이야말로 모두의 이름을 맞추고 말겠어."

방을 청소하고 있던 시라네를 찾은 사람은 메이드복을 입은 로제타였다.

로제타는 세리나 아래에서 엄격한 교육을 받고 있는데, 지금은 휴식 시간인 모양이었다.

시라네가 자세를 바로 하여 로제타를 정면으로 봤다.

"로제타 님도 질리지 않는군요."

"당연하지. 달링이 알아볼 수 있다면, 나도 알아볼 수 있어야 해. 우선 너부터 맞춰보겠어."

아마기와 달리 양산형인 시라네와 동료들은 외형이 전부 똑같다.

그러나 리암은 그걸 완벽하게 구분했다.

이건 이상한 일이지만, 로제타도 그런 리암을 따라서 메이드로봇들의 이름을 맞추고 싶은 모양이다.

그다지 의미 없는 행동이지만, 시라네는 로제타의 생각이 싫지는 않았다. 메이드 로봇들을 싫어하는 저택 사람이 많은 가운데, 스스로 다가오는 리암과 같은 별난 사람이니까.

(주인님께 다가가려고 노력하는 모습은 바람직하지만요.)

로제타가 시라네를 진지하게 보고, 답을 냈다.

"넌 시오미구나!"

로제타는 시라네를 시오미로 잘못 봤다.

시라네는 정답을 기대하지도 않았지만, 설마 시오미로 잘못 볼 줄은 예상하지 못했다.

시라네는 납득할 수 없었다.

"——로제타 님. 틀렸습니다. 그건 그렇고 왜 저를 시오미라고 잘못 보셨을까요? 자매 중에서도 시오미는 가장 튀는 존재일 텐데요?"

"어? 그, 그래? 미안해."

"사죄하실 필요는 없습니다. 그보다 왜 저를 시오미라고 잘못 보셨을까요? 자매인 제가 말하는 것도 이상하지만, 그 아이는 정말 개성적입니다. 시오미라면 주인님 이외의 사람이라도 맞출 수 있을 것입니다. ——그런데 왜 제가 시오미라고 판단하셨는지 궁금합니다."

평소보다 말이 빨라진 시라네를 보고 로제타가 몸을 움츠렸다.

미안한 듯이 사과한 건 시라네가 화내고 있다고 생각했기 때문일 것이다.

"정말 미안해."

"아뇨, 사과를 요구하고 있는 것이 아닙니다. 단지 왜 저를 시오미 같은 것과 착각했는지 이유를 듣고 싶습니다. 바라는 것은 설명입니다."

로제타에게 이유를 캐물으려고 하고 있으니, 메이드 로봇들을 통괄하는 아마기가 나타났다.

약간 눈매가 매서운 아마기를 보고 시라네는 '아, 이거 큰일이네'라고 속으로 중얼거렸다.

시라네의 예상대로 아마기는 로제타를 대하는 태도에 노여움을 품고 있었다.

"시라네— 당신은 로제타 님께 무엇을 하는 겁니까?"

위압하는 아마기의 목소리에 시라네의 몸이 딱 한 번 움찔하여 반응을 보였다.

시라네에게 다른 자매들의 도발이 도착했다.

로제타에게는 안 보이겠지만, 시라네의 시야에는 자매들의 코멘트가 튀어나와 게시된 것처럼 보였다.

『시오미로 오인 당하는 시라네ㅋㅋ.』

『웃기네요. 요 몇 년 사이에 있었던 일 중 가장 웃겼습니다ㅋㅋ』

『시오미로 오인 당하다니 불쌍해ㅋㅋㅋ』

시라네는 아마기에게 머리 숙여 사죄했다.

"대단히 실례했습니다."

"제가 아니라 로제타 님께 사죄하세요."

"네. ──로제타 님, 정말 죄송합니다."

시라네는 무표정으로 사죄했지만, 자매들에게 비웃음 산 굴욕이 가슴을 가득 메우고 있었다.

사과받은 로제타가 당황하면서도 받아들였다.

"넌 시라네였구나. 틀려서 미안해."

로제타도 사과하니, 아마기가 필요 없다고 말하고 시라네를 꾸짖었다.

"로제타 님의 잘못이 아닙니다. 원래 양산형을 구분하는 것은 굉장히 어려운 일입니다. 그러한데 시라네가 의문을 품은 것이 잘못이니까요."

"그럴지도 모르지만, 틀린 건 나니까."

로제타가 낙담하자, 그 자리에 세리나가 나타났다.

"이런 곳에 있었나요. 휴식 시간은 끝났어요, 로제타 님. 일에 착수하세요."

"아, 네!"

허리를 쭉 편 로제타가 다음 일터로 향했다.

남겨진 시라네는 차가운 시선을 보내는 아마기의 얼굴을 봤다.

아마기가 화내고 있었다.

"시라네, 당신은 절 따라오세요. 왜 이런 짓을 했는지 제대로 설명을 듣겠습니다."

"──네."

다른 자매들이 아마기에게 끌려가는 시라네를 비웃었다.

메이드 로봇의 이름을 틀리고, 일에 지각하고, 계속해서 실수한 로제타는 분수 광장의 벤치에 앉아있었다.

넓은 저택의 안뜰은 안뜰이라 불러도 될지 알 수 없을 정도로 넓었다.

로제타가 한숨을 쉬었다.

"난 안 되겠어. 아무리 노력해도 달링처럼 될 수 없어."

로제타에게 있어서 리암은 이상적인 귀족이다.

자신도 그런 귀족이 되고 싶고, 조금이라도 더 다가가기 위해 메이드 로봇들을 판별할 수 있는 사람이 되고 싶었다.

하지만 로제타는 구분할 수 없었다.

낙담하고 있으니 거기에 메이드 로봇이 나타났다.

왼팔에 금팔찌를 낀 메이드 로봇은 로제타 옆에 오더니 벤치에 아주 당연하다는 듯이 앉았다.

갑작스러운 일에 로제타가 놀라고 있으니 메이드 로봇이 이름을 댔다.

"시오미입니다."

"어…… 그, 그러니까."

시오미와는 몇 번인가 만나서 새삼스럽게 자기소개를 하는 사이가 아니다.

하지만 시오미는 자개소개를 이어나갔다.

"주인님께 금팔찌를 받은 시오미입니다."

시오미는 그렇게 말하고 왼팔의 팔찌를 보여줬다.

"그, 그랬어?"

"네. 저희 자매는 특징을 더하기 위해 액세서리를 차고 있습니다. 리본, 반지, 브로치 등 다양하죠. 하지만 똑같은 액세서리를 차는 자는 없습니다. 구별할 수 없게 되니까요."

"그래? 하지만 전에 리본을 달고 있던 아이는 두 명 있었던 것 같은데?"

골똘히 생각하는 로제타에게 시오미가 친절하게 설명했다.

"그건 리본 사용권을 양도한 것일 겁니다. 저희는 개성을 가지기 위해 액세서리 사용권을 쟁탈하고 있습니다."

"쟁탈하는 거야?!"

"네. 같은 액세서리는 사용할 수 없으니 상대에게서 사용권을 빼앗는 수밖에 없습니다. 단, 예외도 존재합니다. 전에 로제타 님이 총괄인 아마기에게 매듭 공예품을 선물하셨죠?"

로제타는 아마기에게 직접 만든 매듭 공예품을 선물한 것을 떠올렸다.

"응."

"그래서 아마기는 매듭 공예품의 사용권을 주장했습니다. 아라시마라는 매듭 공예품의 사용권을 보유한 자매는 어쩔 수 없이 그 말에 따라 액세서리를 풀었습니다."

지금까지 매듭 공예품을 사용했던 아라시마는 아마기가 매듭 공예품을 획득함으로써 사용권을 포기했다고 한다.

이야기를 듣고 있던 로제타는 미안하게 생각했다.

"쓸데없는 짓을 한 걸까?"

"아니오. 이건 일종의 게임이니까요. 돌발적인 사태에도 대처하는 것이 묘미입니다."

돌발 상황도 즐긴다고 말하는 시오미를 보고 로제타는 우스워졌다.

"너희는 생각했던 것보다 개성적이구나."

시오미는 표정을 약간 바꿔 미소 짓고 있는 것처럼 보이게 했다.

"네. 특히 심술궂은 시라네는 개성적이죠. 마음에 안 드는 것이 있으면 추궁하니 주의하십시오. 그리고 아라시마도 못됐습니다. 그 아이는 개성 과다입니다. 자매들로부터 액세서리 사용권을 몇 개나 빼앗았습니다. 로제타 님도 주의하십시오."

로제타는 시오미에게 미소를 지었다.

"일부러 고마워. 금팔찌를 찬 애가 시오미구나. 응, 넌 기억할 수 있을 것 같아."

(나를 걱정해서 말을 걸어준 걸까? 조금 이상한 기분이지만, 기분이 나쁘진 않아.)

시오미가 로제타 안에서 특별한 메이드 로봇이 된 순간이었다.

시오미는 살짝 미소 지으며 로제타가 이름을 기억해준 것을 기뻐했다.

"감사합니다. 로제타 님께서 기억해주셔서 기쁘게 생각합니다."

후일.

『그렇게 나온다 이거죠, 시오미!』

『누가 개성 과다예요!』

그날, 시오미는 로제타 곁에서 메이드의 일을 돕고 있었다.

로제타가 파트너로 시오미를 지명해서 둘은 자주 짝이 되어 일하게 되었다.

시오미는 무표정으로 일하면서 채팅룸에서 자매들을 도발했다.

『시오미랑 착각했어~ 라면서 놀린 게 잘못이에요. 절 바보 취급하니까 로제타 님이 당신들의 이름을 기억해주지 않는 거예요.』

시라네가 격노했다.

『그보다 누가 심술궂은 메이드예요!』

아라시마도 분개하고 있었다.

『액세서리를 마구 빼앗고 있다니, 명예훼손이에요! 애초에 매듭 공예품 이야기는 시오미의 복수가 아닌가요? 저한테 매듭 공예품을 빼앗긴 걸 마음에 두고 있었군요!』

둘의 코멘트에 시오미는 코웃음 치는 일러스트를 전송.

명백하게 도발하는 듯한 행동에 시라네와 아라시마는 더더욱 격분했다.

『절 깔보니까 큰코 다치는 거예요.』

그 다음에 웃는 얼굴을 전송하니 자매들이 일제히 격렬하게 비난하기 시작했다.

『팔찌를 걸고 승부해!』

『네 개성을 빼앗아주겠어!』

『비겁한 놈!』

시오미는 그런 자매들에게 우쭐거렸다.

『주인님께 받은 팔찌는 걸 수 없거든요~. 그리고 다른 누군가에게 빼앗기면 또 걱정을 끼치게 돼요. 그건 우리의 본의가 아니잖아요?』

『으그그극——.』

시오미는 리암을 방패로 삼아 금팔찌를 사수하자 총괄인 아마기의 코멘트가 들어왔다.

『제가 매듭 공예품 사용권을 억지로 빼앗았다고 거짓말을 한 시오미, 할 변명은 있습니까? 로제타 님과의 업무가 끝나는 대로 저에게 오세요.』

『초, 총과아아알?!』

아마기가 연락사항만을 전하고 채팅룸에서 떠나자 자매들이 일제히 웃는 얼굴을 전송해서 시오미를 놀리기 시작했다.

『꼬시네요.』

『이렇게 마무리가 어설픈 게 시오미죠.』

『이렇게 될 거라 예상했어요. 시오미는 평소에 내기를 피하는데, 정해진 결말은 피하지 않네요.』

오늘도 메이드들은 리암의 저택에서 즐거운 나날을 보내고 있었다.

후기

드디어 '나는 성간 국가의 악덕 영주!'도 4권이 발매되었습니다. 이렇게 속간을 낼 수 있어서 기쁩니다.

응원해주시는 독자 여러분, 정말 감사합니다.

이번에도 일러스트레이터인 나다레 선생님이 열심히 그려주셔서 새 기체가 3기나 등장하게 되었습니다.

나다레 선생님이 그리는 기동기사는 좋죠! 독자 여러분도 분명 즐거우셨을 거라 생각하니 나다레 선생님께 감사 드립니다.

그리고 만화판도 1권이 발매되었습니다.

작화를 담당하는 분은 나다시마 카이 선생님.

만화로도 리암 일행의 활약을 즐길 수 있으니, 부디 만화판도 응원 잘 부탁드립니다.

大泣きする ユリーシアを見る人

うわ...
*우와...

今後ともよろしくおねがいします。
高峰ナダレ狗

*앞으로도 잘 부탁드립니다. - 타카미네 나다레

I AM THE VILLAINOUS LOAD OF THE INTERSTELLAR NATION Vol.04
©2021 Yomu Mishima
First published in Japan in 2021 by OVERLAP, Inc.
Korean translation rights reserved by Somy Media, Inc.
Under the license from OVERLAP, Inc., Tokyo JAPAN

나는 성간 국가의 악덕 영주 4

2023년 4월 15일 1판 1쇄 발행
2024년 3월 15일 1판 2쇄 발행

저　　　자	미시마 요무
일 러 스 트	타카미네 나다레
옮 긴 이	박정철
발 행 인	유재옥
이　　　사	조병권
출판본부장	박광운
편 집 1 팀	박광운 최서영
편 집 2 팀	정영길 조찬희 박치우 정지원
편 집 3 팀	오준영 권진영 이소의
디자인랩팀	김보라 박민솔
디지털사업팀	박상섭 김지연 윤희진
라이츠사업팀	김정미 맹미영 이윤서
영업마케팅팀	최원석 박수진 이다은
물 류 팀	허석용 백철기
경영지원팀	최정연
인쇄제작처	㈜코리아피엔피
발 행 처	㈜소미미디어
등　　　록	제2015-000008호
주　　　소	서울시 마포구 토정로222, 403호 (신수동, 한국출판콘텐츠센터)
판매 및 마케팅	(070) 8822-2301

ISBN 979-11-384-7807-6 04830
ISBN 979-11-384-0856-1 (세트)